ALI LAND

MENINA MÁ

MENINA BOA

ALI LAND

MENINA MÁ

Tradução de
Claudia Costa Guimarães

5ª edição

EDITORA RECORD
RIO DE JANEIRO • SÃO PAULO
2020

CIP-BRASIL. CATALOGAÇÃO NA PUBLICAÇÃO
SINDICATO NACIONAL DOS EDITORES DE LIVROS, RJ

L24m
5ª ed.

Land, Ali
Menina boa menina má / Ali Land; tradução de Claudia Costa Guimarães. – 5ª ed. – Rio de Janeiro: Record, 2020.

Tradução de: Good Me Bad Me
ISBN 978-85-01-10955-2

1. Romance inglês. I. Guimarães, Claudia Costa. II. Título.

17-39680

CDD: 823
CDU: 821.111-3

Título original:
Good Me Bad Me

Editoração eletrônica: Abreu's System

Copidesque e preparação de original: Flavia de Lavor

Texto revisado segundo o novo Acordo Ortográfico da Língua Portuguesa.

Impresso no Brasil

ISBN: 978-85-01-10955-2

Para os enfermeiros especializados em saúde mental de todo o mundo. Os verdadeiros astros do rock. Este livro é para vocês.

"Os corações das crianças pequenas são órgãos delicados. Um começo cruel neste mundo pode moldá-los de maneiras estranhas."

Carson McCullers, 1917-1967

Você já sonhou com um lugar muito, muito distante? Eu já.

Um campo repleto de papoulas.

Minúsculas dançarinas vermelhas, valsando alegremente.

Apontando suas pétalas para um caminho que leva a uma orla, pura. Ininterrupta.

Eu, boiando de barriga para cima, um oceano turquesa. Um céu azul.

Nada. Ninguém.

Eu queria muito ouvir as palavras: "Nunca vou deixar que nada aconteça com você." Ou: "A culpa não foi dela, era só uma criança."

Sim, são esses os tipos de sonhos que eu tenho.

Não sei o que vai acontecer comigo. Estou assustada. Diferente. Não tive escolha.

Eu prometo isso.

Prometo ser a melhor pessoa que puder.

Prometo tentar.

Subo oito. Depois, outros quatro.
A porta à direita.

O playground.
Era assim que ela chamava o lugar.
Onde os jogos eram cruéis e o vencedor era sempre o mesmo.
Quando não era minha vez, ela me fazia assistir.
Um buraco na parede.
Me perguntava depois. O que você viu, Annie?
O que você viu?

1

Me perdoe quando digo que fui eu.

Fui eu que contei.

O detetive. Um homem simpático, a barriga grande e redonda. No início, descrença total. Então, o macacão manchado que tirei da bolsa. Minúsculo.

O ursinho na frente salpicado de sangue. Eu podia ter trazido mais; tinha um monte lá. Ela nunca soube que estavam guardados comigo.

Se remexeu na cadeira, ele. Endireitou o corpo, ele e o barrigão.

A mão – notei um tremor de leve quando pegou o telefone. Venha agora, disse ele. Você tem de ouvir isso. A espera silenciosa até o supervisor chegar. Suportável, para mim. Menos, para ele. Uma centena de perguntas passando pela sua cabeça. Será que ela está dizendo a verdade? Não pode ser. Tantos assim? Mortos? Não é possível.

Contei a história outra vez. E de novo. A mesma história. Rostos diferentes me observaram, ouvidos diferentes me escutaram. Eu contei tudo para eles.

Bem.

Quase tudo.

A câmera ligada, um zumbido baixo o único ruído na sala quando terminei o depoimento.

Pode ser que você tenha de ir ao tribunal, sabe disso, não sabe? Você é a única testemunha, disse um dos detetives da polícia. Outro perguntou: acha seguro mandarmos essa menina para casa? Se o que ela está dizendo for verdade? O inspetor-chefe encarregado respondeu: vamos ter uma equipe formada em poucas horas; então ele se virou para mim e disse: não vai acontecer nada com você. Já aconteceu, eu quis retrucar.

Tudo aconteceu muito rápido depois disso, como tinha de ser. Eu fui deixada no portão da escola num carro de aparência comum, a tempo de me buscarem. A tempo de ela me buscar. Ela estaria me esperando com suas exigências, ultimamente mais urgentes do que o normal. Dois nos últimos seis meses. Dois garotinhos. Mortos.

Aja normalmente, disseram. Vá para casa. Vamos prendê-la. Hoje à noite.

O lento arrastar do relógio que ficava acima do meu armário. *Tique. Taque. Tique.* Dito e feito. Eles vieram. No meio da noite, o elemento surpresa a seu favor. Um barulho quase imperceptível no cascalho lá fora; eu estava lá embaixo quando forçaram a entrada pela porta.

Berros. Um homem alto e magro, de roupa comum, diferente dos outros. Uma série de ordens atravessaram o ar hostil da nossa sala de estar. Você, lá em cima. Você, ali dentro. Vocês dois, o porão. Você. Você. Você.

Um tsunami de uniformes azuis se espalhou pela nossa casa. Armas nas mãos em posição de oração, encostadas no peito. A excitação da busca e o medo da verdade estampados ao mesmo tempo no rosto deles.

E então, você.

Arrastada do seu quarto. Uma marca vermelha de travesseiro na bochecha, os olhos embaçados tentando se ajustar de um estado de sonolência para um estado de prisão. Você não disse nada. Nem quando seu rosto foi esfregado no tapete, seus direitos lidos em voz alta, os joelhos e cotovelos deles nas suas costas. A camisola subiu pelas coxas. Você, sem calcinha. Aquela humilhação toda.

Você virou a cabeça para o lado. E me encarou. Seus olhos não desviaram dos meus; eu entendi logo o que diziam. Você não falou nada para eles, mas tudo para mim. Eu fiz que sim com a cabeça.

Mas só quando ninguém estava olhando.

2

Nome novo. Família nova.

Eu.

Nova.

Em folha.

Mike, meu pai adotivo, é psicólogo e especialista em traumas; Phoebe, a filha, também, só que o negócio dela é causar, não curar traumas. Saskia é a mãe. Acho que está tentando fazer com que eu me sinta em casa, mas não sei direito; ela é muito diferente de você, mãe. Magrela e meio alheia a tudo.

Sortuda, a equipe do abrigo de crianças e adolescentes me disse enquanto eu esperava o Mike chegar. Que família fantástica, os Newmonts, e vai estudar na Wetherbridge. Uau. Uau. UAU. Sim, já entendi. Eu devia me sentir sortuda, mas na verdade estou com medo. Com medo de descobrir quem, e o que, eu talvez seja.

Com medo de que eles descubram também.

Faz uma semana que o Mike veio me buscar, no fim das férias do meio do ano. Com os cabelos bem penteados e puxados para trás por um arco, eu ensaiei o que dizer, quando continuar sentada ou me levantar. A cada minuto que passava, quando as vozes que eu ouvia não eram a dele, e sim das enfermeiras contando piada, eu ia me convencendo de que ele e a família tinham mudado de ideia. Caído em si. Fiquei paralisada, criei raízes no chão esperando que me dissessem: desculpe, você não vai a lugar nenhum hoje.

Mas, aí, ele chegou. Me cumprimentou com um sorriso, com um aperto de mão firme; não foi formal, foi bacana, bom saber que ele não tinha medo de interagir comigo. De correr o risco de ser contaminado. Lembro que ele notou a minha falta de pertences, uma maleta pequena. Dentro dela uns livros, umas roupas e também outras coisas escondidas, lembranças de você. De nós. O restante foi levado como prova quando nossa casa foi despida de tudo. Não se preocupe, disse ele, a gente combina uma ida ao shopping. Saskia e Phoebe estão em casa, ele acrescentou, vamos jantar todos juntos, comemorar a sua chegada.

Nos reunimos com o chefe do abrigo. Tenham calma, tenham calma, disse ele, vivam um dia de cada vez. Eu quis dizer a ele: são as noites que me dão medo.

Sorrisos trocados. Apertos de mão. Mike assinou a papelada, virou para mim e perguntou: pronta?

Não, na verdade, não.

Mas fui embora com ele mesmo assim.

A viagem para casa foi curta, menos de uma hora. Cada rua e cada prédio uma novidade para mim. Chegamos no fim da tarde, uma casa grande, colunas brancas na frente. Tudo bem?, perguntou Mike. Eu fiz que sim, apesar de não estar me sentindo tão bem assim. Esperei que ele destrancasse a porta; meu coração foi subindo pela garganta até eu me dar conta de que ela não estava trancada. Entramos direto; qualquer um poderia entrar lá facilmente. Ele chamou a mulher; eu já tinha me encontrado com ela algumas vezes. Sas, disse ele, chegamos. Estou indo, veio a resposta. Oi, Milly, disse ela, bem-vinda. Eu sorri; foi o que achei que devia fazer. Rosie, a terrier da família, também me cumprimentou, pulou nas minhas pernas, espirrou de alegria quando estendi a mão em direção às suas orelhas e dei uma coçadinha Onde é que está a Phoebe?, perguntou Mike. Voltando da casa da Clondine, respondeu Saskia. Perfeito, disse ele, então jantamos daqui a meia hora, mais ou menos. Ele sugeriu que Saskia me mostrasse o meu quarto. Lembro que fez um sinal com a cabeça para ela, acho que um gesto de incentivo. Para ela, não para mim.

Subi a escada atrás dela, tentando não contar os degraus. Casa nova. Eu nova.

São só você e a Phoebe no terceiro andar, explicou Saskia, nós estamos logo embaixo. Nós escolhemos o quarto dos fundos para você, tem uma vista bonita do quintal, olhando da sacada.

O amarelo dos girassóis foi o que vi primeiro. O colorido vivo. Sorrisos num vaso. Eu agradeci, disse que eram uma das minhas flores preferidas, ela pareceu ficar contente. Fique à vontade para sair explorando, disse, tem umas roupas no armário, mas é claro que vamos comprar outras, você mesma pode escolher. Ela me perguntou se eu precisava de alguma coisa, eu respondi que não e ela saiu.

Coloquei a mala no chão e fui até a porta da sacada, ver se estava trancada. Segura. À minha direita, o armário, alto, de pinho antigo. Não olhei dentro, não queria pensar em trocar de roupa, em me despir. Quando me virei, notei gavetas debaixo da cama, fui até elas, abri cada uma, corri as mãos pelo fundo e pelas laterais – nada ali. Seguras, por enquanto. Um banheiro, grande, a parede inteira da direita de espelho. Dei as costas para o meu reflexo, não queria me lembrar. Verifiquei se o trinco da porta do banheiro funcionava e se não podia ser aberto por fora, então me sentei na cama e tentei não pensar em você.

Não demorou muito para eu ouvir passos ruidosos escada acima. Tentei manter a calma, me lembrar dos exercícios de respiração que meu psicólogo me ensinou, mas perdi o foco, então, quando ela apareceu na minha porta, concentrei meu olhar na testa dela, foi o mais próximo que consegui chegar dos olhos. O jantar está pronto, a voz mais parecida com um ronronar, cremosa, uma pitada de malícia, do jeitinho que eu lembrava de quando nos conhecemos na companhia da assistente social. Não pudemos nos encontrar no abrigo; ela não podia saber a verdade, nem ter a chance de desconfiar de nada. Me lembro de ter ficado intimidada. Com a aparência dela, loira, confiante e de saco cheio, forçada a acolher gente estranha em casa. Duas vezes durante o nosso encontro ela me perguntou quanto tempo eu ia ficar. Duas vezes a mandaram calar a boca.

Meu pai me mandou buscar você, disse ela, os braços cruzados por cima do peito. Na defensiva. Eu tinha visto a equipe do abrigo chamar a atenção dos pacientes sobre o que sua linguagem corporal dizia, cada postura significava uma coisa. Observei em silêncio, aprendi um bocado. Já faz alguns dias, mas a última coisa que ela disse, antes de girar sobre os calcanhares como uma bailarina raivosa, ficou na minha cabeça: Ah, e bem-vinda ao manicômio.

Segui o seu perfume doce e cor-de-rosa até a cozinha, fantasiando como seria ter uma irmã. E que tipo de irmãs ela e eu poderíamos ser. Ela seria Meg, pensei, e eu seria Jo, mocinhas donas da nossa própria vida. Tinham me dito no abrigo que a esperança era a minha melhor arma, que ela me permitiria sobreviver.

E eu, tolinha, acreditei.

3

Dormi de roupa naquela primeira noite. Nem vesti o pijama de seda que a Saskia separou para mim, toquei nele só para tirar de cima da cama. O tecido escorregadio na minha pele. Hoje eu já durmo melhor, mesmo que só parte da noite. Melhorei muito desde que deixei você. A equipe do abrigo me contou que eu não disse nada nos três primeiros dias. Fiquei sentada na cama, encostada na parede. Olhando fixo. Em silêncio. Choque, foi o nome que deram. Coisa bem pior, eu quis dizer. Uma coisa que entrava no meu quarto toda vez que eu me permitia dormir. Chegava rastejando por debaixo da porta, sibilava para mim, se chamava mamãe. Ainda se chama.

Quando não consigo dormir, não conto carneirinhos, conto o número de dias até o julgamento. Eu contra você. Todo mundo contra você. Doze semanas a partir de segunda-feira. Oitenta e oito dias, estou sempre contando. Conto para a frente, conto para trás. Conto até chorar, e de novo até parar, e sei que é errado, mas no meio de tantos números eu começo a sentir a sua falta. Vou ter de dar um duro danado até lá. Tem coisas que preciso pôr em ordem na minha cabeça. Coisas que preciso esclarecer se for chamada para depor. Tanta coisa pode dar errado quando os olhos de todo mundo estão virados para a mesma direção.

Mike tem um papel importante nisso tudo. O tratamento planejado por ele e pela equipe do abrigo recomendava uma sessão de terapia comigo por semana até o início do julgamento. Uma oportunidade para eu discutir as minhas ansiedades e preocupações com ele. Ontem ele sugeriu as quartas-feiras, na metade de cada semana. Eu disse que sim, mas não porque quisesse. Porque ele queria que eu concordasse, acha que vai ajudar.

As aulas começam amanhã e estamos todos na cozinha. Phoebe está dando graças a Deus, dizendo que não vê a hora de voltar para a escola e sair desta casa. Mike acha graça; Saskia fica triste. Nessa última semana, notei que alguma coisa não vai bem entre ela e a Phoebe. Elas ignoram quase que totalmente a existência uma da outra, com Mike como tradutor, mediador. Às vezes Phoebe a chama de Saskia, não de mãe. Achei que ela fosse ficar de castigo da primeira vez que ouvi isso, mas não ficou. Não que eu tenha visto. Também nunca vi as duas se tocarem e acho que o toque é um indicador de amor. Não o tipo de toque que você conheceu, Milly. Existe o toque bom e o toque ruim, disse a equipe do abrigo.

Phoebe avisa que vai sair para encontrar uma menina chamada Izzy, que acabou de chegar da França. Mike fala para ela me levar junto, para me apresentar. Ela revira os olhos e diz: ah, dá um tempo, eu passei as férias inteiras sem ver a Iz, elas podem se conhecer amanhã. Vai ser bom para a Milly conhecer uma das meninas, insiste ele, leve ela para conhecer alguns dos lugares aonde vocês costumam ir. Está bem, concorda ela, mas isso não é minha obrigação.

– Mas seria legal da sua parte – diz Saskia.

Ela olha para a mãe com raiva. Encara até sair vencedora. Saskia desvia o olhar, um rubor manchando as bochechas.

– Eu só estava comentando que seria uma atitude bacana.

– É mesmo? Bem, ninguém te perguntou nada, né?

Fiquei esperando a reação. Um tapa ou um objeto. Nada. Só Mike.

– Não fale assim com a sua mãe, por favor.

Quando saímos de casa, tem uma menina de agasalho esportivo sentada no muro em frente à pista de acesso à nossa garagem. Phoebe diz: vaza daqui, sua merdinha, vai procurar outro muro para sentar. A garota reage mostrando o dedo do meio.

– Quem era essa? – pergunto.

– Uma putinha qualquer do conjunto habitacional.

Ela faz um sinal com a cabeça em direção aos edifícios construídos do lado esquerdo da nossa rua.

– Aliás, não se acostuma, não. Eu tenho mais o que fazer quando as aulas começarem de verdade.

– Tudo bem.

– Aquela ruazinha sem saída ali passa bem ao lado do nosso quintal. Não tem muita coisa lá em cima, só umas garagens e coisas assim, e é mais rápido chegar à escola por aqui.

– Que horas você costuma sair de manhã?

– Depende. Normalmente me encontro com a Iz e a gente anda junto. Às vezes, paramos no Starbucks e ficamos lá um tempo, mas esse semestre é temporada de hóquei e eu sou capitã, então tenho de sair bem cedo para treinar.

– Você deve ser muito boa se é a capitã.

– Acho que sim. Mas, e aí, como você veio parar aqui? Onde estão os seus pais?

Uma mão invisível desce até a boca do meu estômago e aperta com força, sem soltar. Sinto a cabeça encher outra vez. Relaxe, digo para mim mesma. Treinei essas perguntas com a equipe do abrigo um monte de vezes.

– Minha mãe foi embora de casa quando eu era pequena. Eu morava com meu pai, mas ele morreu faz pouco tempo.

– Porra, que merda.

Eu faço que sim e deixo a coisa por aí. Menos é mais, me disseram.

– Meu pai deve ter mostrado alguma coisa para você na semana passada, mas no fim da nossa rua, bem aqui, dá para cortar caminho até a escola se você seguir naquela direção.

Ela aponta para a direita.

– Atravessa a rua, pega a primeira à esquerda, depois a segunda à direita; dá uns cinco minutos daqui.

Começo a agradecer, mas ela está distraída, o rosto se abrindo num sorriso. Sigo seu olhar e vejo uma menina loira atravessar a rua em nossa direção mandando beijos exagerados pelo ar. Phoebe ri, acena e diz: essa é a Iz. As pernas douradas contrastam com os shorts jeans rasgados que a menina está usando e, como Phoebe, ela é bonita. Muito bonita. Observo o jeito das duas de se cumprimentarem, de despencarem uma por cima da outra em abraços, e uma conversa se inicia a duzentos quilômetros por hora. Perguntas vão, voltam, elas tiram os celulares dos bolsos, comparam fotos. Dão risadinhas maldosas falando sobre meninos e sobre uma menina chamada Jacinta, que, segundo Izzy, é um verdadeiro horror de biquíni, eu juro que a porra da piscina inteirinha esvaziou quando ela entrou. Essa troca toda leva poucos minutos, mas, com o constrangimento de ser ignorada, a sensação é de horas. É Izzy quem olha para mim e pergunta a Phoebe:

– Quem é essa aí, a novata do abrigo do Mike?

Phoebe ri e responde:

– O nome dela é Milly. Vai ficar com a gente um tempo.

– Achei que seu pai não ia mais acolher ninguém.

– Sei lá. Você sabe que ele não se segura quando aparece um bichinho sem dono.

– Você vai estudar na Wetherbridge? – Izzy me pergunta.

– Sim.

– Você é de Londres?

– Não.

– Você tem namorado?

– Não.

– Caraca, você só fala língua de robô? Sim. Não. Não.

Ela mexe os braços igual ao Dalek do episódio de *Dr. Who* que vi numa aula de teatro na minha antiga escola. As duas caem na gargalhada, voltam aos seus celulares. Eu queria poder dizer a elas que falo dessa maneira lenta e objetiva quando estou nervosa, e para filtrar o barulho. O ruído branco interrompido pela sua voz. Mesmo agora, especialmente agora, você está aqui, dentro da minha cabeça. Você não precisava se esforçar muito para parecer normal; no meu caso, esse mesmo esforço é uma avalanche. Eu sempre me surpreendia com o quanto amavam você no trabalho. Nenhuma violência ou raiva, seu sorriso meigo, sua voz tranquilizadora. Você mantinha todo mundo na palma da mão, controlava todo mundo. Levava as mulheres fáceis de convencer para um canto, falava perto dos seus ouvidos. Seguras. Amadas. Era assim que você fazia com que se sentissem; por isso confiavam os filhos a você.

– Acho que vou indo para casa. Não estou me sentindo muito bem.

– Tudo bem – responde Phoebe. – Só não arranja encrenca para mim com o meu pai.

Izzy ergue o olhar, dá um sorriso provocador.

– Vejo você na escola – diz, e, quando vou saindo, eu a ouço acrescentar: – Isso vai ser divertido.

A garota do agasalho esportivo não está mais sentada no muro. Paro um pouco e olho para o conjunto, sigo os edifícios até o céu, o pescoço projetando a cabeça para trás. Não temos prédios residenciais em Devon. Só casas e campos. Hectares de privacidade.

Quando chego em casa, Mike pergunta por Phoebe. Falo da Izzy e ele sorri, como se pedisse desculpas, eu acho.

– Elas são amigas desde sempre – diz. – Têm as férias inteirinhas para colocar em dia. Quer conversar um pouco no meu escritório, bater um papo antes de as aulas começarem amanhã?

Eu digo que sim – parece que ando dizendo sim bastante, é uma boa palavra, dá para eu me esconder por trás dela. O escritório do Mike é grande, com janelões que dão para o quintal. Uma escrivaninha de mogno, um porta-retratos e um abajur verde para leitura com cara de antiguidade, pilhas de papéis. Tem uma biblioteca particular, fileiras de prateleiras embutidas cheias de livros, o restante das paredes pintado de malva. Dá uma sensação de estabilidade. De segurança. Ele me pega olhando as prateleiras e ri. Eu sei, eu sei, diz, tenho muitos livros, mas, cá entre nós, acho que nunca se pode ter livros demais.

Eu faço que sim, concordo.

– Vocês tinham uma biblioteca boa na sua escola? – pergunta.

Não gosto da pergunta. Não gosto de pensar na vida como era antes. Mas eu respondo, mostro boa vontade.

– Na verdade, não, mas tinha uma no vilarejo vizinho ao nosso, às vezes eu ia lá.

– Ler é muito terapêutico, é só avisar se quiser pegar algum livro emprestado. Eu tenho muitos, como pode ver.

Ele pisca para mim, mas não de uma forma que me deixa desconfortável, indica uma poltrona: sente. Relaxe. Eu me sento. Noto que a porta do escritório está fechada; Mike deve ter fechado enquanto eu olhava os livros. Ele fala sobre a poltrona em que estou sentada.

– Confortável, não é? – pergunta.

Eu faço que sim, tento parecer mais relaxada, mais à vontade. Quero fazer as coisas direito. Ela também é reclinável, ele acrescenta, é só puxar a alavanca que fica aí do lado; se sentir vontade, é só puxar. Não sinto vontade e não puxo. Ficar sozinha num cômodo com outra pessoa, numa poltrona reclinável, deitada. Não. Não gosto da ideia.

– Sei que discutimos o assunto no abrigo antes de você sair, mas é importante a gente repassar o nosso acordo antes de você ser engolida pelas próximas semanas de aulas.

Um dos meus pés começa a balançar. Ele baixa a vista para olhar.

– Você parece insegura.

– Um pouquinho.

– A única coisa que eu peço é que você mantenha a mente aberta, Milly. Encare essas sessões como momentos de descanso, um espaço para se dar um tempo e respirar. Temos pouco menos de três meses até o caso entrar em julgamento, então em parte vamos preparar você para isso, mas também vamos continuar o relaxamento guiado que o psicólogo do abrigo começou com você.

– A gente tem que continuar aquilo?

– Tem, vai ser útil para você no longo prazo.

Como digo a ele que não vai, não se as coisas que me assustam acharem um jeito de escapulir?

– É da natureza humana querer evitar o que nos faz sentir ameaçados, Milly, o que nos faz achar que temos menos controle sobre as coisas, mas é importante a gente enfrentar isso. Começar a deixar as coisas para trás. Eu gostaria que você pensasse num lugar que lhe dê uma sensação de segurança, vou pedir que me fale dele da próxima vez. De início pode parecer difícil, mas preciso que você tente. Pode ser qualquer lugar, uma sala de aula na sua antiga escola, um percurso de ônibus que você fazia.

Ela me levava à escola de carro. Todos os dias.

– Ou um lugar no vilarejo vizinho ao seu, como um café ou a biblioteca que você mencionou, qualquer lugar, contanto que a sensação que você associe a ele seja de segurança. Faz sentido?

– Eu vou tentar.

– Ótimo. E, quanto a amanhã, como está se sentindo? Nunca é fácil ser a novata.

– Estou animada para ocupar o meu tempo, ajuda.

– Bem, tenta ir com calma, as coisas podem ser bem intensas na Wetherbridge, mas eu não tenho dúvida de que vai conseguir acompanhar. Você gostaria de conversar sobre mais alguma coisa, tem alguma pergunta a fazer, alguma coisa está deixando você insegura?

Tudo.

– Não, obrigada.

– Então vamos parar por aqui hoje, mas, se qualquer coisa surgir entre agora e a nossa primeira sessão, minha porta está sempre aberta.

Voltando para o quarto, não posso deixar de me sentir frustrada por Mike querer continuar a hipnose. Ele acha que chamando de "relaxamento guiado" eu não vou saber o que é, mas eu sei. Ouvi o psicólogo do abrigo dizer a um colega que tinha esperança de que a técnica de hipnose que estava usando comigo fosse uma boa forma de me "destrancar". É melhor me deixar trancada, eu quis dizer a ele.

Ouço música quando passo pelo quarto da Phoebe, então ela já deve estar de volta. Crio coragem e bato na porta; quero perguntar a ela o que devo esperar da escola amanhã.

– Quem é? – berra ela.

– Milly – respondo.

– Estou ocupada me preparando para amanhã – devolve ela –, você devia fazer o mesmo.

Sussurro a minha resposta pela madeira – *estou com medo* –, então entro no meu quarto, separo meu uniforme novo. Saia azul, camisa branca e uma gravata listradinha em dois tons de azul. Por mais que eu tente não pensar em você, é só o que faço. Nossas viagens diárias de carro, indo e voltando da escola; você trabalhava no turno da manhã só para eu não ter de pegar o ônibus. Uma oportunidade de relembrar a música que você cantava enquanto me beliscava. Eu salivava de tanta dor. Nossos segredos são especiais, você dizia quando chegava o refrão, são entre mim e você.

Um pouco depois das nove, Saskia vem me dar boa-noite. Tente não pensar sobre amanhã, diz ela, a Wetherbridge é uma escola realmente encantadora. Depois que fecha a minha porta, eu a ouço na da Phoebe. Ela bate, então abre. Ouço a reação da Phoebe: O que você quer?

Só vim ver se está tudo bem para amanhã. Vai cuidar da sua vida, devolve Phoebe, e a porta volta a se fechar.

4

Sobrevivi aos dois primeiros dias de aula, quinta e sexta-feira da semana passada, sem incidentes, protegida pelo programa de iniciação para alunos novos. Palestras sobre regras e expectativas, uma reunião com a minha orientadora, a Srta. Kemp. Não é comum alunas do último ano do ensino médio terem orientadores, mas como eu sou a única aluna nova da série e ela ensina Artes, me colocaram com ela. A diretora da escola onde eu estudava mandou uma carta por intermédio do serviço social falando do talento que achava que eu tinha para as Artes. A Srta. Kemp pareceu animada, disse que estava ansiosa para ver do que eu era capaz. Ela me pareceu simpática, boazinha, mas nunca dá para saber direito. Não de verdade. Lembro do cheiro dela mais do que tudo: tabaco misturado com alguma outra coisa que não consegui identificar. Mas que eu reconhecia.

O fim de semana foi calmo. Mike trabalha aos sábados no consultório dele, em Notting Hill Gate – de onde vem a maior parte do dinheiro. Saskia entrava e saía de casa, ioga e outras atividades. Phoebe foi para a casa da Izzy. Muito tempo só para mim. No domingo à noite, Mike e Saskia me levaram a um cinema chamado Electric, na Portobello Road, e mesmo sendo tão diferente das sessões de cinema que a gente fazia lá em casa, eu passei o tempo todo pensando em você.

Quando voltamos, Phoebe estava na sala de TV e saiu lá de dentro de cara amarrada. Que fofo, disse ela. Nós perguntamos se você queria ir, devolveu Mike. Ela deu de ombros: pois é, bem, eu não voltei da casa da Iz a tempo, voltei?

Nós subimos a escada juntas. Pelo visto você está se enturmando direitinho, não é mesmo, disse ela para mim. Aproveite enquanto durar, você não vai ficar aqui muito tempo, ninguém fica. Senti aquilo bem lá no fundo. Um alarme. Um sinal.

No dia seguinte, no café da manhã, somos só Mike e eu. Ele explica que a Saskia vai dormir até mais tarde, tentar botar o sono em dia. Ele não sabe que eu vi os comprimidos na bolsa dela.

Infelizmente a Phoebe já foi, diz ele. Quer que eu acompanhe você, já que é a sua primeira semana? Eu digo a ele que vou ficar bem sozinha, mesmo não tendo certeza se é verdade. Durante os dois dias da iniciação, almocei com as outras meninas no refeitório. A curiosidade do começo logo virou desinteresse quando a notícia se espalhou: ela fala igual a um robô, não tira os olhos dos pés. Esquisitona. Escondi delas o fato de que minhas mãos às vezes tremem – danos permanentes ao meu sistema nervoso – enfiando as duas nos bolsos do blazer ou carregando uma pasta. Já percebi que as coisas acontecem rápido nessa escola, incluída ou excluída num piscar de olhos. Nem adianta pedir ajuda a Phoebe, é óbvio que ela não quer nada comigo; então eu sou ignorada, categoricamente classificada de estranha. *A* estranha.

Mas hoje, segunda-feira, é diferente.

Hoje, uma onda de cutucões e risadinhas vai se propagando entre as meninas da minha série enquanto atravesso o pátio da escola.

Eu sou notada.

Dobro à direita assim que entro, querendo evitar a todo custo o corredor do meio, uma armadilha, um ponto de encontro de meninas cruéis, esnobes e lindas. Deixo para trás as risadinhas maliciosas, os insultos estridentes que elas trocam entre si com tanta facilidade, até as que são amigas – especialmente as que são amigas –, e caminho em direção ao vestiário.

Abro a porta empurrando com as costas. Os braços cheios de pastas.

Eu me viro. Vejo imediatamente.

ENORME. Presa com fita adesiva na frente do meu armário. Minha foto da escola, tirada na semana passada, no meu primeiro dia. Sem jeito e insegura. Feia. A boca um pouco aberta, o bastante para que coubesse a foto de um pênis gigante e um balão de história em quadrinhos.

MILLY COME PICA

Eu desencosto da porta, a deixo fechar. Um baque de leve lacra o recinto. Sou atraída pelo pôster. Por mim. Curiosa para me ver de uma maneira que nunca vi. Um intruso cor-de-rosa e cheio de veias saindo da minha boca. Inclino a cabeça, me imagino cravando os dentes nele. Com força.

Uma explosão de sons entra do corredor enquanto a porta abre e fecha outra vez. Os passos suaves de alguém atrás de mim. Eu arranco o pôster do armário na mesma hora que a mão pousa no meu ombro. As pulseiras pesadonas chocalham; seu aroma tão distinto me abraça como um cobertor num dia já quente demais. Eu xingo a mim mesma por ter hesitado. Ela viu antes de eu arrancar, sei que viu. Idiota. Eu devia ser mais esperta. Você me ensinou a ser melhor que isso.

– O que é isso na sua mão, Milly?

– Nada, Srta. Kemp, está tudo bem.

Me deixe em paz.

– Não se preocupe, você pode me contar.

– Não tenho nada para contar.

O volumoso conjunto de anéis. Eu os sinto contra a clavícula quando ela me vira de frente para ela. Está decidida, dá para perceber, e, se o que ouvi das conversas das meninas – sobre ela ser meio bobinha, se intrometer demais nas coisas de vez em quando – for verdade, não vai deixar o assunto morrer. Meus olhos, grudados no chão, passam para os pés dela. Tamancos grandalhões, meio ripongas, solas pesadas de madeira. Quanto mais olho para eles, mais me fazem pensar em dois barcos abandonados, encalhados num banco de areia secreto debaixo da saia dela. *Naveguem para longe daqui, me deixem em paz.*

– Não está com cara de não ser nada, deixa eu ver.

Amasso o papel e enfio nas costas. Conjuro um pequeno feitiço. Me faça sumir, ou a ela. Ótimo. Melhor.

– Vou me atrasar, é melhor eu ir.

– Não vou deixar você ir embora desse jeito. Me mostra, talvez eu possa ajudar.

Sua voz, a maneira de falar, quase musical. Eu me sinto melhor, um pouco. Meus olhos vão subindo. Canelas. Ela é novidade para mim. Tenha cuidado, sim, meu psicólogo me disse, mas lembre que a maioria das pessoas não representa uma ameaça. Coxas. Mais porcaria hippie, mais porcaria cafona. Uma saia de veludo cotelê, uma blusa estampada de caxemira, um projeto ambulante, não exatamente acabado, o tipo de estilo caótico que você detestaria, mãe. Cores e camadas. Camadas e cores. Mãos se retorcendo, anéis gigantes tilintando e se chocando, carrinhos bate-bate. Nervosa? Não. Outra coisa. Expectativa. Isso. Um momento entre nós. Um laço se formando, ela pensa. Seu cheiro, agora menos opressor. Consigo chegar aos seus olhos. Castanho-esverdeados e delineador forte, claro e escuro. A mão se estende na minha direção.

– Deixa eu ver.

O sinal toca, então dou o pôster a ela; não quero me atrasar para a aula, mais um motivo para me notarem. Ela tenta alisar os amassados do papel, abre a folha em cima da coxa, esfrega com a mão como quem passa roupa a ferro. Desvio o olhar. Eu a ouço respirar mais fundo, como se tentasse conter alguma coisa lá dentro. Como puderam fazer isso?, diz. Estende o braço para mim, pousa a mão na manga do meu blazer, não na minha pele. Ainda bem.

– Eu prefiro esquecer isso, senhorita.

– Não, sinto muito, eu tenho de investigar isso, especialmente sendo sua orientadora. Tem alguma ideia de quem está por trás disso?

Respondo que não, mesmo não sendo a mais pura verdade. Na semana passada, na rua.

As palavras da Izzy: Isso vai ser divertido.

– Pode ter certeza de que eu vou descobrir, Milly, não se preocupe.

Quero dizer a ela para não se dar ao trabalho, que já fizeram coisa pior, mas não posso – ela não sabe quem eu sou, de onde vim. Quando ela baixa o olhar outra vez para o pôster, meus olhos são atraídos pelo seu pescoço. Pelo pulso forte e constante. Cada vez que bate, a pele em volta treme um pouco. O pensamento foge da minha cabeça quando Phoebe e Izzy irrompem pela porta e param de repente quando se dão conta de que tenho companhia. Está na cara que vieram rir de mim, os celulares nas mãos. Registrar o momento. Os olhares tensos que vêm e vão entre as duas é prova suficiente. Eu nunca entendo por que as pessoas não são melhores em esconder o que sentem, embora seja justo dizer que eu tive mais prática que a maioria. A Srta. Kemp pega as duas se entreolhando e chega à própria conclusão

A certa. Talvez não seja tão tonta ou bobinha quanto as meninas acham.

– Não é possível. E, Phoebe, justamente você, como pôde? O que os seus pais diriam sobre isso? Ficariam furiosos. Eu não sei, eu simplesmente não sei de mais nada. Vocês, meninas, o jeito que se tratam. Preciso pensar sobre isso, quero vocês duas na sala de Artes logo depois que assinarem a lista de presença e...

– Mas, Srta. Kemp, vai ter uma reunião sobre a viagem do time de hóquei e eu tenho que ir, sou a capitã.

– Faça o favor de não me interromper, Phoebe. Você e Izzy vão estar na minha sala até no máximo as 8h55 ou esse assunto vai longe, bem mais longe. Entendido?

Um silêncio de pouco mais que alguns segundos. Izzy diz:

– Sim, Srta. Kemp.

– Ótimo, agora vão, assinem a lista de presença e sigam direto para a minha sala. Milly, é melhor você assinar também, e não se preocupe, eu resolvo isso.

Meu coração vai martelando até a secretaria. A Srta. Kemp, ocupada demais "se intrometendo", não notou o gesto que a Phoebe fez para mim quando saímos do vestiário. Um dedo atravessando a garganta. Os olhos grudados em mim. Morta. Eu. Morta.

Até parece.

Phoebe, querida.

5

Menos de duas horas depois, do lado de fora da cantina da escola, elas vêm chegando, uma de cada lado, e me espremem. Uma versão glamorosa e de cabelos esvoaçantes de uma lata de sardinha.

– Como vai a vida da nova putinha da Srta. Kemp? – diz Izzy, o hálito quente na minha orelha esquerda.

Phoebe está bem longe daqui. É esperta demais para isso. À minha direita, surge Clondine, sua outra melhor amiga, uma puxa-saco, as mangas firmemente arregaçadas. O banheiro que fica por trás do prédio de Ciências, e que quase nunca é usado, é sinônimo de encrenca. Mãos vão me empurrando pela porta. Um empurrão, um esbarrão, um último empurrão.

Elas não perdem tempo.

– Você deve se achar tão esperta, né? Nos dedurando para a sua queridinha, a Srta. Kemp.

– Eu não disse nada para ela.

– Ouviu essa, Clondine? Ela está negando.

– Ah, eu ouvi muito bem, só não acredito em porra nenhuma.

Izzy se aproxima com o celular na mão. Ela nos filma. Me empurra. Com força. Um cheiro de morango em seu hálito, tão sedutor que eu poderia me enfiar dentro da sua boca. Chiclete visível por entre seus dentes perfeitos de animadora de torcida, não como a boca da Clondine, cheia de metal colorido. Ela coloca a mão na parede, acima da minha cabeça;

quer que eu me sinta pequena. Ameaçada. Uma cena de algum filme que viu. Ela faz uma bola. Rosa e opaca. Cola no meu nariz e estoura por cima dele. Gargalhadas explodem. Izzy chega para trás, Clondine continua de onde ela parou.

– Me passa o número do seu celular, e nem adianta falar que você não tem, a Phoebe nos contou que o Mike comprou um para você.

Silêncio.

Sua voz dentro da minha cabeça. ESSA É A MINHA MENINA, MOSTRE A ELAS. DEVE ESTAR AGRADECIDA AGORA PELAS LIÇÕES QUE TE ENSINEI, ANNIE. Seus elogios, uma raridade, quando chegam me consomem como fogo pela mata, engolindo casas e árvores e outras meninas adolescentes menos fortes com sua boca quente e faminta. Enfrento os olhos das duas me encarando, os restos do chiclete da Izzy pendurados no meu queixo. Elas ficam confusas com a minha rebeldia, dá para notar. É fugaz. Os lábios suculentos trêmulos, os olhos arregalados de leve. Eu sacudo a cabeça, devagar e deliberadamente. Izzy, a mais afoita das duas, morde a isca.

– Me dê a porra do seu número, vadia.

Suas mãos me empurram, seu rosto cola no meu; eu aceito o toque, satisfeita. Eu sou de verdade. Você pode me ver, pode me tocar, mas fique sabendo que, de onde eu venho, isso aqui é só aquecimento.

Sacudo a cabeça outra vez.

Uma ardência toma conta da minha bochecha, entra por um ouvido, sai pelo outro. Levei um tapa. Ouço risadas, admiração pelo showzinho da Izzy. Meus olhos estão fechados, mas imagino a reverência que ela faz, sempre adorada pelo público. Sua voz sai fraca, o zumbido nos meus ouvidos ameaça abafar o que ela diz em seguida, mas as palavras são inconfundíveis.

– Não. Vou. Pedir. Outra. Vez.

E eu nunca esqueço.

Nunca.

Quando conseguem o que querem, elas vão embora. Minha mão toca o calor que queima o meu rosto e eu me lembro de você. Sou engolida. Um turbilhão de lembranças. Estamos outra vez na nossa casa, sinto o cheiro de lavanda que você tanto amava, o vaso delas no banheiro. É a noite da sua prisão, passei a tarde toda na delegacia. Falsifiquei uma carta sua, entreguei na secretaria da escola, fui liberada depois do almoço, sem perguntas.

Tive pavor de olhar para você naquela noite, de os meus olhos cruzarem com os seus, como se a vergonha por trás do que eu tinha feito estivesse escrita. Pintada com tinta spray no meu rosto. Me ofereci para passar roupa, qualquer coisa para controlar a tremedeira nas minhas mãos e para estar armada caso a polícia chegasse cedo demais e você me atacasse. Você me pareceu diferente, menor, ainda intimidadora, só que menos. Mas não era você que tinha mudado, era eu. O fim à vista. Ou o começo.

Tive medo de que talvez não viessem, que mudassem de ideia, decidissem que eu estava inventando aquilo. Tentei respirar normalmente, ficar de pé normalmente, não que isso adiantasse muito, já que você podia pirar de um instante para o outro. Um minuto estava arrumando flores num vaso, no seguinte, exigindo que eu fizesse algo absurdo. Não restaram muitas atividades do dia a dia que não me lembrem de você, de como você gostava de fazer as coisas. Quando chegava a hora de me deitar, eu esperava você me dizer onde eu ia dormir. Às vezes na sua cama, outras vezes eu ganhava um indulto e era mandada para a minha. O mais engraçado, ou triste, foi que parte de mim quis dormir com você aquela noite, sabendo que seria a nossa última, mas a outra parte estava assustada demais para ir lá para cima sozinha. Subir oito, depois outros quatro, a porta à direita. Em frente à minha. O playground.

Você não disse nada quando fechou a porta do seu quarto, foi uma dessas noites. Podia passar dias sem falar comigo ou sem parecer notar a minha presença e de repente me devorar – minha pele, meus cabelos, qualquer coisa que conseguisse agarrar, em minutos. Eu me despedi naquela noite, sussurrei um adeus. Talvez também tenha dito eu te amo, e amava. Ainda amo, apesar de estar tentando não amar.

Quando subi, eu me encostei na parede do corredor do lado de fora do quarto que fica em frente ao meu; precisava do contato com alguma coisa sólida, mas logo me afastei. Eu as ouvi. As vozes dos fantasminhas sangrando pela parede. Despencando em cima de mim. Mergulhando. Uma terra de ninguém.

Ela vai estar lá, esperando, a menina que mostrou o dedo do meio para a Phoebe; eu sei que vai. Já a vi umas duas vezes desde aquela primeira noite. Eu dobro a esquina, entro na minha rua e lá está ela, sentada no muro. Sinto uma coisa na barriga, um aperto, mas não de medo. É prazer, acho. Excitação. Ela é pequena, solitária. Ainda não falei com ela, mas estou quase. Quando vou chegando, ela começa a balançar as pernas, para cima e para baixo, vai batendo nos tijolos do muro que cerca o conjunto habitacional que fica em frente à minha casa com pancadas alternadas. O olho direito, machucado e inchado, abre só um pouco. Lembra um uniforme de futebol, todo roxo. O olho aberto me encara quando vou passando. Pisca, e pisca outra vez. Um código Morse de um olho só.

Eu tiro as batatas fritas de dentro da bolsa, o saquinho abre com um estouro – ele sabe que tem um papel a desempenhar. Olho para ela. O olho bom virou para outro lado, um assovio alegre começa a soar, ela é só sardas e indiferença. Eu dou de ombros, atravesso a rua. Três. Dois...

– Você tem alguma coisa para comer aí?

Um.

Eu me viro e olho para ela.

– Pode comer um pouco das minhas batatas, se quiser.

Ela olha em volta, por cima do ombro, como se quisesse ter certeza de que estamos sozinhas, então pergunta:

– São de que sabor?

– Sal e vinagre.

Ando na sua direção, estendo o saco para ela. Se quiser as batatas, vai ter de descer do muro. Ela desce. Rápida como um raio, pega o saco e senta outra vez. Os tênis surrados recomeçam a dança: *tum, tum,* direita, esquerda. Pergunto o seu nome, mas ela me ignora. Só precisa de uns minutos: engole em vez de comer as batatas. Devora. Vira o saco por cima da boca, bate no fundo, as últimas migalhas somem. O saco vazio flutua até o chão. É mais velha do que parece, doze ou treze anos, talvez. Pequena para a idade.

– Tem mais alguma coisa?

– Não, nada.

Ela faz uma bolha de cuspe, o que é ao mesmo tempo nojento e fascinante. O jeito como aquilo vai se formando em seus lábios, como ela chupa de volta. Ousada e infantil, tudo junto. Me dá vontade de perguntar por que vem se sentar aqui sozinha com tanta frequência, por que um muro na rua é melhor do que estar em casa, mas ela vai embora. Desce as pernas pela parte de trás do muro e sai em direção a um dos prédios do conjunto. Fico observando a menina se afastar;

ela sabe, de alguma maneira sente o meu olhar. Se vira e me olha com uma expressão que parece dizer: algum problema? Eu sorrio em resposta, ela encolhe os ombros já me dando as costas. Tento outra vez.

– Qual é o seu nome? – grito.

Ela para, vira o corpo todo para me olhar, arrasta um dos tênis no chão. Uma. Duas vezes.

– Quem quer saber?

– Milly, meu nome é Milly.

Ela aperta os olhos, um lampejo de dúvida atravessa o seu rosto, mas responde mesmo assim:

– Morgan.

– Legal, o seu nome.

– Se você diz – devolve ela, então sai correndo e logo some de vista. Enquanto atravesso a rua, vou rolando as letras do nome dela para cima e para dentro, pela língua e pelos lábios, e, enquanto procuro as chaves dentro da bolsa, não consigo deixar de me sentir satisfeita. Eu enfrentei a Clondine e a Izzy e falei com a garota do muro. Consigo fazer isso, consigo ter uma vida depois de você.

6

Tenho conseguido manter as suas visitas noturnas em segredo até agora.

O fato de você chegar como uma cobra, por debaixo da porta. Subir na minha cama. Deitar o corpo escamoso ao lado do meu, me examinar. Me lembrar de que ainda pertenço a você. Quando amanhece, eu já fui parar no chão, encolhida numa bolinha, o edredom cobrindo a cabeça. Minha pele está quente, mas por dentro eu sinto frio, é difícil explicar. Li num livro uma vez que gente violenta tem a cabeça quente, enquanto psicopatas são frios de coração. Quente e frio. Cabeça e coração. Mas e se a gente sai de uma pessoa que é as duas coisas? O que acontece?

Amanhã, Mike e eu devemos nos reunir com os promotores. Os homens ou mulheres recrutados para prenderem você. E nunca mais deixarem sair. Será que você fica sentada na sua cela se perguntando por quê? Por que eu fui embora depois de tantos anos? Tem dois motivos, mas só posso falar de um.

Meus dezesseis anos. Só faço em dezembro, apesar de você ter começado a planejar há meses, mas não da forma que uma mãe deveria. Um aniversário do qual você nunca vai se esquecer, disse. Ou sobreviver, eu me lembro de ter pensado. Os e-mails de outros como você começaram a chegar. O lado obscuro da internet. Uma lista seleta. Três homens e uma mulher que você convidou para virem se divertir. Se divertir comigo. Era para ser meu aniversário, mas eu era o presente.

A *piñata* a ser surrada. Seus dezesseis anos, você disse, não vejo a hora. As palavras como delícias açucaradas na sua boca. Limões para mim. Amargos e azedos.

Sinto o começo de uma enxaqueca enquanto me arrumo para a escola, mais um presentinho seu. Os botões da blusa desafiam os meus dedos; é como tentar enfiar linha numa agulha com hashis. Demoro mais do que o normal e quando passo pelo quarto da Phoebe a porta está fechada e eu me pergunto se ela já foi. Não a vejo desde ontem no vestiário da escola. Espero que ela e as meninas já tenham "se divertido" o bastante comigo.

Estou a três andares do térreo, o carpete é espesso e creme. Muda para piso frio quando se chega ao corredor, lá embaixo. Julgo mal a distância do último degrau e tropeço, caindo no mármore frio. Devo ter gritado, porque Mike vem chegando da cozinha.

– Cuidado – diz. – Deixa eu te ajudar.

Ele me leva até o primeiro degrau da escada e se senta ao meu lado. Que desastrada eu sou, digo.

– Não se preocupe – replica ele. – Acontece, a casa ainda é novidade para você. Está cobrindo os olhos da luz, é enxaqueca?

– Acho que sim.

– Bem que nos avisaram que era de se esperar. Talvez seja melhor você não ir à aula, pelo menos na parte da manhã. Tente dormir para ver se passa.

Meu primeiro instinto é dizer que não, mas aí eu me lembro de onde estou – e de onde você está. Às vezes você tirava a sexta-feira de folga, um fim de semana prolongado. Ligava para a escola, dizia que eu estava doente: dor de barriga ou gripe. Três dias inteiros, só eu e você.

– A água está fervida, vou fazer um chá, aí você volta para a cama, tudo bem?

Eu faço que sim, ele me ajuda a me levantar. Pergunto onde estão Phoebe e Saskia; já saíram, explica.

– Acabei de lembrar que Sas deixou um presente para você na cozinha.

O presente é pequeno, quadrado. Embrulhado em papel azul, um laço vermelho.

– Abra, se quiser.

Bonita, essa atitude dela. Eu me sento à mesa e, enquanto observo o Mike fazer chá, a forma delicada de ele levantar as coisas e as colocar de volta no lugar, transbordo de gratidão. Não são muitas as pessoas que acolheriam alguém como eu, que aceitariam uma responsabilidade assim. Um risco assim. Tento conter as lágrimas, mas elas vencem. Caem na toalha de mesa lilás. Mike nota quando se aproxima com as canecas, senta na cadeira ao meu lado. Olha para o presente, que continua fechado na minha mão, diz para eu não me preocupar. Leve o tempo que for, diz, beba o chá, tem um pouco de mel, o doce ajuda.

Ele tem razão; e a bebida quente também ajuda.

– Sei que ainda é terça-feira, mas devíamos nos encontrar mais tarde, se estiver disposta. Acho que um tempo hoje seria bom para você, o que acha?

Eu faço que sim, mesmo querendo dizer que não. Não quero que ele pisoteie, que chapinhe por cima dos meus pensamentos e desejos. Ele ficaria enojado em saber que sinto saudades suas, que estou sentindo agora, sentada aqui. Quando abri as cortinas esta manhã, notei uma casa de passarinhos no quintal do vizinho e isso me fez lembrar da vez que construímos uma juntas. Você usou um martelo para bater os pregos. Quando perguntei se podia tentar, você acariciou os meus cabelos e disse: pode, mas cuidado com os dedos. A enfermeira dentro de você, preocupada em evitar a dor em vez de causar, ao menos uma vez.

– É bom ver que já recuperou um pouco a cor. Por que não sobe e se deita e eu chamo você mais tarde?

Acabo dormindo o resto da manhã. Mike trabalha de casa hoje e almoçamos juntos – sopa preparada por Sevita, a empregada, e sanduíches de presunto. Rosie senta com o focinho quase tocando a minha perna, olhos castanhos e inocentes encarando o meu perfil. Eu dou a ela um pedacinho de carne enquanto tiramos a mesa.

A luz do escritório do Mike é suave: dois abajures, nenhuma luz de teto. Ele explica que vai fechar as persianas, mas que as venezianas vão ficar abertas. As persianas têm pompons roxos trabalhados pendurados nas cordas de puxar. Ele segue os meus olhos, sorri.

– Sas. A artista é ela, não eu.

Ele vai até a escrivaninha, fecha a tampa do notebook, tira os óculos. Sente-se, diz, apontando para a poltrona onde me sentei da última vez. Eu conto enquanto me sento, de trás para a frente, começando de dez, tento acalmar a respiração. Ele pega uma almofada de uma das outras poltronas. Veludo azul. Anda até mim, a coloca no braço da minha poltrona. Sorri. Senta na minha frente, cruza as pernas, entrelaça os dedos, pousa os cotovelos nos braços da poltrona.

– Tenho certeza de que tem pensado sobre amanhã, na reunião com June e os advogados. Você se lembra da June, não? É a agente responsável pelo seu testemunho, vocês se conheceram brevemente no hospital.

Eu faço que sim.

– Vamos discutir algumas coisas, mas principalmente o fato de que você talvez seja questionada quanto às provas que já apresentou.

Pego a almofada e aperto contra o corpo.

– Eu sei que isso é difícil para você, Milly. Mais do que tudo, sei que foi difícil depor contra a sua mãe, mas, aconteça o que acontecer, nós vamos ajudar você a superar.

– O que vão querer perguntar? Será que vou ter de contar tudo outra vez?

– Ainda não temos cem por cento de certeza. Os promotores estão tentando descobrir o que a defesa tem em mente.

Eu queria poder dizer a ele que não é com a defesa que precisam se preocupar, e sim com você. Deve estar aproveitando bem as horas e mais horas passadas todos os dias confinada a uma cela. Sei que está. Está bolando algum plano.

– Você parece preocupada, Milly. No que está pensando?

Que, se eu tivesse ido à polícia antes, o último garotinho que você raptou, Daniel, ainda estaria vivo.

– Nada, não. Só estava me perguntando se os advogados que estão defendendo minha mãe já receberam uma cópia do meu depoimento.

– Receberam, sim, e é provável que seja com base nele que você vá ser interrogada. Você é a testemunha-chave no julgamento da sua mãe e a defesa vai procurar formas de enfraquecer o seu depoimento, tentar criar dúvida razoável em torno de determinados acontecimentos.

– E se eu estragar tudo ou disser a coisa errada?

– Não quero que se preocupe com isso neste momento. Temos bastante tempo para preparar você caso seja chamada para depor. Espero que a gente descubra um pouco mais amanhã. Mas o importante aqui é se lembrar de que não é você quem está sendo julgada. Tudo bem?

Eu aceno com a cabeça, digo que sim. Por enquanto, pelo menos.

Assim que o Mike começa, eu me dou conta de que ele é melhor do que o psicólogo do abrigo, ou talvez eu me sinta mais à vontade com ele. Quero deixar o passado para trás. Quero, sim. Mas ainda assim eu reluto em relaxar durante a sessão. Fecho as mãos em punhos, ele me manda abrir, me concentrar na respiração. Feche os olhos, descanse a cabeça no encosto da cadeira. Ele me pede para descrever o meu local seguro, eu descrevo. Em resposta, sua voz sai baixa. Firme. Tranquilizadora. Inspire, expire. Ele vai passando por cada membro do meu corpo, pedindo que eu enrijeça e relaxe cada um. De novo. E mais uma vez. Fundo, agora, prenda. Deixe a sua mente ir aonde ela quiser, aonde precisar ir.

Meu lugar seguro se dissolve. Outras coisas aparecem em primeiro plano. Imagens ganham nitidez. Minha mente gira e nada contra elas, tenta as rejeitar. Um quarto. Uma cama. Escuridão, a silhueta das árvores dançando agitadas no teto. A sensação de ser observada, uma sombra escura atrás de mim. Ao meu lado. Um hálito no meu pescoço. A cama afunda quando a sombra se deita ao meu lado. Perto demais. Ela não fala, me cerca por todos os lados. Por cima de mim. Ruim. Pior. A voz do Mike está muito longe agora, eu mal consigo ouvir o que ele diz. Fico voltando a um lugar aonde não quero ir, ao quarto em frente ao meu, ao som de crianças chorando. Você rindo.

Ele me pergunta o que mais consigo ver ou ouvir. Um par de olhos amarelos brilhando no escuro, digo a ele. Um gato preto, do tamanho de um humano, uma sentinela ao lado da minha cama, enviada para vigiar, para me manter onde estou. Mostrando e retraindo as garras.

– Não gosto daqui, quero sair.

A voz do Mike, agora mais clara, me manda voltar para o meu lugar seguro. Ande em direção a ele, me diz. Então eu ando. O buraco no carvalho antigo, atrás da nossa casa. Eu me enfiava ali, no coração da árvore, quando você ia trabalhar nos fins de semana e nem sempre me levava junto, e eu observava a luz ir mudando por cima do campo. Carmim e laranja.

Seguro.

– Quando estiver pronta, abra os olhos, Milly.

Fico imóvel por um ou dois minutos. Sinto o queixo molhado. Abro os olhos, baixo a vista para a almofada, estampada com um *tie-dye* de lágrimas, o veludo mosqueado. Olho para o Mike. Os olhos dele estão fechados, ele belisca o ponto acima da ponte do nariz, massageia um pouco. Faz a mudança de psicólogo para pai adotivo. Abre os olhos quando começo a falar.

– Eu estava chorando.

– Às vezes lembrar faz isso com a gente.

– Não existe outra maneira?

Mike balança a cabeça, chega mais para a frente na cadeira e diz:

– A única saída é enfrentar.

Abro o presente da Saskia quando volto para o quarto. A primeira coisa que vejo dentro da caixinha quadrada: ouro. Uma corrente com um nome. Milly, meu nome novo, não Annie. Passo os dedos pelo relevo das letras, pelas bordas pontudas, me perguntando quanto um nome pode mudar uma pessoa, se é que pode.

Termino uma redação para a aula de francês e, quando vou desenhar, ouço a porta da Phoebe abrir e fechar, passos na escada como se ela tivesse largado as coisas lá dentro e descido. Vou atrás alguns minutos depois. Quero ver se a Saskia está em casa para agradecer.

Eu a encontro na sala de TV com a Phoebe; é um aposento acolhedor, cheio de sofás macios e um telão na parede. A TV está ligada, mas Saskia desliga quando entro. Tem uma bebida aninhada contra o peito. O tilintar dos cubos de gelo, um copo baixo e pesado, cristal. Uma rodela de limão. Phoebe está curvada por cima do celular, não ergue a vista.

– Oi, Milly, você está melhor? Mike contou que teve enxaqueca.

– Muito melhor, obrigada, e obrigada pelo meu presente.

Eu ergo o colar; ela sorri, grogue. Gosta de drinques fortes e, quando misturados com os comprimidos que toma, letais. Phoebe ergue os olhos, se levanta do sofá e caminha até onde estou.

– Deixa eu ver isso – diz. Sem esperar eu mostrar, ela puxa a corrente da minha mão. Saskia estica as pernas, pousa o copo em cima da mesa de centro à sua frente, pilhas e mais pilhas de revistas de decoração. Vai se levantar, acho, mas antes que consiga Phoebe se vira para ela e diz: – Inacreditável. Especial, você disse. Mandou fazer o meu por eu ter passado nas provas ano passado. O que foi que ela fez de tão especial?

– Phoebs, não começa. É um presente de boas-vindas, era para fazer...

– Eu sei exatamente o que você quis fazer.

Phoebe me encara outra vez e diz:

– Não pense que você é especial, porque não é. – Ela empurra o colar contra o meu peito, passa por mim com um esbarrão.

Eu me viro para Saskia e peço desculpas, mas ela diz que a culpa é dela, não minha, então pega a bebida, bebe toda, afunda de volta no sofá e fica olhando para a tela da TV desligada.

7

Na manhã seguinte, tento ignorar a tensão entre mim e a Phoebe, a forma como ela me vê, mais uma intrusa indesejada, só mais uma na longa lista de crianças acolhidas por Mike. Descendo a escada, prometo dar um jeito de melhorar tudo, de fazer as coisas darem certo com ela. Faço uma pausa no patamar do primeiro andar, escuto a conversa dela com Mike.

– Por que ela pode faltar à aula de novo? – pergunta ela. – Por que eu não posso?

Fica óbvio pelo tom alegre e debochado da resposta do Mike que a Srta. Kemp ainda não contou a ele sobre o pôster colado no meu armário. Ela deve estar resolvendo o assunto por conta própria. Lidando com ele "na moita".

Eu busco por cima da blusa os relevos que atravessam as minhas costelas. O desenho familiar das cicatrizes bem escondidas. Uma linguagem que só eu entendo. Um código, um mapa. Braille sobre a minha pele. Onde estive, o que aconteceu comigo naquele lugar. Você detestava quando eu me cortava, um hábito sujo, nojento, você dizia, mas por mais que eu tentasse, não conseguia parar.

Passos acima me levam de volta ao presente, eu baixo a mão. No andar de cima, Saskia anda até o patamar e desce em minha direção.

– Bom dia, está tudo bem?

Uma ânsia na voz, desesperada para parecer confiável, para ser melhor comigo do que foi com a Phoebe. Faço que sim com a cabeça. Continuo em silêncio. O fato é que a maioria das pessoas não consegue lidar com a verdade, com a minha verdade. Passos leves atravessam o mármore lá embaixo. Rosie. Ela dá algumas voltas, despenca sobre o piso, sob um raio do sol de setembro. Observo a respiração dela. A barriga desgrenhada sobe e desce. Penso no meu cachorro, Bullet, um Jack Russell que resgatamos de um abrigo, mais uma tentativa de parecermos normais e de livrarmos nossa casa velha de ratos. Eles foram embora logo, e você o chamou de bom garoto até ele cismar com o porão. Arranhando e farejando a porta. O instinto lhe contou, ele sabia o que havia ali dentro.

Sentiu o cheiro.

Você o afogou num balde enquanto eu estava na escola. Deixou para trás o corpo rígido, os pelos lustrosos e molhados. Eu o embrulhei no lençol do cestinho onde ele dormia, enterrei no quintal. Não tive coragem de colocar o cadáver no porão. Lá, não.

Levou menos de uma semana para os ratos voltarem.

Saskia sorri e diz: sei que hoje é um dia importante, vamos lá tomar um café da manhã reforçado. Vou atrás dela e do perfume do seu óleo corporal caro até a cozinha.

O rádio está ligado, notícias.

Você.

A principal atração por todos os motivos errados. É sutil, mas dá para ouvir, o peso na voz da locutora enquanto detalha as acusações feitas contra você. Saskia e Mike se entreolham. Phoebe não sabe de nada, mas faz uma pausa mesmo assim, a torrada indo e vindo da boca.

– Psicopata de merda, deviam enforcar essa mulher – diz ela.

Um nó no meu estômago. Esbarro no objeto mais próximo e o derrubo de cima da bancada. Estilhaça quando atinge o piso de ardósia, um lodo vermelho de geleia colore o chão. Eu me ajoelho, minha mão encontra o vidro. Mais vermelho, dessa vez do meu dedo. Cadeiras se arrastam e alguém desliga o rádio. Desculpa, digo. Desculpa. Phoebe baixa a vista para me olhar, murmura "esquisitona" e sai da cozinha; ouço Rosie soltar um ganido quando ela passa. Mike se agacha ao meu lado. Não devíamos ter deixado no jornal, não queríamos que você tivesse ouvido aquilo, diz.

Seu nome. As acusações contra você, mamãe.

Minha realidade exposta em público.

Dou de ombros. A única coisa que enxergo é o vermelho, estou acostumada. Sangue. Derramando. Vazando. Vai escorrendo para dentro das frestas do assoalho e nem toda a esfregação do mundo consegue fazer o vermelho sumir. Eu me lembro das horas no abrigo, onde "eles", os profissionais, tentavam me preparar para a vida depois de você. Como responder perguntas do tipo: de onde eu sou, que escola frequentei, por que moro com uma família adotiva. Mas o que não fizeram foi me preparar, e nem tinham como, para o quanto eu me pareço com você. E, muito embora você seja notícia quase todo dia, quando o julgamento estiver a pleno vapor, vai piorar. Vai piorar muito. Você vai estar por todos os lados.

Eu vou estar por todos os lados.

Você é a cara da sua mãe, costumavam me dizer no abrigo de mulheres onde você trabalhava. *É disso que eu tenho medo*, eu respondia para mim mesma.

Limpo a sujeira no chão. Mike tenta me ajudar, mas eu peço que não ajude; ele me dá um band-aid para o dedo. Coma alguma coisa, sugere Saskia. Olha quem fala, me dá vontade de dizer, mas em vez disso falo:

– Acho que não consigo, vou escovar os dentes.

Mike avisa que vai me esperar no corredor, pede para eu não demorar muito, precisamos nos encontrar com os advogados às nove. Ouço a Phoebe rindo ao celular quando passo por seu quarto. Espalhando a história de como eu deixei cair a geleia, provavelmente para Izzy ou Clondine. E, enquanto escovo os dentes, ouço a sua voz: QUEM FAZ UMA COISA DESSAS? QUEM ENTREGA A PRÓPRIA MÃE? Eu não respondo, não sei o que dizer ou como me sentir sendo essa pessoa.

Quando desço outra vez, paro para fazer cosquinhas na barriga de Rosie, sua pelagem dourada, arrepiada. Ela gosta do afago, do carinho suave, varre o chão com o rabo.

– Ela gosta de você, sabia? – diz Mike, se aproximando.

– E eu gosto dela.

– Acho que vamos pegar o metrô, é mais rápido do que ficar no engarrafamento.

Nos juntamos à multidão de gente indo e vindo quando chegamos à Notting Hill Gate, entramos na estação e pegamos o metrô. O vagão está movimentado, cheio de trabalhadores vestindo terno, sem os paletós, as mangas dobradas para escaparem do calor do metrô, mesmo em setembro. A vida, tão diferente em Londres, a maneira como as pessoas se deslocam juntas, vivem tão perto umas das outras. Nada de hectares de privacidade aqui. Mike e eu nos levantamos, imprensados entre a multidão, saltamos numa estação chamada St. Paul e, assim que saímos para o ar livre, Mike começa uma conversa sobre o julgamento, sobre as opções que tenho se tiver de depor.

– Eu tenho pensado bastante – diz. – Sobre as medidas especiais que concederam a você, e, veja bem, você pode fazer uma transmissão de vídeo ao vivo em vez de ir ao tribunal. O que acha disso?

Inútil. É isso o que eu acho. Vejo você enfileirando e carregando as suas armas. Podia dizer que sim para Mike, sim, eu preferiria dar o meu depoimento por transmissão de vídeo, só que ele não tem ideia dos sentimentos com os quais eu convivo todos os dias. Que, apesar de eu não estar mais com você, uma parte de mim ainda quer agradar você, satisfazer o meu desejo de estar perto de você outra vez, no mesmo ambiente. A última oportunidade que eu vou ter.

Ouço Mike dizer:

– Vamos pegar a esquerda aqui, fugir da multidão.

Deixamos a rua principal e descemos um beco de paralelepípedo, a mudança de ritmo e de sons tranquilizadora. A Catedral de São Paulo surge por entre os prédios. Até hoje, eu só tinha visto fotos. Tão mais linda na vida real. Nunca pensei que fosse gostar de morar numa cidade grande, mas a densidade dos prédios, o número de pessoas, tudo é reconfortante. Seguro.

– Milly, você não me respondeu. Ouviu o que eu disse?

– Ouvi, ouvi, sim, e entendo por que você acha que a transmissão de vídeo é uma boa ideia, mas e se eu não quiser? Se eu recusar as medidas especiais? Quando June foi me ver no hospital, me deixou um folheto. Dizia que eu podia fazer isso.

– Você tem essa opção, mas não entendo direito por que faria isso.

Não consigo contar a ele, não sou capaz de dizer uma coisa dessas. Que a pessoa de quem eu quero fugir é, também, a pessoa para quem eu quero correr. Então, em vez disso, digo a ele que é porque, uma vez na vida, quero ser capaz de escolher. Quero ser a pessoa a decidir algo que me diz respeito.

– Eu entendo o seu lado, mas não sei se concordo, especialmente depois de hoje de manhã. Você ficou bastante mexida com o jornal.

– Na verdade, eu só estava distraída, e a geleia acabou escorregando da minha mão. Um acidente.

– Eu sei, mas, ainda assim, nós queremos proteger você.

Ele não pode. Ninguém pode. Existe um jogo em andamento, um duelo secreto. Sem árbitro. A única chance que eu tenho de sair vitoriosa é indo depor no tribunal.

– Vou fazer dezesseis anos daqui a pouco, Mike. Não sou mais criança. Quero ter a chance de fazer isso, de me sentir corajosa, de sair dessa história sabendo que enfrentei o tribunal e fui interrogada na frente dela.

– Eu preciso pensar um pouco mais a respeito, Milly, mas o que posso dizer é que você está indo muito bem, melhor do que qualquer um poderia esperar.

– Então, francamente, acho que eu sou capaz de me apresentar ao tribunal.

Paramos no fim do beco, onde ele reencontra a rua principal, o barulho do trânsito mais uma vez audível. Ele vira de frente para mim. Olho nos seus olhos – eu consigo, quando é preciso, só não por muito tempo.

Ele faz que sim, as engrenagens cognitivas girando. Uma manivela dentro da sua cabeça.

– A gente conversa sobre isso hoje com os advogados. Entendo o seu ponto de vista, mas todos têm de estar de acordo e, para ser sincero, não tenho certeza de que June vá concordar. Mas, se serve de consolo, vou falar com ela, tentar fazer com que entenda o seu lado, e a gente vê no que vai dar. Tudo bem?

– Tudo bem. Obrigada.

Pronto, bem do jeitinho que eu queria.

Entramos na recepção do prédio por enormes portas giratórias, um átrio inundado de luz por um telhado abobadado de vidro. June já está lá, sorri quando nos cumprimenta. Quando nos conhecemos no abrigo, ela disse, com um forte sotaque do norte da Irlanda: queremos o melhor para você. Você nem me conhece, me deu vontade de dizer.

– Olá, pessoal, conseguiram achar direitinho?

– Conseguimos, sem problema algum – responde Mike.

– Oi, Milly, que bom ver você de novo, já faz um tempo. Você está bem?

Eu faço que sim. Ergo a vista para olhar os escritórios à nossa volta, andar após andar, um bolo corporativo sem cereja em cima. Gente de terno, expressões neutras nos rostos. Máscaras. Um clima de motivação no ar, movimento, sapatos fazendo *toc-toc-toc* pelo chão de mármore. Um segurança monitora as roletas enquanto crachás são passados no leitor. Tantas decisões são tomadas aqui, tantas vidas mudadas. Logo vai ser a sua. E a minha.

– Milly.

– Milly. June está falando com você.

– Desculpa.

– Estava apenas explicando para o Mike que o tribunal, chamado Old Bailey, não fica muito longe daqui. Vocês devem usar a garagem subterrânea se for chamada para comparecer ao julgamento em algum momento.

– Por quê?

– É só uma precaução mesmo.

Ela olha para Mike. Ele retribui o olhar. O mundo se converte em um milhão de olhares diferentes. Relances. Eu dou um duro danado para entender o que significam, mais do que a maioria. Meu psicólogo do abrigo me explicou. É possível que você tenha uma deficiência na capacidade de interpretar emoções, disse. O que ele quis dizer: minha mente não funciona da mesma forma que a de uma pessoa comum. Então eu leio livros didáticos, observo as pessoas na TV e na rua. Estudo. A passos largos, progressos sempre podem ser feitos. "Comum" não é uma palavra que me agrada.

– Não é nada com o que você deva se preocupar, é só que às vezes pode juntar muita gente do lado de fora quando tem um julgamento importante acontecendo. Um bando de idiotas, a maioria procurando confusão.

– As pessoas querem ver a minha mãe, não é? – comento.

June coloca a mão no meu antebraço, eu me desvencilho dela. Mike faz que sim com a cabeça, ele entende.

– Desculpa – diz ela. – Sim, as pessoas vão querer ver a sua mãe, mas também é uma forma de proteger você. Embora a imprensa não possa mencionar seu nome ou usar qualquer fotografia sua, nunca se sabe.

– Não devemos ir andando? – sugere Mike. – São quase nove horas.

– Devemos, sim, tem razão, os advogados estão esperando. Também deve ser hora para uma xícara de chá, quem sabe até uns biscoitinhos de chocolate. Gostou da ideia, Milly?

Eu faço que sim, gostando mais ainda da ideia de enfiar um pela goela dela abaixo.

Pegamos o elevador até o segundo andar, nos intestinos do prédio. Silêncio. Não vamos ser perturbados. Eu já sou perturbada o suficiente, eles acham. June nos conduz até uma sala, dois homens em torno de uma grande mesa retangular. Lâmpadas fluorescentes compridas, uma enxaqueca ameaça surgir e vai piorar com o bruxulear insistente da lâmpada que está lá longe, bem no fundo da sala. Café e xícaras de chá no meio da mesa: xícaras de verdade, de porcelana, nada daquela coisa de isopor. O detetive da delegacia onde eu dei o meu primeiro depoimento disse que era por segurança, não dá para quebrar isopor, meu anjo.

Eu me lembro de ter pensado: não, mas dá para usar o conteúdo escaldante.

Os homens se levantam, apertam a mão do Mike. Promotores da Coroa, o título oficial deles. Queria saber se participaram de alguma seleção especial ou se simplesmente se ofereceram. Talvez tenha tido uma enxurrada de voluntários, todos doidos para se envolverem num dos casos mais famosos a já ter ido a julgamento. O trabalho deles é investigar o caso e persuadir o júri a acabar com a sua raça. Uma mera formalidade, me disseram. Você já era. Uma passagem só de ida para a cadeia. Um caminho sem volta. Fodida.

Eu fiz isso com você.

Não ouço seus nomes, Magrelo e Gorducho servem, fáceis de lembrar.

– Vamos começar? – sugere Magrelo.

June dá o pontapé inicial contando como tenho me "ajustado" ao novo lar, como tem sido minha adaptação à nova escola. Mike ajuda, coisas boas em sua maioria. Todos ficam impressionados com o quanto eu vou bem.

– Perturbações do sono? – pergunta June.

– Até que não – respondo.

Mentira.

Mike me olha muito de relance, suspeita do contrário, não diz nada. Vaidade. Prefere ficar com o crédito por eu estar indo bem, por *parecer* estar indo bem. Me pergunto se eu também assumiria a culpa se no fim das contas fosse igualzinha a você.

Gorducho passa a discutir o processo do julgamento em detalhes, diz que se for preciso vão me trazer para cá uma semana antes para assistir ao vídeo do meu depoimento.

– Até lá já teremos descoberto qual argumento os advogados de defesa planejam usar e como derrotá-los, é claro.

Encosta outra vez na cadeira. Salsichinhas rechonchudas se entrelaçam nas pontas das mãos, pousando em cima da barriga gorda. Convencido. Os botões repuxam em sinal de protesto. Desvio o olhar, enojada com sua falta de disciplina. Ele prossegue:

– Serão apresentados ao júri detalhes da sua infância. Eles receberão cópias do seu prontuário médico, incluindo a extensão dos seus...

Ele faz uma pausa e a sala pesa com as palavras que não consegue dizer. Eu olho para ele, sua vez de ter dificuldade em me encarar. Ele faz um ligeiro aceno com a cabeça, nós seguimos em frente. Eu não o culpo, é uma reação comum. Ouvi as enfermeiras do hospital falarem sobre meus ferimentos. Longe dos meus ouvidos, elas achavam. Nunca vi nada igual, disse uma, e foi a própria mãe, que é enfermeira, acredite se quiser. Pois é, emendou a outra, por isso que não houve denúncia dos abusos, a maior parte das lesões foi tratada em casa, ela nunca vai poder ter filhos, sabe. Você me disse que eu devia lhe agradecer, que tinha me feito um favor. Filhos só dão problemas.

– A última questão, e talvez a mais importante a ser discutida, é se Milly vai ou não ao tribunal – diz Magrelo. – E em algum ponto isso talvez fuja ao nosso controle devido às novidades dos últimos dias.

– Que novidades? – pergunta June.

– A defesa vem fazendo algum alvoroço a respeito de determinadas coisas que gostaria de perguntar na inquirição da Milly.

Meu peito começa a martelar. Um pombo-correio, uma mensagem importante num tubinho pendurado em seu pescoço. A porta da gaiola trancada enquanto os outros voam livres.

– Que tipo de coisas? – pergunta June.

– Ainda não está cem por cento claro e talvez não seja útil nos estendermos demais nisso até termos certeza – diz Gorducho.

– Bem, teria sido ótimo saber disso antes de hoje – reclama Mike, olhando para mim e, em seguida, para os advogados. – Isso não vai ser bom para a Milly, ficar se perguntando o que querem saber dela.

Eu tenho a sensação de que sei o que é, sim. Uma sensação ruim.

– Eu concordo – diz June.

– Como eu disse, trata-se de uma informação nova e, no momento, eles estão escondendo o jogo – reage Magrelo.

– A mim, passa a impressão de desespero, considerando as evidências.

Não, June, nada de desespero, e sim a primeira fase de um plano sendo executado por você, mãe.

– Com relação ao que isso significa para a Milly – reage Magrelo –, devemos estar preparados para a possibilidade de a defesa querer contestar o depoimento dela.

– Mike – digo.

Ele olha para mim.

– Está tudo bem, vai ficar tudo bem.

Estômago vazio, sem café da manhã, mesmo assim minha garganta parece cheia. Engula. Eu não estou sendo julgada, você é que está. É só disso que preciso me lembrar.

– Qual a probabilidade de isso acontecer? – pergunta June.

– Temos quase certeza de que a defesa vai querer seguir esse caminho. A decisão final é do juiz, que também levará em conta nossas recomendações, mas a situação não é tão ruim quanto parece – diz Magrelo. – Milly tem a opção de fazer isso via transmissão de vídeo ou, se acharmos que ela consegue, pode depor ao vivo. Eles colocam uma tela para que Milly não veja a mãe. Na minha opinião, colocá-la no banco de testemunhas só pode provocar uma reação favorável por parte do júri. Nada como uma criança num tribunal para criar compaixão.

– Não gosto da ideia de Milly ser usada como isca – reage Mike.

– Também não – diz June.

– Gostando ou não, é a natureza do nosso sistema judicial – comenta Magrelo. – E, no fim das contas, todos queremos a mesma coisa.

Todos na mesa concordam acenando a cabeça, menos eu, eu me concentro em respirar. Calmamente. Em não deixar que eles saibam que ouço você gargalhar dentro da minha cabeça.

– E você, Milly? O que você acha? – pergunta June.

Protégée. Você adorava dizer essa palavra. Corajosa o bastante. Será que sou? As lições que você me ensinou, boas o bastante. Será que foram? Você quer que me culpem. VOCÊ TAMBÉM ESTAVA LÁ, ANNIE. Tento calar a sua voz, responder à pergunta de June.

– Eu e Mike temos conversado um pouco sobre isso e achamos que até o julgamento começar já vou estar segura o suficiente e que talvez ajude mesmo se eu for ao tribunal.

– É uma atitude muito sensata – diz Magrelo, cutucando uma casquinha de ferida à direita da boca. Ver aquilo me deixa desconfortável, então desvio a vista e olho para a luz tremeluzente, mas ela me deixa tonta e meu coração bate mais rápido.

– Na minha opinião, vocês estão sendo otimistas demais.

Pena que ninguém perguntou nada a você, June.

– Todos nós sabemos como advogados de defesa podem ser quando se empolgam – continua ela.

Minha garganta fecha, eu daria um berro se pudesse. Meus pés estão dormentes da força que estou fazendo contra o chão. Se eu ao menos pudesse dizer a eles por que a minha ida ao tribunal é tão importante. Por que tenho de jogar esse jogo com você. Eu olho para Mike, severidade na medida certa, pedindo a ele para intervir na conversa. E é isso que ele faz.

– Milly e eu vamos pensar em estratégias no decorrer das próximas semanas, mas na minha opinião ela parece mesmo estar com a cabeça feita quanto a essa questão. Talvez também seja útil encarar isso como uma oportunidade para seguir em frente. Uma experiência catártica, se lidarmos com ela da forma correta.

– E se não for? Me desculpe se estou fazendo o papel de advogada do diabo, mas e se for difícil demais para ela na hora H? E se a defesa for dura demais, se tentar confundir e manipular a Milly a concordar com a versão que eles derem para os acontecimentos? Ela já se sente culpada o bastante sem tudo isso.

– Calma aí, June, não vai ajudar em nada discutir os sentimentos da Milly na frente de todo mundo.

– Desculpe, você tem razão. Mas precisamos tomar uma decisão e eu acho que talvez seja bom a gente dar um pulo lá fora e resolver logo isso. Vamos?

Ela faz um sinal para Mike e para os advogados e eles deixam a sala dizendo que não vão demorar. Passo os dedos pelas ondulações das cicatrizes através da blusa. Conto. Vinte vezes, ou mais.

Pergunto a você o que acontece se eu não quiser jogar, se eu disser não. Sua resposta, uma voz desdenhosa. VOCÊ SEMPRE VAI QUERER JOGAR, MINHA PEQUENA ANNIE, EU CRIEI VOCÊ ASSIM.

Eles voltam, finalmente. Primeiro Magrelo, depois June, seguida de Mike. Gorducho foi embora. Foi almoçar mais cedo. Para comer, esse porquinho nunca tem hora.

Não ouço nada além das palavras de Magrelo.

– Nós concordamos que, caso seja chamada, você vai depor.

Mas, em vez de satisfação, eu sinto um buraco se abrir dentro de mim. Um lugar vazio, solitário. Ninguém pode me ajudar agora.

Eles começam uma discussão sobre os cuidados a serem tomados com relação a minha exposição à cobertura da imprensa na iminência do julgamento, sobre limitar quanto tempo eu passo assistindo ao jornal ou ouvindo rádio. Mike vai me monitorar. Me aconselham a me manter ocupada. Parte disso, eu ouço; a maior parte, não.

Estou escutando outra voz, uma que diz:

O JOGO COMEÇOU, ANNIE.

8

Mike me deixa na Wetherbridge um pouco antes do jornal matinal. Diz que está orgulhoso de mim. Eu agradeço, queria sentir o mesmo. Enquanto assino a lista de presença na secretaria, me dou conta de que esqueci de avisar que vou me encontrar com a Srta. Kemp depois da escola, então mando uma mensagem para ele e aproveito meus últimos minutos de tranquilidade dentro do vestiário. Hoje não sou recebida por nenhum pôster. Quando acesso o e-mail da escola no notebook – mais um presente de Mike e Saskia –, recebo uma mensagem da Srta. Kemp:

> Oi, Milly, estou muito animada com nosso encontro de hoje. Que tal desenharmos um pouco? Te vejo na sala de Artes mais tarde.
>
> SK

SK. Eu nunca tinha conhecido uma professora que assinasse uma mensagem com as iniciais.

O resto do dia é pura rotina. Matemática, dois tempos de Ciências, terminando com Teologia. Quando soa o sinal, subo para a sala de Artes. Ouço as vozes antes de dar de cara com elas. Anasaladas e estridentes. Meninas. Malvadas. Descem as escadas na minha direção e eu me pergunto que tipo de castigo, se é que teve algum, SK deu a elas por causa do pôster. Paro para poderem passar, a escada não é larga o bastante. Phoebe me empurra contra o corrimão.

– Oi, estrupício.

Estrupício? Era para a gente ser irmãs. Amigas.

– Ela está te esperando. Que gracinha você ter conseguido a bebezona da Srta. Kemp para te defender.

– Sobre a corrente, Phoebe, eu não vou usar, me sinto mal.

– Que história é essa de corrente? – pergunta Izzy.

– Nada – responde Phoebe.

– Ah, conta, vai – insiste Izzy, cutucando a barriga da Phoebe.

Desarmada. Menos hostil, menos valente. Envergonhada na frente da amiga. Eu devia me sentir mal por mencionar o assunto agora, na frente de outra pessoa. Devia.

– A cara de cu imbecil da minha mãe comprou uma daquelas correntes de ouro com o nome para ela também.

– Aquela que ela mandou fazer para você? A sua mãe não mandou fazer uma para ela também, para vocês duas combinarem?

Phoebe faz que sim. Eu tento me desculpar, mas ela me manda calar a boca.

– Ai, a mamãezinha querida vacilou com você de novo, foi?

– Vai se foder, Iz.

– Relaxa, quem precisa de mãe quando nós temos uma à outra?

Elas riem e continuam descendo as escadas até o patamar seguinte. Eu não falo nada, mas sinto vontade de dizer: eu.

Eu preciso de uma mãe.

Izzy para, ergue a vista para me olhar e pergunta:

– Recebeu alguma ligação estranha de ontem para hoje?

Minhas mãos vão até o celular, no bolso do blazer.

– Pelo silêncio, a resposta é não. Bem, se prepara, tenho certeza de que não vai demorar.

Mais risadinhas maldosas e gargalhadas.

Sal na ferida. Arde. Enquanto olho para aqueles rostinhos lindos, eu me lembro de uma história que li. Um conto indígena norte-americano no qual um cherokee diz ao neto que, dentro de cada um de nós, existe uma batalha entre dois lobos. Um é mau, o outro é bom. O menino pergunta: qual dos lobos ganha? O cherokee diz a ele: aquele que você alimentar. Os rostos viram alvos enquanto olho para eles. Fico tentada a abrir a boca, saliva e cuspe na maquiagem delas. Bonecas. Um cheiro amanteigado de bronzeado artificial paira no ar. Izzy faz um V com os dedos, enfia a língua no meio. Phoebe faz o mesmo. Pensamentos ruins na minha cabeça. Uma porta abre no corredor abaixo, faz as duas meterem o pé. Olho o celular enquanto subo os degraus que faltam até a sala da SK, nenhuma ligação.

Quando chego, tem dois cavaletes montados um em frente ao outro. Dois bancos, duas caixas de carvão. Dois de tudo.

– Oi – diz ela. – Bem-vinda! Pronta para desenhar um pouco?

Eu faço que sim, tiro a bolsa e o blazer. Ela me pergunta se quero um copo d'água.

– Não, obrigada.

– Já trabalhou com carvão?

– Um pouco.

– Ótimo, senta na frente de um dos cavaletes.

As mãos dela são ágeis, se movem com rapidez, como se o peso dos anéis pudesse ser demais se ficassem paradas por mais do que um centésimo de segundo. Ela se senta em frente a mim.

– Tem alguma ideia do que gostaria de desenhar?

Tenho. Mas acho que ninguém ia gostar.

– Na verdade, não. Tanto faz.

– Que tal a gente desenhar aquela escultura ali em cima da mesa, é de um artista chamado Giacometti. Ou então eu tenho um perfume dentro da bolsa, o vidro tem um formato interessante.

O perfume dela. É o que me vem à cabeça. Familiar. Ramos de lavanda fresca cortados do nosso jardim, por você.

– Pode ser a escultura – respondo.

– Boa escolha, vou pegar.

Ela se movimenta com fluidez, as contas tribais que usa vão deixando um rastro de som com cada passo que dá. Os cabelos estão amontoados num coque bagunçado preso por uma presilha com algum tipo de desenho oriental. Ela me faz pensar em alguma coisa tirada da revista *National Geographic:* o cruzamento de uma gueixa bagunçada com uma suma sacerdotisa tribal. Começamos a desenhar ao mesmo tempo, em sintonia; sincronizadas, nossas mãos buscam o carvão. Ela me pergunta se está tudo bem, eu digo que sim.

– Bem de verdade ou poderia estar melhor e você não quer falar a respeito?

– Um pouco dos dois, talvez.

Um movimento circular. Pó. Uma cabeça surge no papel, eu me pergunto se ela também começou de cima.

– A arte é uma excelente terapia, sabe?

Sinto as lanças avançarem. Muralhas inacabadas vivem dentro de mim e são erguidas por completo em minutos se eu sentir alguma ameaça de exposição. "Terapia". Por que ela diria isso? Só quem realmente precisar saber, disse Mike. A Srta. James, diretora da escola, Sas e eu, só. Ninguém mais sabe sobre a sua mãe. Olho para ela por cima do meu cavalete. Sem maquiagem, as faces naturalmente coradas. Pêssegos com creme. Ela ergue a vista, sorri, suaves ondulações e rugas se formam ao redor dos olhos. Aposto que ela sorri, que ri bastante.

– Como está indo aí?

– Bem, obrigada.

A cabeça agora tem um corpo magro, fino como o chicote que você usava mesmo quando eu dizia não.

– Como vão as coisas com as meninas?

Pior do que nunca.

– Não muito ruins, eu acho.

– Você acha?

– Eu tenho a impressão de que não vou me encaixar muito bem aqui.

– Pode ser difícil mesmo. As garotas daqui são espertas e muitas vezes um tanto maldosas. Já vi isso antes, toda aluna nova sofre um pouco para se enturmar, e é para isso que servem os orientadores. Por sorte eu fiquei com você! Então, está pronta para me mostrar o seu desenho?

– Acho que sim.

Ela limpa as mãos no pano úmido que está ao seu lado, se levanta e vem andando até o meu cavalete, dá um assovio de admiração, diz: uau, sua ex-diretora tinha razão.

– Incrível o seu uso de sombras, a estátua parece estar se mexendo, caminhando para fora do papel. Você se importaria muito se eu ficasse com ele? Gostaria de mostrar às alunas do oitavo ano, estão aprendendo a desenhar o corpo humano.

– Sem dúvida, claro, se acha que é bom o suficiente.

Vou soltar o papel dos grampos, mas ela me manda parar, diz que esqueci uma coisa.

– Ah, desculpa.

– Uma artista deve sempre assinar a sua obra.

Levanto a vista e olho para ela, ela dá uma piscadela, cutuca o meu ombro, e eu não me sinto esquisita ou desconfortável como me senti quando June me tocou. Assino o desenho, mas preciso ter mais cuidado no futuro; quase escrevi Annie.

Quando estou saindo, ela diz:

– Não se preocupe com as meninas, estou de olho nelas. Mandei que viessem arrumar um pouco a sala e esfregar os potes de tintas. Parecem arrependidas do que fizeram, então estou certa de que a coisa vai parar por aí. Por que não pega um rolo de papel e uma caixa de carvão na saída e continua desenhando em casa?

Uma sensação gostosa quando saio, o lobo bom. Bem alimentado.

Um silêncio enche os corredores, não tenho de correr ou me preocupar em evitar as outras meninas. Vou andando para o meu armário para apanhar uma pasta que esqueci e quando estou no meio do pátio da escola meu celular toca. Um número desconhecido.

Um lampejo do rosto malicioso da Izzy quando disse: "Recebeu alguma ligação estranha de ontem para hoje?"

Eu não devia atender, mas a curiosidade é mais forte. A curiosidade matou...

– Alô.

– É a Milly?

Uma voz grave. Abafada.

– Quem está falando? – devolvo.

– Estou ligando a respeito do anúncio.

– Que anúncio?

– No seu cartão.

– Que cartão?

– Deixa de charme, amor, não precisa bancar a tímida.

– Como conseguiu esse número?

– No anúncio, já disse. Olha, não me leva a mal, mas você é para valer ou não?

– Talvez.

– Você gosta de fazer joguinhos, né? – pergunta ele.

A voz. Diferente, mais urgente. Reconheço o que isso quer dizer.

– Depende.

– Do quê?

– Se eu posso ganhar ou não.

Eu desligo, olho para o celular por alguns segundos, deixo o pátio. Apesar de ter feito calor no metrô hoje de manhã, o vento noturno mudou nas últimas duas semanas, roça as minhas mãos com um toque frio. Coloco o celular no bolso do blazer, é coisa demais para carregar com a pasta e o rolo de papel que SK me deu. Sinto uma vibração na coxa, uma mensagem. Não paro para ler, em alguns minutos vou estar em casa. Quando viro na minha rua, tiro o celular do bolso, outro número desconhecido.

Meu pau está duro e pronto combinar encontro

Leio mais uma vez, sem saber direito se é o conteúdo ou o fato de ter sido escrito sem pontuação o que me ofende mais. Porco analfabeto. A mensagem some da tela quando chega outra ligação. Reconheço o número dessa vez, é o mesmo de antes. Não consigo evitar de atender. Divertido, quase.

– Sim?

– Você desligou na minha cara?

Faço uma pausa na esquina, encosto no muro, descanso a mochila pesada da escola levantando e tirando dos ombros.

– Talvez.

– Está usando o uniforme da escola agora?

– Como sabe que estou na escola?

– Deu para perceber pela foto. Você usa saia ou um daqueles vestidinhos?

Ouço a excitação em sua voz, é óbvia para mim. Eu sempre tinha me perguntado se num homem soava diferente do que numa mulher. Não soa.

– Quando podemos nos encontrar? Eu pago bem.

Eu desligo. Dois a zero, babaca. Curto o poder, ser desejada. Dobro na minha rua, ouço alguém assoviar. Morgan. Ela usa os dedos como um pedreiro, ou como quem chama o cachorro durante o passeio. Eu sorrio e ela acena com a cabeça, me chamando, então enterra a boca por baixo do zíper do agasalho, deixando só a parte de cima do rosto visível. Tem alguma coisa numa das mãos. Eu me aproximo. Seu olho está menos machucado do que antes, mas noto, quando ela tira a boca de dentro do casaco, que seus lábios estão rachados e ensanguentados. Ela os mastiga como se fossem comida. Um petisco.

– Oi.

Ela não responde, vira a cabeça de lado, belisca os lábios, puxa um pouco de pele. Sangue fresco quando ela se vira outra vez, como se tivesse comido uma fruta vermelha, um petisco ainda mais apetitoso. Ela lambe o sangue, limpa a boca com a parte detrás da manga. Consigo ver o que tem na mão, é um anúncio, só não consigo ver do quê.

– Estou chegando da escola.

Ela dá de ombros.

– Seu olho está melhor.

– Pois é, até mais.

– O que foi que aconteceu?

– Dei de cara com a porta, pelo menos é isso o que a minha mãe vive dizendo. – Um sorrisinho irônico no rosto.

E o que mãe diz não se discute, certo?

– Você disse que seu nome era Milly, né?

— Isso.

— Encontrei uma coisa que acho que pertence a você, tem o seu nome e a sua foto nele. M-I-L-L-Y.

Ela soletra o nome, vai soltando as letras devagarinho dos lábios machucados com concentração.

— Por que está soletrando o meu nome desse jeito?

— Vai se foder, eu sou disléxica.

Uma expressão de mágoa passa pelo seu rosto. Eu desvio o olhar, envergonhada por ter sido a causa.

— De qualquer forma, ninguém precisa saber ler direito para entender isso.

Ela me entrega o cartão. Um trabalho profissional, plastificado, com colorido de alta qualidade. Penso em como foi feito, circulando pela gráfica, talvez, homens obesos cuspindo o café de volta em suas canecas enquanto vão me passando de mão e mão.

— Onde achou?

— Encontrei ontem à noite na cabine telefônica, lá embaixo, à direita, nos arcos, pertinho de Ladbroke Grove. Meu celular está quebrado e minha mãe não tem crédito no dela.

Sei de onde ela está falando. No meio do lixo e da sujeira, do mijo e dos chicletes mora uma coleção de anúncios. Eu. Um rostinho novo somado às atrações. Venham ver, venham ver, uma deliciosa recém-chegada. Uma galeria de peitos, bocas abertas, expressões esquisitas e grotescas nos rostos das mulheres. E agora uma estudante. A imagem é a mesma que usaram no pôster deixado no meu armário. Legenda diferente.

ESTUDANTE MILLY "DPF"
PRONTA PARA CHUPAR SEU PAU,
LIGUE PARA O NÚMERO ABAIXO

O banheiro do prédio de Ciências. Izzy. "Não vou pedir outra vez." Meu celular vibra, um zumbido no meu bolso esquerdo, eu aproveito por um breve momento a sensação de ser popular. Cordeiros famintos mamando numa teta, bastante nunca é suficiente.

– Sem querer ofender, você não parece o tipo.

– E não sou.

– Que história é essa, então?

– Alguém acha isso engraçado.

– Você deve ter deixado essa pessoa muito puta, porque é uma brincadeira bem escrota.

– São duas meninas da minha escola, além da garota com quem eu moro.

– Quem, aquela vaca loira metida?

Ela aponta para a nossa casa, eu olho por cima do ombro.

– Isso, ela.

A pista de acesso à garagem esconde a maioria das janelas, mas duas ou três dão para a rua. Sinto uma urgência enorme de manter a Morgan em segredo.

– Alguém já ligou para você? – pergunta ela.

– Acabaram de ligar.

– Caralho. O que você vai fazer para se vingar?

Vou pensar em alguma coisa.

– Não sei ainda, talvez eu deixe para lá. Por quanto tempo você acha que o anúncio ficou exposto?

– Um dia, mais ou menos. Você acabou de se mudar para cá, não foi?

Eu faço que sim e respondo:

– É a minha família adotiva.

– Nós quase fomos parar no orfanato quando minha mãe foi presa, mas aí nossa avó veio cuidar da gente.

– Sua mãe já foi solta?

– Já, ficou poucas semanas presa. Alguma coisa idiota que ela ajudou meu tio a fazer.

Ela começa a beliscar os lábios outra vez. Eu me seguro para não afastar a mão dela com um tapa, mandar a Morgan parar. Ela pula de cima do muro, fica de pé. Pergunto a ela se quer fazer alguma coisa qualquer hora dessas. Talvez, ela responde. Desconfiada. Muito bem, me dá vontade de dizer. Mais seguro assim.

– A gente podia se encontrar lá no fundo do meu quintal. A porta azul da ruazinha sem saída dá para ele. Costuma ficar trancada, mas eu posso abrir. Meu quarto é o da sacada.

– Por que você quer tanto fazer alguma coisa?

– Não sei. Não é fácil ser a novata, especialmente com uma irmã adotiva igual à minha.

Ela faz que sim. Tenho impressão de que também se sente sozinha.

– Então, o que você acha? Está a fim?

– Como eu disse, talvez. Você quer que a gente se encontre no seu quintal para ninguém saber que somos amigas, né?

– Não é isso, é por causa da vaca loira com quem eu moro. Suas palavras, não minhas.

Nós duas sorrimos quando digo isso.

– Ela daria um jeito de estragar tudo, contaria para o pai dela ou coisa assim – explico.

– Aposto que faria isso mesmo, vaca estúpida.

Preciso de alguma coisa para fechar o negócio. Presentes abrem portas, depois a confiança vem com mais facilidade, observei você fazer isso centenas de vezes com as crianças do abrigo de mulheres. PENSE, ANNIE, PENSE. Sua voz dentro da minha cabeça. O celular pensa por mim, vibra outra vez no meu bolso. Pergunto a Morgan se ela entende deles, pego o meu e mostro a ela.

– Entendo um pouco.

– O que devo fazer agora que estou recebendo ligações por causa do anúncio?

– Não sei, trocar o número?

– Não posso, eu ia ter que pedir ao meu pai adotivo e ele ia acabar descobrindo que tem alguma coisa acontecendo.

– Jogar fora?

– É novinho em folha, seria loucura jogar fora. Eu podia dizer que perdi, mas acho que ele ficaria puto.

– E daí? Eles devem ser ricos pra cacete. O que é uma merda de um celular para eles?

– Verdade, ainda assim eu me sentiria mal jogando no lixo. Você disse que o seu celular estava quebrado, por que não fica com ele emprestado por um tempo, troca o número, sei lá.

– Não, acho melhor não, a gente nem se conhece direito.

– Mas aí a gente podia ficar em contato, se resolvesse fazer alguma coisa.

– E eu não ia ter que fazer nada em troca?

– Não, nada. Como eu disse, você estaria me ajudando.

Ela mastiga o lábio um pouco mais, olha fixo para os pés, então vira para mim e diz: tá bom, fechado. Pega o celular e diz que vai achar um jeito de me avisar quando arranjar um número novo, então me pergunta o que deve fazer com o anúncio.

– Era o único?

– O único que eu vi.

– Por mim, você faz o que quiser com ele, pode até queimar.

Ela faz que sim e se afasta. Eu a observo ir embora, satisfeita comigo mesma. Suas lições, sua voz, úteis para mim. Às vezes.

* * *

A casa está em silêncio quando abro a porta, destrancada, então alguém deve estar em casa, provavelmente Saskia, ela sempre esquece de trancar depois que entra. O aquecedor que fica ao lado da sapateira deixa escapar um estalo, o esforço necessário para manter a entrada aquecida é demais para seus velhos canos. Noto um par de tênis que não reconheço no chão, muito grandes para serem de mulher.

Tiro os sapatos e jogo minhas coisas ao pé da escada. Rosie vira os olhinhos semicerrados para mim, cômoda demais para se levantar de sua caminha e vir me cumprimentar, uma ligeira sacudida do rabo. O jantar está servido em pratos deixados na bancada da cozinha. Três, em fileira. Sevita sabe que não adianta deixar nada para "Dona Saskia", o que quer dizer que o Mike e a Phoebe ainda estão na rua. Aproveito a oportunidade para ligar o rádio e ver se escuto alguma coisa enquanto o ensopado esquenta no micro-ondas, mas já deram as notícias principais. Como rápido na esperança de evitar a Phoebe e, depois que coloco o prato na lava-louça, vou até o escritório do Mike, bato na porta, me certifico de que ele não está em casa. Ninguém responde. Uso um post-it do bloco que fica na mesa dele, escrevo: "Oi, Mike, desculpa, mas perdi meu celular, não consigo achar em lugar nenhum. O que eu faço?"

Colo no meio da porta do escritório, bem na altura da vista para ter certeza de que ele não vai deixar de ver. Um pedido de desculpas rosa neon e um vai se foder secreto para a Phoebe. Quero um celular novo assim que possível para a Morgan e eu ficarmos em contato. Noto que a porta do porão está aberta quando passo; ela leva à lavanderia e à sala de ginástica. Dou uma olhada rápida para ter certeza de que Sevita não está lá embaixo, então fecho, desejando que tivesse trinco.

Olho da sacada para ver se estou certa sobre o portão que leva ao quintal ficar escondido da casa. Estou. Quando vou entrando, ouço o assovio, uma silhueta miúda na ruazinha sem saída, acenando para mim. Ela faz algum gesto com as mãos depois disso. Uma faísca, outra ainda, um isqueiro acendendo, seguido de uma chama lambendo alguma coisa. Impossível enxergar dessa distância, mas sei que é o anúncio o que ela está queimando. Quando fica quente demais para segurar, ela deixa cair no chão, bate uma mão na outra como quem diz missão cumprida e sobe a ruazinha outra vez correndo, em direção à rua principal.

Baixo a guarda, caio no sono rápido demais. Você aparece para me dar os parabéns. Para me lembrar de que, se não fossem as suas lições, eu nunca teria conseguido fazer a Morgan confiar em mim. Acordo chorando.

Subo oito. Depois, outros
quatro. A porta à direita.

Vista as calças.
Vista a camisa.
Faça o que eu mando.
Brincar de se arrumar. A sua brincadeira preferida.
Os meninos se vestiam de meninos, as meninas, também.
Bonecos em tamanho real, bonecos que andam e falam para você brincar.
Descartar quando enjoar.
Como você fica especial de menino, Annie.
Venha cá, deixe a mamãe ver.

9

Saskia se oferece para levar Phoebe e eu à escola de carro esta manhã quando nota que, além da minha carga de costume, tenho de levar um portfólio imenso para guardar meus trabalhos de Artes do semestre. Phoebe, de uniforme esportivo, diz não, quer dar uma corrida antes da aula com duas outras meninas que moram aqui perto, lembra aos pais que vai dormir na casa da Izzy. Mike grita enquanto ela calça os tênis na varanda: não se esqueça de tomar café, coma alguma coisa. A porta da frente abre, bate. Ele faz um barulhinho de desaprovação e sorri logo em seguida.

– Vi o bilhete sobre você ter perdido o celular. Normalmente, eu diria para você esperar alguns dias para ver se ele aparece, mas fico mais tranquilo sabendo que posso falar a qualquer momento com você. Vou lhe dar logo outro dessa vez, mas tenha mais cuidado, por favor.

Peço para ele trocar o número, para eu me sentir mais segura. Ele diz tudo bem, resolvo tudo até hoje à noite. Como uma tigela de cereal matinal enquanto espero a Saskia se vestir e, quando ela está pronta, saímos para pegar o carro: uma BMW com capota de lona. Coloco o portfólio na mala, onde ele cabe por muito pouco. Uma região de Londres onde o estilo fala mais alto do que a praticidade. Onde as aparências importam. Beijos trocados ao mesmo tempo que facas são enfiadas nas costas. E torcidas.

– Pronta? – pergunta, entrando do lado do motorista.

Eu faço que sim com a cabeça, irritada com o jeito de ela dizer "pronta", com aquele entusiasmo todo. Arranhando a base perfeitamente aplicada à sua pele, a fraqueza espreita. Uma figura de papelão em formato de mãe. Ela pisa fundo demais no acelerador, o carro dá um solavanco por cima do cascalho em sinal de protesto. Sinto vontade de dizer: relaxa, eu não mordo. Bem, morder, eu mordo, mas não vou morder. Ela tem um pé atrás comigo. Intuição feminina, talvez. Não consegue esquecer quem sou, de quem eu vim. De quem sou. Quando ela acha que estou distraída, que não vou notar, eu a pego olhando para mim.

Eu noto.

– O dia está lindo – comenta quando saímos da pista de acesso.

– Está, sim – concordo, procurando a Morgan.

– Como vai na escola?

– Corrido, muita coisa para assimilar.

– Mike contou que você se interessa por Artes.

– Gosto de desenhar.

– Eu sempre fui péssima em Artes, péssima na maioria das coisas, para ser sincera. Diferente de você, muito inteligente, ouvi dizer.

– Não tenho tanta certeza disso, mas obrigada. Posso fazer uma pergunta?

– Claro, manda bala.

– O que você faz durante o dia, quando o Mike está no trabalho e nós, na escola?

– Um monte de coisas.

– Como o que, se não se importa de eu perguntar?

Eu me viro de frente para a Saskia, ela pigarreia, desvia o olhar. Uma reação involuntária a estar na berlinda, com algo para esconder. Secretamente, ela está feliz pela entrada da escola estar só a dois minutos de distância.

– Bobagens, na verdade. Compras para a casa pela internet.

Sim, e que a empregada guarda.

– De vez em quando eu me junto com as outras mães para discutirmos assuntos relacionados à escola e antes de eu me dar conta, o dia já acabou e a casa está cheia de novo.

– Você se esqueceu da ioga. Você adora, né?

– É, é verdade, como é que eu pude esquecer? Eu gosto muito, pratico quase todo dia.

Espero alguns segundos e digo:

– E do seu professor, você gosta muito dele.

A pele clara do rosto muda de cor. Avermelha. Uma contração na região dos lábios. Ela tira a mão direita de cima da marcha, toca o nariz de leve algumas vezes. Dissimulação. Não sou só eu que estou escondendo alguma coisa.

– Sim, ele é excelente – responde.

– Por acaso ele foi na nossa casa ontem?

Ela olha para mim. Sigo seu raciocínio com facilidade. Não é possível, está pensando. A casa estava vazia, não estava? Ela vira o rosto antes de responder.

– Para falar a verdade, foi, sim. Eu pedi um tapete de ioga novo e ele decidiu ir entregar. Estava na vizinhança, acho.

O tom da voz. Um pouco mais agudo. O carro para, o sinal de trânsito aumenta a dor. Dela. Prazer, no meu caso. Depois, culpa. Não sei por que a estou provocando, por que estou gostando.

Digo a Saskia: que simpático da parte dele, passar para entregar o tapete. Ela assente com a cabeça, desconfiada do que ainda está por vir, mas eu paro por aí. Não digo a ela que, antes de fechar a porta do porão ontem à noite, eu ouvi barulhos. Não digo a ela que desci as escadas que levam à sala de ginástica e a vi ser comida no chão por um homem com metade da idade dela. Piranha. Não digo nada porque segredos, quando bem explorados, podem ser úteis.

– Isso é o mais próximo que consigo chegar – diz ela, encostando o carro no meio-fio bem ao lado da banca de jornal que fica em frente à escola.

– Tudo bem, só vou tirar as minhas coisas da mala.

Quando me viro para abrir a porta do carro, vejo você na primeira página de um jornal, do lado de fora da banca. Saskia me apressa, diz que está atrapalhando o trânsito. Eu salto do carro, fecho a porta, tiro o portfólio da mala e, assim que a fecho, Saskia buzina e vai embora. Demoro o máximo que posso para pegar as coisas da calçada, os olhos fixos em você. Atrás de mim, alguém diz: será que dava para você atrapalhar só mais um pouco? Eu junto tudo e caminho em direção à faixa de pedestres. Compridos pirulitos laranja, um fluxo de estudantes de uniforme.

Sigo para a sala de reuniões, outro lugar que costumo evitar tanto quanto o corredor do pátio, mas temos uma reunião obrigatória marcada ali no primeiro tempo da manhã para discutirmos a peça que nossa série vai encenar: *O Senhor das Moscas*. Abro a porta. Phoebe é a primeira pessoa que vejo, já sem a roupa de corrida, vestida de uniforme. Um punhado de outras meninas descansa nos pufes e sofás. A maioria não repara quando eu entro, cabeças debruçadas sobre celulares. Dedos clicando. Rolando a tela. Para cima. Para baixo. Não é sobre o sequestro de mulheres e de crianças na Nigéria que leem. São obcecadas por coisas pequenas, insignificantes. Celebridades se separando. Se reconciliando. Bebês. Divórcios. Quem chifrou quem. Ela mereceu, mesmo, vadia escrota. Comentários atirados de um lado para o outro. Dedos ganham velocidade. Um clique. Dois cliques. Outro clique. Clicam para voltar porque mudam de ideia. Volúveis assim.

Deixo a pasta com os trabalhos de Artes ao lado da porta e, sem pensar, pego um jornal de cima da mesa mais próxima e me sento. Meus batimentos ficam mais rápidos quando me dou conta de que você também está na primeira página deste aqui. Agora não é o momento de curtir você, de curtir olhar para você. Abro o jornal, não importa em qual página, não consigo mesmo me concentrar nas palavras. Mais ou menos um minuto depois, Phoebe sai de perto da janela, anda até onde estou e arranca o jornal das minhas mãos. Escudo. Armadura. Retirados. Ela segura você, o seu rosto, na mão direita.

– Obrigada, estrupício, você sabe que eu adoro ficar por dentro das notícias.

Ela se joga na cadeira em frente à minha. Enrolada na cintura, a saia do uniforme fica mais curta do que devia, exibindo o que sobrou de um bronzeado de verão nas pernas de músculos bem definidos. Meias soquete; vamos trocar para meias-calças na semana que vem e eu aposto que ela arruma um jeito de ficarem atraentes. Ela ergue as pernas, repousa os pés em cima da mesa, no espaço entre nós, as calcinhas à mostra, o jornal sobre as coxas. Tinta rabiscada abaixo do joelho, o desenho de um coração ao lado de uma velha cicatriz. Oval. Olhar para ela me faz lembrar de você, você adorava deixar a sua marca em mim. Conquistada e reivindicada. Eu fico olhando para o nada quando penso em você, é um problema que tenho. Camadas de pensamentos, na velocidade de uma bolinha de *pinball*, dentro da minha cabeça.

Não me dou conta do que estou fazendo.

– Você gosta de ficar olhando para as calcinhas das meninas, é?

Desvio o olhar, algumas meninas acham graça, outras estão ocupadas, enfurnadas nas suas covas virtuais fúteis.

Phoebe volta a ler e, de rabo de olho, eu a vejo sacudir a cabeça. Quando ela diz: puta merda, sei que está falando de você.

– Clonny.

– O que é?

– Tem mais coisa aqui sobre a vadia psicopata que matou aquelas crianças.

– Caralho, sério? O quê?

– Alguma coisa sobre um playground. Vem aqui que eu te mostro.

Clondine sai de cima de um pufe, engatinha até ela. Meu corpo reage. Pânico. Suor frio. Minha nuca.

– Quer que eu leia em voz alta? – pergunta Phoebe.

– Vai, lê – responde Clondine.

Engulo em seco, tento. Dedos de gremlin fecham a minha garganta. Um gosto ruim. Não vomite, você não pode vomitar. Não aqui.

O interesse foi atiçado. Uma menina atrás da outra, abelhas para o mel. Vão se acomodando nas cadeiras vizinhas à de Phoebe, espiam por cima de ombros, ela sabe cativar uma plateia.

– Ruth Thompson, 48 anos, era uma funcionária querida no abrigo de mulheres onde trabalhava. Contratada como enfermeira e conselheira, era o principal ponto de contato para as inúmeras mulheres amedrontadas e seus filhos vivendo na clandestinidade, com frequência fugindo de parceiros perigosos e violentos. Mal sabiam que haviam encontrado nela uma pessoa igual, senão ainda mais perversa. Thompson foi presa em julho deste ano e é acusada dos assassinatos de nove crianças, supostamente cometidos num período de dez anos, entre 2006 e 2016. Detalhes revelados recentemente afirmam que os assassinatos eram realizados num quarto que ela chamava de playground, na sua casa em Devon. Após a sua prisão, os corpos de oito crianças foram descobertos no porão e um nono foi encontrado no dito playground. Acredita-se que as vítimas tenham entre três e seis anos. Thompson morava na propriedade com uma filha adolescente que, segundo relatos, forneceu provas cruciais no caso contra ela.

– Porra, como assim? Ela era mãe? Meu Deus, imagina só morar com ela.

– Pois é, você ia viver achando que seria a próxima.

– O playground? Que filha da puta mais doente. Eu fico me perguntando o que ainda vão descobrir.

O resto das palavras que Phoebe lê – maus-tratos, buraco na parede, segredos – se funde numa coisa só enquanto penso no que Aimee disse: "você ia viver achando que seria a próxima".

Eu pensava mesmo nisso, sobre ser a próxima. Mas você não conseguiria, não é? Não porque me ama, não porque ficaria arrasada, perdida sem mim. Você me mantinha viva porque precisava de mim. Eu fazia parte do seu disfarce.

Quando Phoebe termina de ler, silêncio. Respiração presa, exalada. Palavrões exclamados. A francesa Marie interrompe o clima, diz: talvez nossas mães não sejam tão ruins assim afinal, hein? Cabeças assentem. Pouco a pouco a matilha se separa, volta para seus assentos originais. Cabeças baixas, dedos clicando. Rápido, cinco minutos se foram. Precisam ficar por dentro das novidades. O mundo pode mudar num piscar de olhos nas redes sociais. Exceto por Phoebe, ela não está de cabeça baixa, está olhando para mim. Só consigo pensar numa coisa: eu sou a sua cara e de alguma forma ela descobriu.

– O que você acha, estrupício? Acha que ela é culpada?

Eu sei que é.

– Isso quem tem que decidir é a justiça.

– Você não parece muito incomodada, vai ver também gosta dessas merdas bizarras, todos sabem que crianças adotivas não são muito boas da cabeça.

Eu viro o rosto de lado, com vergonha da vontade que sinto de chorar, mas isso só serve de mais provocação. Ela odeia ser ignorada.

– Tão espertinha você, né? Disse para o meu pai que perdeu o celular, foi? Que tal eu contar para ele exatamente de que tipo de atividade extracurricular você gosta? Estudante doida para foder, não era isso que dizia o anúncio?

O jeito como ela fala. As palavras pingando da língua, daqueles lábios. Reluzentes. Divinos. Eu me viro outra vez para ela, assim como faz a maioria das cabeças na sala. Clondine dá risadinhas maldosas enquanto filma, o celular lá no alto. Normal. Vai ser passado, repassado, editado. Música acrescentada. Qualquer coisa para ter mais visualizações no Facebook ou no Instagram. O sinal toca, primeiro tempo. Alguém pergunta onde está a porra da Srta. Mehmet. Uma sensação aguda e latejante, minha mão no bolso do blazer; não preciso olhar para saber que descasquei a pele do polegar o suficiente para fazer sangrar. Sei que horas são por causa do sinal, mas olho para o relógio mesmo assim só para desviar dos olhos de águia da Phoebe. A almofada que ela atira em mim acerta a lateral do meu rosto com força. Eu dou um pulo, meus nervos à flor da pele depois de ouvir as coisas que falaram de você, sobre você ter uma filha.

Eu.

Estamos prontas para sair quando a Srta. Mehmet entra toda agitada e impaciente, anuncia quem vai fazer qual papel na peça e pede voluntárias para trabalhar nos bastidores e para pintar os cenários. Os testes foram na terça-feira, no dia em que fiquei em casa por causa da enxaqueca, mas ela me pede para assumir o papel de ponto e nos incentiva a usar a página da nossa turma como um espaço para a troca de ideias.

– Pratiquem as suas falas juntas, meninas, mergulhem nos seus personagens. Comam, durmam e bebam essa peça, não espero nada menos do que o melhor de todas vocês.

A sala de reuniões fica vazia. Eu fico para trás, aliso as dobras deixadas por Phoebe depois que leu sobre você em voz alta. Coloco você no topo da estante, só de pensar em rabiscarem sua cara ou usarem você como porta-copos. Demais. Um minuto depois que eu saio, volto, arranco a folha com a sua foto e a coloco no bolso da frente da minha mochila.

No terceiro tempo eu acesso a nossa página. Um lugar privado, um espaço privado, uma demonstração de confiança da diretora nos alunos da nossa turma. Protegido por senha definida por alguém escolhido por unanimidade: quem mais senão a abelha-rainha, Phoebe Newmont? Citações e poemas. Deveres de casa. E, agora, vídeos. O mais recente: "Estrupício leva almofadada". As respostas são em sua maioria emojis "chorando de rir". Izzy comentou: "Mais, por favor!"

Fiz um esforço tão grande para não acreditar nas coisas que você costumava dizer: só temos uma à outra, Annie, ninguém mais vai querer você. Eu concordava, dizia: sim, você tem razão, é claro. Programada para obedecer. Mas, tarde da noite, quando a ameaça da visita da sua sombra me mantinha acordada, eu rejeitava as suas palavras dentro da cabeça. Me agarrava à ideia de que um dia eu talvez fosse querida e aceita por ser quem sou. Seja lá quem eu for. O que eu for. Mas, no momento, não tenho a menor chance, Phoebe se assegurou disso. Decidiu bem rápido que eu não era apenas uma pessoa da qual ela não gostava, mas alguém de quem ninguém mais devia gostar. Poderosa, como você.

Dói. Ser o alvo da Phoebe. Mas, em algum nível, é inclusão. Uma oportunidade de aprendizagem, e estou sedenta por ela. Sou a minha própria professora agora, embora as suas lições ainda soem bem alto na minha cabeça. Eu me lembro de um fim de semana, de ajudar no seu trabalho. Fiquei brincando com as crianças enquanto você cuidava das mães. Uma das mulheres comentou a meu respeito, me chamou de linda. Encantadora. No carro, a caminho de casa, você me disse: a beleza dá poder a uma pessoa.

E camuflagem.

Deu a mim, você disse, e vai dar a você.

Perguntei o que você queria dizer com isso. É a natureza, você respondeu. A beleza cega, atrai as pessoas. Uma perereca de cores brilhantes, uma aranha que sorri. O lindo tom de azul na sua cabeça distrai a presa. A teia, pegajosa. Espessa. A presa se dá conta tarde demais. Se dá conta do que, mamãe? Você sorriu, beliscou a minha coxa com força e disse: de que não tem como escapar.

A sua voz, o seu jeito de contar histórias. Cativante, mas assustador. Me lembro de pensar que não queria cegar nem atrair as pessoas de maneira que não pudessem escapar.

Eu não queria ser igual a você.

10

Quando olho o computador esta manhã, as notícias transbordam de você. Pedacinhos de informação vazados e devorados pelos jornalistas.

Um dos artigos diz:

> O júri deve ouvir não só a mãe de Daniel Carrington, a última criança encontrada morta na casa de Thompson, como também um perito que responderá perguntas tanto sobre a morte do menino quanto sobre a cena do crime, o quarto da casa de horrores de Thompson que ela chamava de playground. Não está claro, no momento, se esse é o procedimento padrão ou se o perito foi convocado a pedido da defesa. Atualmente, Thompson encontra-se detida na prisão de Low Newton e a data do julgamento ainda será divulgada.

Queria conseguir racionalizar isso na minha cabeça. Que o motivo de a defesa querer se concentrar em Daniel é porque ele foi a última vítima e porque as provas ainda estão frescas. Mas conheço você bem demais para isso. Foi você. Você os mandou concentrarem os esforços nisso porque sabe que é o que mais vai me machucar. Eu conhecia Daniel do abrigo de mulheres. Ele e a mãe. Penso nela o tempo todo e nas outras mães também. Em como devem ter se sentido quando se deram conta do que você havia feito. Para quem haviam entregado os filhos. Maridos perversos, mas você era ainda pior. Você também deve estar pensando nisso, só que relembrando de maneira diferente. De um jeito que alimente essa sua queda pelo macabro, adorando todo o caos à sua volta, vendo até onde as suas mentiras conseguem chegar. Penso no júri, também, em quem vão ser, no tipo de gente que são. E na pena que sinto deles. As coisas que vão ouvir, as imagens que serão mostradas. Vai levar meses, talvez mais, para tirarem isso da cabeça. Para deixarem de imaginar. Se é que algum dia vão conseguir.

A foto que a imprensa usa, não sei de onde tiraram, eu nunca tinha visto. O público vai olhar para o seu rosto, dentro dos seus olhos e dizer: olha só para ela, dá para ver que é má, me dá arrepios, essa daí. Você não vai ligar, você acredita na sua beleza, na sua simpatia, mesmo agora. Os homens e mulheres de uniforme que fazem a sua guarda, alguns vão esquecer, vão conversar sobre o tempo com você. Talvez até contem uma piada. Você, encantadora.

O interesse de profissionais – dos muitos que vão querer entrevistar você, fazer exames de imagens do seu cérebro na tentativa de decodificar você – só vai crescer na proporção que mais detalhes forem surgindo. Assassinas que agem sozinhas (sim, eu estava junto, mas mesmo assim) são raras. Além disso, tem os outros, como os que você convidou para o meu aniversário, espreitando, rastejando em meio às sombras. Admiradores seus. Mandando cartas, quem sabe até uma proposta de casamento, ou duas. A rainha de um submundo que ninguém quer admitir que existe. Gente comum. Uma maldade extraordinária por dentro. O cérebro de um psicopata é diferente do da maioria, eu já vi as estatísticas. Oitenta por cento genética, vinte por cento influências do meio.

Eu.

Cem por cento fodida.

* * *

Estou contente por ser fim de semana, não tenho que me preocupar com a escola. Terminei minha primeira semana completa. Sobrevivi. Mike deixou um celular novo do lado de fora da minha porta na sexta-feira à noite. Me abaixo e o desligo do carregador. Quando me levanto e abro as cortinas da sacada, o céu está limpo e azul. Nas próximas semanas, com a chegada de outubro, o sol vai ficar mais baixo no céu. Quando eu era bem pequena, com três, talvez quatro anos, gostava da escuridão do inverno. Nós acendíamos a lareira da sala de estar e, às vezes, tostávamos marshmallows. Não éramos só nós duas em casa, naquele tempo, papai e Luke também estavam lá. Não gosto de pensar no meu irmão, em como ele achou uma forma de escapar e me deixou para trás. Os sentimentos, enterrados lá no fundo. É algo que você devia pensar em enfrentar em algum momento, disse o psicólogo do abrigo, mas como parte de um plano de terapia de longo prazo, depois do julgamento. Eu me lembro de ficar observando como você era com Luke e de querer que fosse daquele jeito comigo também, um desejo do qual acabei me arrependendo.

Um pedacinho de papel enfiado por trás de um dos vasos de planta na sacada chama a minha atenção. Destranco a porta, saio, pego. Um número de celular, a letra M embaixo. Menina esperta. Mas arriscado, chegar tão perto da casa. Envio uma mensagem para o número dizendo que sou eu. Ela responde na mesma hora, pergunta se quero me encontrar com ela mais tarde. Quero, respondo. Ela diz que vai me esperar às três lá embaixo no quintal e para eu usar um casaco com capuz. Volto para a cama, me encasulo debaixo do edredom, fico contente com a mensagem da Morgan. Eu não tinha muitas amigas na minha antiga escola, os convites para dormir nas casas delas iam deixando de ser feitos quando não eram retribuídos. Não podiam ser.

Durmo em paz, me sinto descansada uma vez na vida, e faminta. Procuro Rosie, mas sua caminha, que fica ao lado do aquecedor, no corredor da entrada, está vazia e me lembro de Mike ter dito que às vezes a leva para o trabalho. Mais atenção do que em casa.

Tem um bilhete em cima da mesa da cozinha. "Olhei para ver como você estava: DORMINDO PESADO! Mande uma mensagem para mim e para a Sas com o seu celular novo, por favor. Vou passar o dia todo no trabalho, mas Sas vai estar em casa."

Pego uma tigela de cereal matinal e como de pé, próxima ao calor do forno. Ouço a porta da frente abrir, o sino antigo que fica por cima dela tilinta e quem quer que tenha entrado sobe as escadas direto.

– Oi!

Mas não respondem, então vou até o corredor. Uma bolsa atirada no chão, o conteúdo despejado para fora. Saskia. Ando até a bolsa, dá para ver a carteira logo em cima, explodindo de tantos recibos enfiados dentro. Ela gosta de fazer compras, se sente melhor por um tempo. Já estou saindo quando vejo uma coisa saltando para fora da parte onde ela guarda os cartões. Olho mais de perto, então volto à cozinha para guardar as coisas do café da manhã. Quando ouço passos no andar de cima, volto para o corredor, me assegurando de que chegamos lá ao mesmo tempo.

– Oi, não tinha me dado conta de que você estava aqui embaixo. Aproveitou bem a soneca prolongada? – pergunta ela.

Um tapete de ioga atirado por cima do ombro, bem guardado dentro de uma bolsa de seda feita à mão, sem dúvida um presente do Mike ou talvez do Benji, o professor.

– Aproveitei, sim, obrigada.

– O que vai fazer? Se estiver a fim, pode fazer a aula de ioga comigo, quer?

Pernas finas como as de um gafanhoto, brilhosas numa Lycra bem esticada por cima da região genital. Lábios vaginais. Delineados. Raspados, provavelmente. Ela não é recatada.

– Não, obrigada, tenho um monte de deveres para fazer. Todo mundo parece estar tão adiantado na Wetherbridge.

– Eu não me preocuparia com isso, logo, logo você alcança as outras. Vai ficar bem sozinha? Posso ficar, se quiser.

– Não, tudo bem.

– Eu volto daqui a mais ou menos uma hora e meia, se você quiser fazer alguma coisa depois.

– Acho que vou me encontrar com uma amiga.

– Alguém da escola?

– É.

Ela olha para um relógio de pulso que não existe. Ansiosa para ir embora.

– Tenho que ir – diz.

Já está com metade do corpo do lado de fora quando a chamo.

– Saskia?

– Sim?

– Eu não gosto de pedir, você e o Mike têm sido tão bons comigo, mas será que você podia me dar algum dinheiro, caso eu queira comprar um chocolate quente ou algo assim?

– É claro, deixa eu pegar a carteira. Temos que estabelecer uma mesada para você, Phoebe tem uma. Vou conversar com Mike hoje à noite.

Vou até onde ela está, na varanda.

– Vinte está bom?

Eu faço que sim.

– Aqui, tome.

– Muito obrigada.

– Imagina!

– E boa foda.

– Desculpe, o que foi que você disse?

– Boa ioga.

– Claro – replica ela.

Deve estar sentindo um frio na barriga enquanto sai de ré da pista de acesso. Deixa de ser paranoica, vai dizer a si mesma. Só que ela tem todo o direito de ser, porque, por mais que eu tente, às vezes não consigo me conter.

Quando chega a hora, vou lá no fundo do quintal para me encontrar com a Morgan. Destranquei o portão na mesma noite em que dei o celular a ela, que deve ter sido como ela descobriu a escada de incêndio que sobe até a minha sacada. Está com pressa de sair, quer me levar a algum lugar.

– Coloque o capuz na cabeça – diz ela. – Venha comigo.

Quando chegamos ao fim da rua sem saída, atravessamos e entramos no conjunto onde ela mora. Somos imediatamente apequenadas pela altura dos prédios, tem algumas pessoas por perto, mas ninguém nem pisca. Luzes acesas em algumas janelas, o céu de fim de tarde já escurecendo um pouco. Varandas empilhadas até o topo com bicicletas de crianças, máquinas de lavar e tralhas.

– Aperta o passo, lerda – ralha ela.

Caminhamos até o prédio que fica bem no fim do conjunto, chegamos a uma escadaria nos fundos.

– Aonde estamos indo? – pergunto.

– Até lá em cima – e ela aponta para o topo do prédio. – Vamos ver quem chega primeiro?

Ela sai correndo na frente, mas eu logo a alcanço. Dezesseis lances, nenhuma luz nas escadas, uma porta lá em cima, tinta azul-cobalto descascando, a cor se destaca do concreto cinza das paredes. Paramos um pouco para recuperar o fôlego, sorrimos uma para a outra. Ela tira o capuz, eu faço o mesmo.

– Venha – diz.

Ela abre a porta, o vento nos recebe faminto quando pisamos do lado de fora. Chega subindo, nos varre com golpes intensos. Ela segura a manga do meu casaco, me puxa para a esquerda. Quando nos aproximamos da beirada do telhado, vejo o mundo lá embaixo. Carros e ônibus, gente, ninguém tem a menor ideia de que estamos aqui em cima os observando. Ela aponta para uma parte do parapeito que está faltando e diz: tenha cuidado.

Eu faço que sim. Caminhamos em direção a uma enorme saída de ar, uma hélice gigantesca protegida por grades.

– Venta menos aqui – comenta ela.

Tem vidro quebrado no chão ao lado da saída de ar, uma garrafa vazia de Coca-Cola. Um engradado de plástico, dois, talvez mais. Guimbas de cigarro espalhadas. Feio, mas lindo, um lugar onde podemos ser anônimas.

– Quem vem aqui em cima? – pergunto

– Quase ninguém, normalmente só eu. Não moro nesse prédio, mas às vezes venho aqui só para fugir.

Entendo o que ela quer dizer, a necessidade de fugir de vez em quando. Com frequência.

– Como vai o celular? – pergunto.

– Muito bem, já estava desbloqueado, então foi só eu arranjar outro chip. Fácil. Quer de volta?

– Não, ganhei um novo, fica com esse.

– Tem certeza?

– Tenho. Trouxe outra coisa, também.

Tiro do bolso dos jeans o papelote que roubei da carteira da Saskia e dou a ela.

– Não acredito, onde arrumou isso?

– Achei na bolsa da minha mãe adotiva.

– Caramba.

Fico olhando enquanto ela desfaz dobrinha por dobrinha até estar todo aberto na mão dela. Ela se agacha, protege o conteúdo, me conta que já usou umas duas vezes em festas do conjunto habitacional. Usa o mindinho para colocar um pouco do pó branco no dedo, chega o corpo para a frente, fecha uma das narinas, funga a droga pela outra. Passa o papelote para mim e se deita imediatamente, uma estrela do mar no concreto. Quando ela fecha os olhos eu finjo cheirar um pouco. Dobro o papelote outra vez, me deito ao lado dela.

– Porra, é da boa – comenta ela.

– É.

– E aí, como vai a vida com a loirinha?

– Tento ficar fora do caminho dela.

– Faz bem, não acredito que ela tenha um pingo de bondade naquele corpo.

– Provavelmente, não.

– Por que você estava xeretando as coisas da sua mãe adotiva?

– Tava entediada, eu acho, fora que ela é meio fácil de provocar.

– Você gosta de provocar as pessoas, então?

– Na verdade, não, eu não devia fazer isso com ela. Acho que ela tem um pouco de medo de mim.

– Medo de você? Até parece. O que você tem de tão assustador?

O meu passado é que é assustador.

– Nada. Toma, cheira mais um pouco.

A pergunta da Morgan me perturba, me faz pensar no que mora dentro de mim e se é possível fugir disso. Traços enterrados no fundo do meu DNA me perseguem. Me assombram.

Ela cheira uma carreira, fica de pé com um salto, me pergunta se eu quero ter a sensação de voar.

– Vem, vou te mostrar – diz.

Caminhamos até a beirada do telhado, o vão no parapeito, o vento mais forte, o céu mais escuro. Ela está atrás de mim, me empurra para a frente, perto da beirada. Sobe aí, diz, na borda. Meu corpo fica duro, minhas pernas não obedecem. A sensação é a de um jogo que não quero jogar.

– Vai, sobe, você não cai, não. Eu faço isso sempre. Abre os braços que nem uma águia.

– Não, está ventando demais.

Ela me chama de covarde, chega para a frente, passa para a borda, leva um instante para se equilibrar antes de desdobrar o corpo da posição em que está, de cócoras, e ficar de pé.

Um passo em falso.

E.

Algo se acende dentro de mim.

– Viu só – diz ela, rindo. – Não é difícil, pelo menos para alguns de nós.

Sua voz me alcança agora, está zangada, desapontada. ELA ESTÁ RINDO DE VOCÊ, ANNIE, ISSO NÃO ESTÁ CERTO, ENCONTRE UMA FORMA DE FAZER COM QUE ELA PAGUE. Não, não quero fazer isso. Quero me afastar, mas em vez disso me aproximo ainda mais dela. Uma corrente elétrica sobe e desce pela minha coluna, tão morta desde que deixei você, nem sei quem sou. SABE, SIM, ANNIE, SABE, SIM, ME MOSTRE. Dou outro passo, meus braços se estendem tão perto dela, ali na beirada, e talvez eu fosse, talvez eu seja, capaz. De coisa pior. Mas ela pula para baixo, se vira para mim sorrindo, um pedacinho do dente da frente quebrado. Uma enorme sensação de culpa quando olho para ela.

– Covarde – diz ela. – O que quer fazer agora?

– Qualquer coisa.

– Vamos voltar para a saída de ar, cheirar mais pó.

– Beleza.

Quando estamos deitadas no chão outra vez, eu pergunto a Morgan por que ela queria voar, por que queria ser como uma águia.

– Para fugir, eu acho, ir para algum outro lugar.

– Alguém me contou uma história uma vez sobre uma menina que estava com tanto medo que rezou para ganhar as asas de uma águia.

– Do que ela estava com medo?

Da pessoa que estava contando a história para ela.

– Ela estava sendo perseguida por alguma coisa, mas, por mais rápido que corresse ou por mais longe que fosse, aquilo estava sempre bem atrás dela.

– Aquilo o quê?

– Uma serpente. Ela esperava até a menina cansar de correr, esperava até ela cair no sono, então, aparecia.

– Uma serpente é o mesmo que uma cobra?

– É.

– Por que ela estava atrás da menina?

– Não era uma cobra de verdade, só estava fingindo ser.

– O que era, então?

– Era uma pessoa, deixando claro para a menina que, se alguma vez ela tentasse ir embora, iria atrás dela. E a encontraria.

– Como uma pessoa consegue se transformar em cobra?

– Às vezes, as pessoas não são o que dizem ser.

– A menina consegue fugir?

Não na versão que você me contou, mamãe.

– Não sei.

– Por quê?

– Porque a menina desapareceu e não foi vista desde então, nem a cobra.

– Você acha que ela ainda está perseguindo a menina?

– É possível.

Provável.

– Ainda bem que não tem cobra nenhuma atrás de mim.

– É, sorte sua.

– Você sabe um monte de outras histórias?

– Sei.

– Pode me contar mais uma?

– Quem sabe da próxima vez.

Consegui o que queria, que a Morgan e eu ficássemos amigas, agora estou com medo.

Um passo em falso.

E.

Você zombou de mim dentro da minha cabeça, disse: VOCÊ NÃO VÊ, ANNIE?

NÃO VÊ QUEM VOCÊ É?

11

Quando volto para casa, vejo o casaco do Mike atirado por cima do corrimão da parede do corredor; deve ter chegado cedo do trabalho. Pego meu iPad no quarto, não querendo ficar ali sozinha, e me dirijo ao corredor que dá para o escritório do Mike. Gosto dali porque é onde fica o restante dos livros, além disso, descobri que é um bom lugar para escutar as conversas telefônicas dele. Os livros no corredor são variados, mas em sua maioria envolvem o estudo de tudo que é "psico". Psicanálise. Psicoterapia. Psicologia. E um dos meus favoritos: um livro de capa dura vermelha sobre psicopatas. O rótulo dado a você pela mídia. Grande e pesado, o livro, muitos capítulos. Quem diria que pudessem saber tanto sobre você.

É o capítulo sobre os filhos de psicopatas que mais me interessa. A confusão que a criança sente quando a violência se mistura à ternura. Empurra e puxa. Hipervigilância, nunca sabendo o que esperar, mas sabendo que deve esperar alguma coisa. Reconheço a sensação, eu a tive todos os dias que passei ao seu lado. Como na vez que faltou luz na nossa casa, uma tempestade caía lá fora. Coisa pior dentro. Você pegou uma lanterna e mandou eu descer até o porão para armar o disjuntor outra vez. Eu disse a você que estava com medo, que não queria ir, sabia que tinha mais do que caixas e móveis velhos lá embaixo. Você prendeu a lanterna debaixo do queixo, disse que ia descer comigo, uma armadilha, é claro. Me empurrou pela porta, passou o trinco. Eu me agarrei à porta, contei de trás para a frente, cem ou mais, então desmaiei, acordei com você me chutando. Estava decepcionada comigo, foi o que me disse, por ser fraca e medrosa, jurou que me tornaria mais corajosa, que me ensinaria a ser igualzinha a você. Naquela noite eu pensei em virar a mesa, colocar um ponto final nas suas lições, mas sabia que mesmo que você morresse o seu fantasma atravessaria as paredes até me encontrar.

Ouço o telefone tocar no escritório do Mike, ele atende rápido como se estivesse esperando a ligação. Afasto os fones do ouvido apesar de a música não estar ligada, o truque: sempre demonstre estar absorta. Distraída. Mike confia em mim, nenhum motivo para não confiar.

Até agora.

Uma pausa, então: oi, June, sem problema, você é uma boa distração, qualquer coisa para não ter de trabalhar hoje. Eu sei, eu sei. Está, ela está bem, indo bem na escola, se empenhando. Estou tentando convencer Phoebe a fazer o mesmo.

Risos.

Ele não fala por algum tempo, escutando June, então diz: meu Deus, coitada dessa menina, pelo que mais ela vai ter que passar? Não acredito.

Uma pequena explosão no meu peito.

Mike fica em silêncio, escutando outra vez, então responde: sim, claro, eu falo para ela do julgamento, mas não do que a mãe anda dizendo. Obrigado, June, fico agradecido por todo o esforço que você tem feito. Sim, nós também achamos, realmente muito especial.

Um clique. Fim da conversa.

Coloco os fones de volta nos ouvidos, enfio o livro vermelho debaixo de uma almofada pouco antes do Mike sair do escritório. Finjo não notar a sua presença, batuco os dedos no ritmo da música imaginária que estou escutando. Ele passa a mão na minha frente, eu sorrio, pauso a música no meu iPad, tiro os fones dos ouvidos.

– Oi, como foi o seu dia? – pergunta ele.

– Foi bom, obrigada.

– O que está lendo?

Um livro vermelho pesado sobre a minha mãe. E sobre mim.

Eu mostro *O Senhor das Moscas,* o outro livro que estou lendo.

– Dever de casa. A Srta. Mehmet acha que a gente deve ler pelo menos um clássico por mês. Além de ser a peça que vamos encenar esse semestre.

– Conseguiu algum papel?

– Eu não estava lá no dia do teste, mas a Srta. Mehmet me pediu para ser o ponto e vou ajudar nos bastidores, pintar o cenário e coisas assim.

– Legal. Phoebe conseguiu algum papel?

É claro que sim, quem manda na nossa turma é ela. Você não sabia?

– Ela é a narradora, tem um monte de falas para decorar.

– Caramba, então é melhor ela dar duro. Você está gostando?

Ele faz um sinal com a cabeça em direção ao livro.

– É, estou.

– Do que você gosta nele?

– Não tem adultos.

– Obrigado – comenta ele, rindo.

– Não, não é isso.

– É o que então? Você gosta do fato de as crianças não terem pais?

– Elas têm pais, eles só não estão na ilha.

– Bem observado. Mas tem umas cenas bastante perturbadoras, não tem?

Eu faço que sim e respondo:

– Como a morte do Porquinho.

– Um garoto chamado Simon não morre, também?

Ele fica surpreso por eu não mencionar isso, o psicólogo dentro dele está louco para saber por quê.

– A morte de Simon é muito triste, você não acha? – pergunta ele.

Hesito tempo o bastante para parecer que estou pensando naquilo e respondo:

– É.

O que quero dizer a ele. A verdade. É. Que não acho a ideia de pessoas ou de crianças machucarem ou matarem umas às outras uma coisa triste.

Acho comum. Acho familiar.

Ele se senta ao meu lado. As mangas da camisa estão dobradas, pelos claros nos seus braços, um relógio de aparência cara. Perto o suficiente para me tocar, mas não toca.

– Acabo de falar com a June ao telefone, ela queria saber como vão as coisas antes de tirar uns dias de férias.

E contar a ele o que quer que seja que você anda falando. Mais um prato equilibrado numa vareta, girando.

– Alguma novidade sobre o julgamento? Se eu vou ter que ir ou não?

– Nada de concreto ainda, mas ela me contou que os advogados estão elaborando uma série de perguntas para a gente revisar.

– Perguntas?

– Coisas que talvez perguntem a você.

– Então eu vou mesmo ser interrogada?

– Ainda não temos certeza e eu sei que é uma sensação horrível, mas conto para você assim que souber. Prometo.

Ele se levanta, se espreguiça, se oferece para fazer um lanche para mim, tenta me distrair. Me impedir de fazer mais perguntas. Vou com ele até lá embaixo.

– Aliás, esqueci de avisar que vamos jantar em família hoje à noite.

– Todo mundo?

– Isso. Você, eu, Sas e Phoebs.

Passa as batatas, por favor, estrupício.

Como será que reagiriam a isso à mesa?

– Costumamos nos reunir às sete, está bem?

– Está.

Passo as duas horas seguintes desenhando e escutando Phoebe pela parede do quarto, emendando uma conversa com a outra ao celular. Me passa pela cabeça bater na porta dela fingindo que é a primeira vez que nos vemos.

Vamos esquecer tudo o que aconteceu até agora, eu diria. Vamos começar do zero. Amigas, até.

Quando chega a hora do jantar, eu desço até a cozinha, o cheiro de alguma coisa assando no forno, o ar quente e desconfortável. Mike tem a mesma sensação: abre a janela logo depois que chego. Phoebe está de pé, encostada na pia, a cabeça enfiada no celular. Tem uma garrafa de vinho tinto aberta em cima da bancada, ao lado do rádio desligado, ninguém quer correr o risco de eu ouvir falarem de você.

– Que cheiro bom – elogio.

Phoebe faz careta, ri, um barulho desdenhoso que sai da base da garganta. Mike olha para ela, balança a cabeça. Saskia dá as costas, se ocupa em mexer o molho em cima do fogão.

– É o cheiro do lendário frango assado de Sas.

– Lendário porque é tão seco que você ainda vai estar mastigando no domingo que vem. Ainda dá tempo de pedir comida chinesa, gente.

O comentário da Phoebe é ignorado, sua cabeça despenca mais uma vez sobre o celular. Sou nova na família, mas também sinto. A incapacidade da Saskia de ser mãe, de ser forte. Olho para a Phoebe e fico triste em pensar que ela não vê que somos mais parecidas do que ela acha.

– Certo, Phoebs, hora de guardar esse celular, sem discussão. Será que você e a Milly podem pôr a mesa, por favor?

– Tudo bem, só não espere que eu ache divertido.

– Quem sabe se você tentasse – diz Saskia, se virando para nós.

Está atrasada alguns anos para domar a fera que vive dentro da Phoebe. Mas por quê?

– Quem sabe se eu tentasse? Vindo de você?

– Por favor, minha gente, precisam mesmo discutir na frente da Milly?

Balança, ameaça despencar. Uma pirâmide de cartas construída com grande cuidado e atenção. Família frágil.

Ninguém fala, o único barulho é o das patinhas de Rosie sobre o piso quando vai entrando na cozinha, rabo balançando, focinho empinado. Um espirro de prazer enquanto é seduzida, atraída pelo cheiro do frango, agora descansando fora do forno.

Mike se abaixa, dá uma coçadinha atrás das orelhas dela, bem no lugar onde ela gosta, então diz: vamos, minha velha, já para fora, e a leva embora, a tranca na varanda. Phoebe e eu colocamos a mesa enquanto Saskia põe batatas assadas e legumes em tigelas brancas. Quando Mike volta, ele afia uma faca comprida com elaborados floreios e fatia o frango com ela. Não me pede para estender os dedos em cima da mesa enquanto enfia a faca entre cada um o mais rápido que pode. Não é o tipo de jogo que ele gosta.

Depois que nos sentamos, levamos alguns minutos passando pratos, trocando tigelas de um lado para o outro da mesa até estarmos todos prontos para comer. Mike serve vinho para Saskia e para ele mesmo, e meia taça para Phoebe. Quando me oferece, eu digo não, água está bom. Phoebe diz que eu sou sem graça e todos damos risada; aposto que diz coisa bem pior de mim dentro da cabeça.

– Saúde – diz Mike, erguendo a taça.

Ninguém brinda com ele.

– Milly me contou que vocês vão encenar *O Senhor das Moscas* esse semestre.

Ele encontra ouro logo de primeira, sabe onde cavar.

– É, eu basicamente tenho o papel principal, sou a narradora. A Srta. Mehmet disse que é porque minha dicção é bem clara.

– Caramba, está de parabéns, filha, não é, Sas?

Ela faz que sim com a cabeça, embora não pareça interessada. Fantasiando ser comida pelo Benji ou sair de casa e não voltar nunca mais. Seus olhos estão vidrados, a mão cutuca o nariz de vez em quando. Mike não é nem cego nem míope. Escolhe ignorar. Tolerar. O estoque dela, reposto. Está chapada. Fodida. Sendo fodida. Fodida de tão chapada.

– Milly. Terra para Milly – ouço Mike dizer.

Estou olhando fixo outra vez, dessa vez para a Saskia.

Phoebe comenta: se olhares matassem. Saskia se ajeita na cadeira, tenta dar uma garfada. Mike diz: agora já chega. A conversa continua. Branda. Inofensiva. Comemos enquanto falamos. Mas Phoebe estava certa, o frango está seco. Mike pergunta a ela como está progredindo com as falas, sugere que siga o meu exemplo lendo e relendo o texto. Um trapo vermelho para um touro, um fósforo para uma bomba.

– É a sua cara, isso. Fique sabendo que andei me matando para aprender as minhas falas, porra, mas talvez você esteja ocupado demais para notar.

Ela vira o resto do vinho na taça, o calor do álcool servindo de combustível para a sua raiva.

– Mais um palavrão desses e você sai da mesa, entendeu? Especialmente depois da sua mãe preparar um jantar tão bom.

– Eu devo estar comendo outra coisa – retruca ela.

Saskia abre a boca, pronta para dizer alguma coisa, mas fecha outra vez, ela não sente, e não tem, nem metade da valentia da filha. Pede licença para ir ao banheiro, o nariz está com fome.

– Pelo amor de Deus, estou só brincando.

– É o último aviso, Phoebe, estou falando sério – adverte Mike.

Ela espeta o garfo na batata, olha para ele e diz:

– Está bem.

Ele passa as mãos pelos cabelos, deixa escapar um suspiro, me pergunta se eu quero mais frango.

– Não, obrigada, estou quase satisfeita.

– Não vai me oferecer mais?

– Você vai querer mais?

– Não, mas aceito mais vinho.

– Não, hoje, não.

Tarde demais. Ela pega a garrafa e meio serve, meio derrama mais uma taça para si mesma. Cheia, dessa vez. Os lábios manchados de roxo.

– Nada disso, Phoebe.

Ele se levanta, tira a taça das mãos dela, vira o vinho na pia.

– Você não costumava se importar.

– Você costumava se comportar melhor.

Ela olha para mim e eu sei que, de alguma forma, está me culpando. Quando Mike volta a se sentar, experimenta outra abordagem.

– Por que vocês duas não ensaiam a peça juntas, não se ajudam?

– Eu adoraria – digo.

– Eu e Iz já estamos ensaiando juntas.

– Quem sabe não incluem a Milly?

– Ela só ia ficar de fora.

– Não precisa ser grossa.

– Eu não estou sendo grosseira, por que você está tomando o partido dela?

– Eu não estou tomando o partido de ninguém.

– Está, sim, parece até que eu sou invisível.

Ele podia contar a ela, desarmar a bomba. Explicar por que ele e eu passamos tanto tempo juntos, aonde fomos quando faltei à aula. Os advogados. Nossas conversas noturnas, sobre o que são. Você. Mas ele não conta, diz a ela que é importante que ele me ajude a me ajustar à vida como parte da família, que um pouco mais de tempo e de atenção são necessários. Phoebe está pronta para dizer alguma coisa, mas Saskia volta, um copo de fundo grosso na mão. Gelo. Uma rodela de limão. Ela se senta, brinca com a corrente, a de ouro igual à da Phoebe e à minha. Phoebe não perde uma, não no que diz respeito à mãe dela.

– Bem, já que você passou para a bebida pesada, não vejo por que não posso tomar seu vinho.

Ela pega a taça da Saskia, bebe o que restou do vinho. Lolita, a adolescente sedutora, sabe exatamente o que fazer para provocar. Mike achata as mãos com força em cima da mesa, está tentando se acalmar, empregando as táticas que usa no trabalho. Ele se levanta, diz:

– Eu não estou pedindo, estou mandando. Levanta da mesa, Phoebe. Se ainda estiver com fome, leve embora o que quiser, mas vá direto para o seu quarto. Não quero mais ver a sua cara hoje.

Ela faz o que ele manda. Perdeu o gás. Tudo que sobe tem de descer.

Então, ficamos só nós três.

Não consigo deixar de sentir pena dela, também já me senti assim. A fome da solidão, quando a gente está perto das pessoas – ou da pessoa – que deviam nos proteger. Cuidar da gente. Mike se desculpa, pergunta se comi o suficiente.

– Comi, sim, obrigada, acho que vou subir também, se não se importam.

– É claro, e peço desculpas, não era para ser assim.

Faço uma pausa do lado de fora do quarto da Phoebe, imagino o que ela está fazendo. Mandando mensagens para a Izzy? Dizendo o quanto ela odeia a família, o quanto me odeia?

Não existe essa coisa de família maravilhosa e nova em folha.

– Milly, é o Mike, você consegue me ouvir?

Por favor, pare de chorar.

– Milly, com quem você está falando?

Eu vou ajudar você, prometo.

– Está tudo bem, Milly.

Não, é tarde demais para isso.

Alguém coloca as mãos nos meus ombros, elas ficam ali. Me apertam. Uma voz diz: Milly, você tem de sair daí. Eu abro os olhos e vejo Mike na minha frente.

– Deixa eu te ajudar a se levantar.

– Não, eles precisam de mim, Mike. Estão com medo.

– Segure a minha mão, Milly. Isso, muito bem.

Quando Mike me conduz para fora do porão, a luz do corredor me cega. Um holofote. Exposta. Esta é quem sou. Começo a chorar, ele me segura junto ao peito. Seu coração bate com força, eu sinto pelo tecido grosso do roupão. Ele não deveria me tocar, mas ainda bem que toca.

– Me desculpa – digo, enterrada em seu peito.

– Você não tem nenhum motivo para se desculpar, Milly.

Tenho, sim.

Tenho muitos motivos.

12

Mike disse que estava tudo bem quando me levou de volta para o quarto no sábado à noite, disse que a gente conversaria a respeito na sessão desta semana, mas como vou saber se ele está falando sério? Que está tudo bem? O chão sob os meus pés, menos firme quando chega a noite. O que faço, o que digo. O que revelo a meu respeito em momentos como aquele. Meu maior medo era você, ainda é na maior parte do tempo, mas agora tenho um novo medo, o medo de me mandarem ir embora quando Mike reconhecer que deu um passo maior do que as pernas. Maior do que gostaria de dar.

Daqui a onze semanas começa o seu julgamento. Onze semanas, o mesmo prédio que você, o mesmo ar. Quero saber o que foi que June disse para o Mike ao telefone. Alguma coisa que você disse. Alguma coisa que não querem que eu saiba. Fale devagar, conte a verdade, é só com isso que você precisa se preocupar, me disse Mike na semana passada. Falar é fácil.

Eu me sento na cama, tiro um dos elásticos do punho, prendo os cabelos num rabo de cavalo alto; é como as outras meninas usam na escola. Depois que me visto, enrolo os desenhos que fiz durante o fim de semana para mostrar à SK. Estou ansiosa para me encontrar com ela outra vez, tenho a sensação de que tudo dá certo quando estamos juntas. Estou quase saindo do quarto quando recebo uma mensagem. Morgan, dizendo que se divertiu no sábado, até mais, seguido por um monte de emojis. Uma estrela, um polegar para cima.

Duas meninas dançando juntas e um balão vermelho. Acho que ela gosta de mim. Só viu o lado bom. Certas coisas nunca devem ser reveladas, como você costumava me dizer. Mostre apenas o lado do qual você sabe que vão gostar. Confiar.

– Bom dia – diz Mike quando entro na cozinha.

– Bom dia.

Phoebe está lá, braços cruzados por cima do peito, vira o rosto quando me vê.

– Phoebe – diz Mike.

Ela olha para ele, expira de maneira bem barulhenta e diz: está bem, então se vira para mim:

– Desculpa por sábado.

Eu faço que sim, respondo:

– Obrigada, está tudo bem.

– Não, não está tudo bem e ela sabe disso. Eu já deixei bem claro que se qualquer coisa igual voltar a acontecer, vai haver consequências. Certo, Phoebe?

– Sim.

– Ótimo – diz Mike. – Agora vamos acabar com essa história. Por que vocês duas não vão andando juntas para a escola? Não é sempre que saem de casa na mesma hora.

– Eu vou me encontrar com a Iz, temos umas coisas para conversar.

– Como disse no jantar de sábado, Phoebe, tenho certeza de que você podia incluir a Milly de vez em quando. Não?

– Não tem problema, eu gosto de andar sozinha, me dá um tempo para espairecer as ideias.

Ele parece chateado, mas deixa o assunto morrer. Terminamos o café ao mesmo tempo e acabamos saindo de casa juntas, mas, quando deixamos a pista de acesso e chegamos à rua principal, ela diz:

– Não fique achando que não sei o que você está tentando fazer, mas só para você saber: minha mãe e meu pai nunca ficam com ninguém mais do que dois meses. Logo, logo você vai ser mandada de volta para o lugar de onde saiu.

Ela se afasta de mim correndo, a mochila quicando, e se junta a Izzy, à sua espera no fim da rua. De volta para o lugar de onde saiu, disse ela. Me dá vontade de berrar para ela perguntando para onde uma pessoa vai quando não pode ficar onde está nem voltar para o lugar de onde saiu. Para onde vou quando o julgamento terminar? Um lar temporário, foi o que June disse quando a conheci no abrigo. Mike e Saskia resolveram que eu seria a última criança que acolheriam até a Phoebe terminar o ensino médio. Ela não tem ideia do quanto é sortuda e do quanto eu gostaria que houvesse lugar para nós duas.

Quando chego à escola, verifico os horários das minhas aulas numa tabela pregada dentro do armário. No primeiro tempo eu deveria ter Matemática, mas, quando passei pela secretaria, na entrada, vi um bilhete avisando que a Srta. Dukes, nossa professora, tinha faltado e que deveríamos estudar na biblioteca. Decido ir à sala de Artes primeiro para ver se a SK está por lá. A sala está vazia quando chego, tem um cardigã franjado pendurado na cadeira, um livro didático aberto e virado para baixo em cima da mesa. Sinto vontade de mexer nele, de descobrir o que ela está lendo, mas a porta que dá para o corredor abre e ela entra trazendo uma pilha de pratos de papelão decorados com rostos de feltro. Sorri quando me vê.

– Que surpresa boa! Como foi o seu fim de semana?

– Foi bom, obrigada. E o seu?

– Bastante calmo, para ser sincera – responde ela. – Se você estava me procurando, está com sorte, tenho uma hora livre antes das pequenininhas chegarem.

– Eu queria mostrar para você alguns dos desenhos que fiz esse fim de semana.

– Ótimo, vamos dar uma olhada.

Tiro o rolo de desenhos da aba da mochila e dou a ela.

– Uau, você esteve mesmo ocupada.

– São só três – digo, contente com o entusiasmo dela.

– Vamos abrir todos ali em cima da mesa.

Usamos potes de canetas hidrográficas para segurar os cantos das folhas, ela dá um passo atrás quando os três estão expostos. Faz um aceno com a cabeça.

– Estão ótimos, especialmente o da menina com asas de águia. Você sempre gostou de desenhar?

– Acho que sim.

– O seu pai ou a sua mãe tem talento artístico?

Como dizer a ela, como explicar que você achava que o que fazia era arte?

Pele, não papel.

– Minha mãe foi embora quando eu era pequena, então não sei direito.

– Me desculpe, foi uma pergunta indelicada, sei que está morando com os Newmonts.

Digo a ela que está tudo bem, só que não está. Não pelo que ela disse, mas pelo que eu não posso dizer.

– Você é muito talentosa. Já pensou em estudar Artes quando terminar a escola?

– Talvez, mas também gosto muito de Ciências.

– Realmente, dá para ganhar muito mais na área das Ciências. Obrigada por compartilhar os seus desenhos comigo, adoro ver as criações de vocês. Se não se importa, eu tenho de responder uns e-mails, mas fique à vontade para sentar e desenhar um pouco pelos próximos vinte minutos, mais ou menos.

– Eu devia estar na biblioteca. A Srta. Dukes faltou e temos um tempo de estudo em vez da aula.

– Posso dar uma ligada rápida para a bibliotecária se você quiser, aviso a ela que você está comigo.

– Não se importa de eu ficar?

– É claro que não, quanto mais gente, melhor. É bom ter companhia, não é?

É.

Eu me sento na frente de um dos cavaletes enquanto ela liga para a Sra. Hartley, pego um pedaço de giz vermelho da caixa que está em cima da mesa ao meu lado. Meus movimentos são circulares, rodopiantes. Trabalhamos em silêncio. O pó voa, assim como o tempo. Lascas vermelhas se destacam sobre o fundo azul-marinho da saia do meu uniforme. Aperto com força demais, o giz quebra.

– Posso ver? – pergunta ela.

– Pode.

Ela se aproxima, fica de pé atrás de mim.

– A cor que usou nessa peça é muito poderosa.

Concordo com a cabeça.

Derramando. Vazando.

– Consegue descrever o que desenhou? É uma pessoa, ali?

O dedo da SK paira perto do seu rosto, mas não o toca. Ela traceja o ar em torno dele, faz o mesmo com os borrões de giz vermelho que cercam você.

– É uma interpretação de uma coisa que vi.

– Alguma coisa na TV?

– Tipo isso, sim.

– Você já ouviu falar do Concurso de Artes Sula Norman?

– A garota que morreu?

– Isso, ela morreu de leucemia há dois anos. Uma artista muito talentosa, na minha opinião, embora eu não a tenha conhecido, foi antes de eu entrar aqui. Quando ela faleceu, os pais dedicaram um concurso de Artes para a escola em seu nome, um suprimento de um ano de materiais de arte e uma exibição numa galeria do Soho. Conhecendo o seu trabalho, recomendo que se inscreva.

– Não sei se sou boa o suficiente.

– Confie em mim, se continuar fazendo trabalhos como esse, acho que tem uma boa chance de ganhar. Eu não devia dizer isso, mas é verdade.

– Obrigada, vou pensar a respeito.

Vou até a pia, me concentro em lavar as mãos – em qualquer coisa que não seja o rubor que vai se espalhando pelo meu rosto. Que boba, eu, ficando vermelha assim... e ela notou. Tiro uma folha do porta-papel-toalha, seco as mãos. Ela se junta a mim na pia, me passa um pano úmido.

– Para o pó na sua saia – diz.

Passo o resto do tempo na biblioteca e saio assim que o sinal toca, quero ter certeza de que vou chegar à ginástica antes das outras. Troco de roupa numa cabine. Privada. Meu corpo é só meu hoje em dia; visto uma malha para a aula de salto. Ainda bem que não me cortei ontem à noite, os braços da Sra. Havel me seguram pelas costelas, dos dois lados, enquanto ela nos ajuda a dar saltos sobre o cavalo. Uma aluna mais nova entra e interrompe a aula.

– Tem um telefonema importante para a senhora, Sra. Havel.

– Pode esperar?

– Não, a Sra. McD, da secretaria, disse que era urgente.

– Está bem, me deem um minuto, meninas. Parem com os saltos e façam um pouco de trabalho de solo e, pelo amor de Deus, nada de bagunça, tenham cuidado.

O barulho aumenta assim que a porta do ginásio fecha. Risadas e provocações, conversas sobre garotos e sobre coisas que aconteceram durante o fim de semana. Eu presto atenção, é útil para aprender a me adaptar. Me enturmar. Observo Georgie, uma das meninas mais miúdas da turma, subir numa corda presa ao teto. Ela usa os pés para dar impulso a partir do imenso nó dado na ponta de baixo e os braços para subir, ganhar altura. Está indo bem, já está quase na metade, a corda balança um pouco de um lado para o outro e ela continua subindo. Vejo a Phoebe cutucar a Clondine, sussurrar alguma coisa, então soltar uma risadinha e se aproximar da corda. Georgie já está lá em cima, sem colchão de amortecimento, eu sei o que elas vão fazer, está na cara. Devia me meter, mas, pelo menos uma vez, não sou eu que estou sendo ridicularizada. Humilhada.

Elas começam a balançar a corda, de leve, a princípio. Não demora muito para as outras meninas notarem. A plateia logo se junta, rabos de cavalo altos mergulham para baixo enquanto os pescoços dobram e as cabeças sobem em direção ao teto. Os celulares também subiriam, só que malhas de ginástica não têm bolsos. Georgie pede a elas que parem, mas elas continuam. Desça rápido daí, me dá vontade de gritar, mas o medo chega antes de mim. Diz a ela que se segure bem, sussurra em seu ouvido: agarra essa corda como se a sua vida dependesse disso. Ela aproxima o corpo mais um pouco da corda, segura com força, os pés descalços inúteis. Escorrega um pouco, luta para subir. Uma perna se solta, se prende outra vez. Alguém faz uma piadinha, pergunta: como está o tempo aí em cima, Georgie? Risadas. Palavrões. Caralho, olha só como ela está balançando alto. Então, um aviso da Annabel:

– Ela vai cair, Phoebe, para.

Mas ela não lhe dá ouvidos, puxa a corda com mais força, o sorriso ainda largo, saboreando o poder. O controle. Georgie se balança como uma macaquinha bebê sem as costas ou o rabo da mãe para se agarrar. Sem galhos, sem árvores. Nada para amortecer a queda. Sozinha lá em cima. Sozinha neste mundo. Estamos todos.

– Vai, Clon, sua vez.

Ela faz o que a amiga manda, puxa a corda para a esquerda, gira Georgie num círculo. A cada vez que a corda gira, vejo seus olhos, molhados. Lágrimas. De medo. O corpo escorrega um pouco, mais do que da última vez. Cansada. Ela precisa de ajuda. Não posso. Posso. Não quero.

Ninguém me ajudou.

A corda perde velocidade, Clondine se afasta, grita para Georgie:

– São dez libras pela voltinha, fazendo o favor.

As outras meninas perdem o interesse, só conseguem imaginar um final feliz: que a corda não vai mais ser balançada, que Georgie vai escorregar até o chão dali a um minuto reclamando com Phoebe e Clondine do quanto ficou assustada. O círculo de espectadoras começa a se desfazer em grupos de duas, três, vai se afastando. A corda, quase parada agora. Começam uma competição de estrelas nos colchonetes, o falatório é retomado. Entre a maioria das meninas, mas não com a Phoebe. Seja lá o que for, também espreita dentro dela – Phoebe não consegue resistir a dar um último puxão na corda. O fogo dentro dela arde intenso demais.

Georgie, cansada demais para se segurar.

Viro o rosto antes de ela atingir o chão. O barulho, característico. Ossos fazem assim. Estalam. Quebram. O coro de gargalhadas do qual fiz parte há poucos minutos vai se calando até virar silêncio. O silêncio se transforma em puta merda.

– Phoebe, sua retardada do caralho – diz Clondine.

Me viro para ver. Georgie. Mais deitada do que sentada, o rosto branco, da mesma cor do osso que se projeta para fora sob seu queixo. Uma lâmina de cálcio, uma clavícula. Uma comoção de malhas, não mais dando estrelas, se aproxima, se junta à sua volta. Também me mexo, mas chego por trás e me sento ao lado de Georgie. A respiração dela em pequenos arquejos, a corda balançando acusadora acima das nossas cabeças. Todas nós tivemos um dedo nisso. O barulho dentro do ginásio está diferente, os tons estão mais agudos do que antes, um quê de pânico. As meninas se agarram umas às outras, trauma.

– Porra. Não fui só eu, não, você também participou, Clondine.

– Não, eu já tinha me afastado e você devia ter feito o mesmo.

– Ai, meu Deus, acho que vou vomitar.

– Cala a boca, Clara, pensa na coitada da Georgie.

– A gente vai levar você lá na Jonesy, está bem, Georgie? Você vai ficar bem – diz Annabel. Decidida. Uma capitã.

Phoebe se agacha, tem pouco tempo para consertar as coisas e sabe disso. Mergulha de cabeça.

– Me desculpa, achei que você já estivesse descendo. Nunca teria feito isso se achasse que você ia cair.

– Meio tarde para isso, não acha? – devolve Annabel.

– Dá para você calar essa boca de merda uma vez na vida e ir lá pedir à Jonesy que venha aqui? E não ouse dizer uma palavra. Todo mundo aqui vai me apoiar, não é, pessoal? Todas nós achamos graça, todas nós temos culpa, foi um acidente.

Ela é boa. Muito boa. As meninas fazem que sim com a cabeça, numa concordância solene. Clara vira de costas e impede o vômito de sair com a mão, os ombros sacudindo. Georgie começa a gemer. Um som sinistro que vai crescendo e vira lamento quando ela olha para baixo e vê o osso perfurando a pele. Annabel sai correndo pela porta gritando: vou buscar a Jonesy.

– Não olhe – digo a Georgie.

Phoebe ouve os lamentos de Georgie mais alto que todo mundo, quer que parem.

– Porra – diz. – Fica calma, por favor, Jonesy já vai chegar. Só se lembra de dizer que foi um acidente, tá?

– Acha bom eu pegar um pouco de água para ela? – pergunta Marie.

– Não – responde outra pessoa. – Não se deve dar nada para ela beber, eu vi na TV, a gente deve manter a vítima aquecida até o socorro chegar.

– Que tal aquele casaco ali, acha bom colocarmos por cima das pernas dela? Está com frio, Georgie?

Sinto o corpo dela começar a tremer. Choque. Eu a apoio no meu ombro.

– Por que não a levamos até o banco? Talvez sentar ajude – Sugere Phoebe. – Você consegue, Georgie, consegue fazer isso?

Ela balança a cabeça, começa a chorar.

– Você tem que tentar, vamos, vamos ajudar você a se levantar.

Sei o que a Phoebe está tentando fazer: "limpar" a cena, deixar a coisa toda com uma aparência menos chocante. O corpo fraturado da menina vai parecer menos mal sentado num banco do que todo torto debaixo da corda que elas rodaram até ela cair.

– Não façam isso – eu me ouço dizer.

Um mar de plush roxo e azul me encara.

– Cuida da sua vida – devolve Phoebe.

– Ela está com muita dor, não pode se movimentar.

– E o que faz de você uma especialista em ossos quebrados?

Um movimento no meu couro cabeludo, um calor lento e gradual. Apoio o peso do corpo de Georgie, digo a ela que segure o cotovelo, que proteja o braço de encontro ao estômago.

– Isso, assim vai diminuir a dor.

Diminuiu a minha.

Jonesy, a enfermeira da escola, chega, dá uma única olhada para Georgie e manda Annabel ir à secretaria chamar uma ambulância. Empurra o cavalo até ele encostar em nós, me agradece por ter ajudado e pede a Georgie que se encoste, devagarinho. A Sra. Havel também deve ter ouvido a notícia, pois vem chegando furiosa.

– O que foi que aconteceu? – pergunta. – Eu mandei vocês terem cuidado.

– E tivemos – responde Phoebe. – Só estávamos nos divertindo um pouco, aí a Georgie caiu da corda.

– Será que nenhuma de vocês estava escutando? Eu disse: só trabalho de solo. Vão se trocar, todas vocês, rápido!

Phoebe está me esperando do lado de fora da minha cabine, enfia a cara na minha, tão perto que dá para eu enxergar os minúsculos salpicos marrons enterrados no azul dos olhos dela.

– Da próxima vez, não se mete no que não é da sua conta, ouviu?

Eu a ignoro, saio andando. Ela me segue, me empurra para trás quando passa. Caio estatelada em cima de um dos bancos de madeira.

Dolorida, mas viva.

Muitíssimo viva, Phoebe.

13

Alguns dias depois do incidente na aula de ginástica, Phoebe faz circular uma carta no fim da aula de Biologia.

– Todo mundo assina – ordena ela. – Vou pedir à Sra. McD para mandar para a casa da Georgie.

Quando a carta chega às minhas mãos, eu leio os floreios cor-de-rosa da Phoebe: *Sinto muito pelo seu acidente, melhore logo, com amor, P xxx.*

"Seu acidente", ótima escolha de palavras. Fica bem aos olhos de qualquer professor ou pai. Nenhum motivo para alguém desconfiar de qualquer sujeira, e Georgie é esperta o bastante para não abrir a boca. Todo mundo é, exceto eu, eu abri a boca sobre você, não foi, mãe? Contei a história um monte de vezes, uma luzinha vermelha piscando na filmadora.

Quando todo mundo terminou de assinar, observo a Phoebe lamber e apertar a aba para baixo com uma das mãos, um movimento fluido em forma de V. Ela passa gloss cor-de-rosa nos lábios, beija o centro do V no verso do envelope. Penso em como ela é diferente na escola. Tão autoconfiante. Eu também era diferente, tão boa em fingir, em guardar os nossos segredos. O que será que as meninas achariam se soubessem que a Phoebe grita enquanto dorme? Chora. Já a ouvi nas noites em que estou assustada demais para dormir, assustada demais para ficar no meu quarto, sombras e sussurros chegando de cantos escuros. De você. De vez em quando eu me levanto, sento no corredor, aninhada nas compridas cortinas de veludo. Phoebe está inquieta e agitada, soluços solitários durante o sono viram lágrimas quando ela acorda. Às vezes, um abajur é aceso, um feixe de claridade surge por baixo da porta. Já me passou pela cabeça entrar, dizer a ela que está tudo bem, embora o mais provável é que não esteja. Não sei o que é pior: uma mãe igual à minha, presente demais, ou uma como a da Phoebe. Não o bastante.

O sinal para o almoço toca e sigo para o jardim de infância. Só ajudei lá duas vezes, mas as crianças parecem gostar de mim e eu gosto delas. Acho mágica a companhia de crianças. Elas vivem metade no nosso mundo, metade no delas. Matam dragões, salvam princesas. Leia de novo, Milly, a gente adora essa história, por favoooooor. Uma das meninas levou um tombo na semana passada, eu esfreguei suas mãos, limpei as pedrinhas dos seus joelhos. Seja corajosa, eu disse a ela, você precisa ser corajosa.

Quando chego ao pátio, uma pequena multidão corre para mim, sorri, os braços estendidos.

– Oba, a Milly chegou.

– Podemos brincar de cavalinho? – pergunta Evelina, uma garotinha de aparência frágil, pele muito clara e um contorno cor-de-rosa ao redor dos olhos. Uma mãezinha em casa que, aposto, lhe dá banhos de aveia para cuidar dos pedaços ressecados de eczema visíveis por trás dos seus joelhos.

– Então, suba – respondo, dobrando o corpo para ela conseguir subir.

Faço muito isso. Imagino que tipo de pais as outras crianças têm. A equipe do abrigo foi tão rápida em dizer que o que você fazia era errado. Anormal. Então estou tentando aprender o que é certo, estou tentando ser diferente de você.

Evelina, como um coala, aperta os braços ao redor do meu pescoço. Quando passamos pela janela de uma sala de aula a galope, com uma fileira de crianças correndo atrás de nós, doidas para serem as próximas, vejo meu reflexo de relance. Desvio o olhar.

Quando me abaixo e deixo Evelina deslizar até o chão, começa um coro de "agora eu". Exagero fingindo que não sei nem por onde começar com tantas crianças em volta, corro num círculo, elas me seguem, é claro. Uma menininha fica para trás, a vista grudada no chão, lançando olhadelas de vez em quando, observando as outras crianças, como interagem comigo. Eu me lembro de fazer a mesma coisa na idade dela. Ofereço as costas para ela subir.

– Quer tentar?

Ela balança a cabeça, brinca com os botões do paletó, desvia o olhar. Uma gordinha que eu vinha evitando a todo custo se atira nas minhas costas e diz: upa, cavalinho. Fico zangada com o fato de a outra garotinha, a que eu quero, não confiar em mim o bastante para entrar na brincadeira. Você me ensinou a lidar com crianças, mas parece que ainda me falta muito do seu encanto. Da sua habilidade.

Eu saio correndo, a galope.

– Mais rápido, mais rápido – exige a vozinha estridente às minhas costas.

Ela aperta as pernas em torno da minha cintura, a sensação me incomoda. Me sufoca. É uma boa queda, de cima das minhas costas, não tão grande quanto a de Georgie, mas o suficiente para machucar uma criança de cinco ou seis anos. Eu devia segurar bem essa balofinha.

Devia.

Ela aterrissa no chão com um baque surdo, começa a chorar.

– Você me deixou cair.

– Nossa, Angela, precisa desse drama todo? Uma boa amazona leva um tombo de vez em quando. Levanta e se limpa.

E vai embora. Para longe de mim.

Há quadrados de amarelinha pintados em algumas das placas de concreto do chão do playground. Vejo a menininha fingir que está olhando para eles. Não pergunto a ela se quer brincar, sei que não vai querer, mas me aproximo, dou a ela um doce que tenho no bolso. Crianças gostam de doces e das pessoas que os dão a elas.

Seu elogio chega de imediato – ESSA É A MINHA MENINA –, mas, em vez de me me sentir vitoriosa como no dia do banheiro, com Clondine e Izzy, desta vez me sinto suja.

– Ei, não vale – diz Angela quando vê o doce. – Fui eu que caí.

Eu a ignoro. Porquinha. Gorda. O sinal toca, avisa o fim do almoço.

– Vamos lá, todo mundo, vamos fazer um trenzinho de volta para as salas de aula.

Três professoras aguardam para colocar as crianças outra vez para dentro, contam uma por uma na entrada e na saída. Nunca se sabe quem se esconde do lado de fora do pátio.

Ou dentro dele.

– Srta. Carter, a Milly me deixou cair.

– O que foi, Angela?

Eu respondo no lugar dela.

– A gente só estava brincando de cavalinho, está tudo bem.

– Hmm, bem, por favor, tenha mais cuidado da próxima vez, Milly, a última coisa da qual precisamos agora é uma queixa de algum pai ou mãe.

– Claro, vou tomar mais cuidado.

– Faça isso – responde ela, os olhinhos astutos grudados em mim.

Eu a encaro de volta, sorrio. Não sou eu que preciso ter cuidado.

A Srta. Evans, uma das outras professoras, pede às crianças que me agradeçam. Elas agradecem em uníssono, um lindo canto de passarinhos. Aquilo me enche de ternura. Procuro a garotinha. Está no fim da fila, ainda tentando parecer pequena. Invisível.

Mike chegou tarde do trabalho ontem, então acabamos tendo uma sessão curta. Ele queria falar sobre o Daniel, sobre o que podem me perguntar caso eu seja interrogada no tribunal, sobre como a defesa pode tentar me culpar por não ter feito mais. Podia ter feito mais. É vital que você resista à internalização desses sentimentos, disse ele, se agarre à realidade de que nada daquilo foi culpa sua. Ninguém culpa você. *Não é verdade*, eu quis dizer.

Eu me culpo.

Ele pediu para eu me encontrar com ele outra vez hoje à noite para podermos continuar o relaxamento guiado, disse que é essencial para libertar o trauma enterrado no meu subconsciente. Disse a ele que não gosto de não me lembrar do que eu digo. Você tem de confiar em mim, Milly, devolveu ele, sei o que estou fazendo, faço isso há muito tempo.

Antes de me encontrar com ele, respondo à mensagem que a Morgan me mandou mais cedo. Contou que tem espionado "a vaca loira" e perguntou se por acaso eu sabia que ela fuma. Não, não sabia, respondo. Eu a vejo escrevendo uma resposta: bem, fuma, que outras coisas será que consigo descobrir sobre ela?! Eu nunca pedi isso a ela, mas curto a ideia de Morgan sair por aí espionando para mim; me sinto mais próxima dela, como se fosse alguém em quem posso confiar.

Quando chego à cozinha, Phoebe está contando a Mike sobre o acidente da Georgie e como ela a ajudou. Ainda diz a ele que eu fiquei paralisada, que não fiz nada para ajudar. Fiquei tão pálida quanto a Georgie.

– Não tem importância – diz ele, olhando para mim. – Ainda bem que você estava por perto, Phoebs.

– Outra coisa, pai, você viu um dever de Química meu por aí?

– Acho que não, meu bem. Quando o viu pela última vez?

– Não sei direito, ontem, talvez, mas o prazo é amanhã e o Sr. Frith vai ficar louco se eu não entregar.

– Então é melhor começar a procurar.

Saskia se junta a nós, vestida com roupas de ioga. A vagina óbvia, como sempre.

– Você ouviu isso, Sas? Phoebs ajudou a Georgie Lombard, ela teve um acidente na aula de ginástica há alguns dias.

– Que bacana – responde ela. – Mas eu tenho de correr, estou atrasada para a aula.

Aquilo magoa a Phoebe. O fato de ela não pedir mais detalhes. Ela olha para Sas de cara feia e passa por ela empurrando. Saskia faz um gesto para Mike e pergunta: o que foi?

– Nada – responde ele. – Vamos, Milly, é bom a gente ir começando.

Nenhum de nós percebe de início. Três. Andares. Acima. Empoleirada na beirada do corrimão. Phoebe.

– Divirta-se na ioga, mãezinha querida – diz ela, nos olhando lá de cima.

Ela provoca Saskia, tira a mão do corrimão, finge perder o equilíbrio, quer que ela diga tenha cuidado, mas não é ela, é Mike quem diz:

– Você está doida, desça daí, está querendo morrer?

Mais uma vez decepcionada, ela mostra o dedo do meio para a mãe e desaparece do patamar para dentro do quarto. Mike tenta sorrir, mas Saskia reage com um:

– O psicólogo aqui é você, conserte.

– Sas, ela é nossa filha, não uma coisa para ser consertada. Ela está com raiva porque...

– Por minha causa, era o que você ia dizer, não era? – retruca Saskia. – A culpa é minha. Já faz anos, mas a culpa continua sendo minha, certo?

– Não era isso o que eu ia dizer. Olhe, eu converso com ela, só não dá para ser hoje.

– Talvez se você passasse mais tempo com a sua própria filha as coisas melhorassem.

Um golpe baixo, ela se sente mal assim que fala, pede desculpas de imediato. Olho fixamente para ela, o corpo magro, não muito diferente em tamanho do da Phoebe, o mesmo cabelo, os mesmos olhos. Ela mesma tão parecida com uma adolescente, mas completamente desnorteada numa casa com adolescentes de verdade. As lições, hoje em dia, mais rápidas. Mais rudes.

A caminho do escritório do Mike, ele explica que o psiquiatra do abrigo ligou hoje para saber como anda minha rotina de medicamentos. Me lembro bem do consultório dele. Paredes cheias de diplomas e de certificados emoldurados. As perguntas as mesmas toda semana. Apetite. Dores de cabeça. Flashbacks. E, por fim, sono. Como tem dormido? Toda noite é diferente, eu disse a ele. Sim, é de se esperar, respondeu ele. Um rasgão no bloco de receituários, mais um coquetel de comprimidos pedido. Azul para a manhã, branco para a noite. Rosa se eu não quisesse pensar em nada. Uma das outras adolescentes me mostrou como guardar os comprimidos na lateral da boca para depois cuspir na privada.

Tomar os medicamentos me dava a sensação de estar trapaceando.

Uma gentileza que eu não merecia, ainda não mereço quando penso no que deixei acontecer com Daniel na véspera de entregar você para a polícia.

– O que você acha de aumentarmos a sua dose noturna? – pergunta Mike.

Eu digo a ele que me sinto grogue na escola, logo pela manhã.

– Ainda? Isso não é bom, deixa eu anotar isso para me lembrar de mencionar para ele quando retornar a ligação amanhã. Marcamos uma revisão completa quando o julgamento terminar.

Mike, tão zeloso em me dar os medicamentos. Mas nem tanto em se certificar de que estão sendo tomados. Um pé de meia cheinho de comprimidos na minha gaveta de cima. Ele abre o diário, faz uma anotação, então se senta na poltrona em frente à minha.

– Pronta? – pergunta ele.

– Na verdade, não.

– É um trabalho importante, Milly. Tem partes da sua mente que nós precisamos acessar para que você possa seguir adiante. Por exemplo, o episódio noturno que você teve outro dia no porão, quando dissociou, está ligado à culpa e a como você se sente com relação às coisas que fez e que não são culpa sua.

O medo vai subindo devagarinho da parte inferior do meu estômago, entra na minha garganta.

– Você precisa falar sobre esses sentimentos, precisa se sentir segura quanto ao fato de que sua mãe não a controla mais.

Mike disse ontem que sabe o que está fazendo, que faz isso há muito tempo, então por que não consegue enxergar as suas cordas ainda presas a mim? Por que não consegue enxergar o que está acontecendo?

– Vamos fazer um pouco de relaxamento e conversamos mais no fim.

Ele me faz visualizar o meu lugar seguro, mas a única coisa que consigo ver são os rostos de fantasmas se formando na fumaça. O cigarro que você fumava com prazer logo depois. Os fantasminhas pairando. Não conseguem descansar em paz, não gostam de onde estão.

De onde foram colocados.

– Descreva o que você consegue ouvir – pede Mike.

– Alguém pedindo ajuda.

– Quem é?

– Alguém no quarto em frente ao meu.

– Você foi lá olhar, ver quem era?

– Eu sabia quem era, reconheci a voz, mas a porta estava trancada e não consegui chegar até ele.

– Não havia nada que você pudesse fazer, Milly.

– Na manhã seguinte ele estava chorando, chamando pela mãe, mas a porta continuava trancada, então eu continuei sem poder ajudar. Então nós saímos e ela me levou para a escola, cantou a mesma música de sempre.

– Que música ela cantou?

– *Que cor é a flor maravilha, lá-ri-lá, verde e azul, lá-ri-lá.*

DEVES ME AMAR, MARAVILHA, PORQUE EU TE AMO, LA-RI-LÁ. VOCÊ AINDA ME AMA, NÃO AMA, ANNIE?

– Eu também estava lá, Mike.

– Onde você estava, Milly?

Eu abro os olhos. Ele está inclinado para a frente na cadeira.

– Você disse que também estava lá, o que quis dizer com isso?

Eu mordo a língua. Amarga e quente enquanto o sangue jorra.

– Você fez tudo o que pôde, Milly, dadas as circunstâncias. Deve ser especialmente difícil lembrar do Daniel.

– Por que você acha que era dele que eu estava me lembrando?

– Você reconheceu a voz. Foi o único que você conheceu bem o suficiente.

– Mas isso não quer dizer que eu não ligava para todas as crianças que ela raptou.

– Eu sei, e não estou dizendo que não ligava, mas deve ter sido bem mais difícil quando se deu conta de que ela tinha pegado o Daniel, você tinha convivido com ele no abrigo de mulheres.

– Não quero falar sobre isso.

– Mas precisa falar. Precisa conseguir falar se for depor no julgamento.

– Eu consigo até lá.

– Por que não tenta agora?

– Você está me pressionando muito, eu preciso de mais tempo.

– Só quero que você saiba que esse é um espaço seguro, Milly, que você pode me contar qualquer coisa, conversar comigo. É para isso que estou aqui.

Eu digo a ele que sei disso, mas que estou cansada, não quero mais conversar.

Ele se recosta na poltrona, assente com a cabeça, diz: tudo bem, vamos parar por aqui hoje.

Leio até meia-noite, exausta, mas mesmo assim o sono não vem. Queria ser abraçada, ser reconfortada por alguém.

Como o seu toque doía, como toque nenhum dói mais. Me levanto da cama, destranco e escancaro a porta da sacada. O ar frio inunda o quarto, cada tremor e arrepio no meu corpo uma sensação bem-vinda. Minha pele solitária.

Eu me sento no banquinho em frente ao cavalete que Mike e Saskia compraram para mim. A gentileza deles, todos os dias. É tarde agora, passa das duas da manhã. O ar noturno me envolve, descalços, meus pés zunem. Gosto do barulho que faz o carvão. As manchas, os borrões, a perfeição exposta à friagem. O preto nas minhas mãos me faz lembrar que alguma coisa está acontecendo. Sendo feita. Balanço o corpo em cima do banco enquanto desenho, para a frente, para trás. Fecho os olhos por um instante, seguro o carvão com mais força. O vento avança pela porta da sacada, belisca meus seios. Meus mamilos, duros.

Balanço para o lado.

Esquerda e direita. Um movimento circular. Gosto de sentir a madeira do banco pela calcinha, o calor criado, o contraste absoluto com o resto do meu corpo gelado. Esfrego.

Com mais força na página.

Com mais força no banco.

O carvão quebra. Me resta um pulsar lá embaixo, o pó preto por cima dos joelhos.

Pela manhã, um desenho preso ao cavalete. Você, outra vez. Retiro a folha, enrolo, coloco na gaveta embaixo da cama.

14

Os últimos dias não têm sido bons. Um sonho repetido sobre estar no tribunal, abrir a boca e em vez de palavras o que sai voando é uma colônia de morcegos. Guinchando a verdade. A vergonha de dizer aquilo em voz alta, as coisas que eu deixei você fazer comigo. As coisas que deixei você fazer com eles. Acordei sem ar esta manhã, como no jogo do travesseiro que você costumava jogar.

Morgan não respondeu às minhas mensagens durante o fim de semana. Às vezes ela ajuda o tio, então sei que deve ser por isso, mas tenho me perguntado com frequência o que aconteceria se ela descobrisse sobre mim. Se ela compreenderia, se ainda ia querer ser minha amiga. Já pensei em contar a ela. É a pessoa de quem me sinto mais próxima e, às vezes, o peso de carregar você é demais para mim. A necessidade de compartilhar, de me sentir normal. Mas não sei se ela guardaria segredo e tenho medo de que, se os pais das crianças que você raptou não conseguirem chegar a você, acabem vindo atrás de mim. Uma criança por outra.

Escolho um casaco preto de capuz e jeans. Botas australianas. Hoje vamos fazer um passeio com o Brookmere College e isso tem me apavorado desde que foi anunciado. Me sinto em evidência, por todos os motivos errados; as outras meninas, confiantes. Sabem se comportar na presença de meninos. Na cozinha, um bilhete de Mike junto a um prato de croissants: "Um mimo de segunda-feira, divirtam-se no passeio, meninas."

O jeito como ele se refere a mim e a Phoebe. Como se fôssemos uma equipe. Eu não me importaria se fosse verdade, formaríamos mesmo uma boa equipe. Saskia entra, pergunta se estou animada com o passeio.

– Mais ou menos.

– Certamente é melhor do que ter aula, não?

Na verdade, não.

– Tome, leve um croissant para você.

– Obrigada. Phoebe já foi?

– Há uns cinco minutos, acho.

– Está bem, até mais tarde.

Jogo o croissant no lixo no caminho para a escola, meu estômago dá cambalhotas. Espero que dê para eu ver a SK hoje à tarde quando a gente voltar, para mostrar a ela mais trabalhos. Ela faz um aceno com a cabeça e sorri sempre que me vê na escola. Na sexta-feira passada, parou na minha mesa na hora do almoço e me desejou um bom fim de semana. Eu me peguei imaginando como teria sido a minha vida se tivesse crescido com ela em vez de com você. Me senti culpada logo em seguida.

O ônibus está do lado de fora da escola quando chego, assinamos a lista de presença a bordo. Rápido, rápido, todos vocês, subam já, diz o Sr. Collier, um dos professores de estudos clássicos. Escolho me sentar perto da porta, menos provável que alguém se sente ao meu lado. Fones no ouvido, mas nenhuma música tocando. O ônibus enche rápido, a energia máxima, intensa. As meninas estão radiantes com uma camada a mais de iluminador aplicada sobre a pele, perfume generosamente borrifado. Os meninos, como macacos, fazem barra fixa nos bagageiros do teto. Um zoológico. Atordoante. Fazem uma contagem, alguém berra lá detrás: falta o Joe, uma piada sobre ele ter ido soltar um barro. O Sr. Dugan, professor dos meninos, estabelece alguns limites.

– Olha ele ali, senhor, está chegando.

– Vamos logo, Joe. Não, não pode, já esperamos demais, sente aí no primeiro lugar que encontrar, por favor.

Ele olha para o fundo do ônibus, dá de ombros, se joga no assento ao lado do meu. Vaias e assovios se seguem, ele ergue o dedo do meio no ar.

– Quietos, todos vocês – diz o Sr. Dugan pelo microfone. – Devemos chegar lá daqui a uns quarenta minutos, dependendo do trânsito. Quando chegarmos, não é para vocês saírem vagando por conta própria, entendido? Desembarquem do ônibus, entrem e esperem em grupo na bilheteria. Lembrem-se, por favor, mesmo sem uniforme vocês representam as duas escolas. Perguntas?

– Podemos parar no McDonald's?

– Alguma pergunta pertinente? Não? Excelente. Sentem e aproveitem a paisagem e, pelo amor de Deus, Oscar Feltham, tire os pés de cima da poltrona, você tem os modos de um porco.

Noto que Joe está me observando com pequenas olhadinhas de viés, como se procurasse pela minha segunda cabeça. Eu me viro ainda mais em direção à janela, para longe dele, mas o seu cheiro me persegue. Uma essência condimentada, algum tipo de desodorante aerossol; não é desagradável, mas pensar nisso me deixa sem jeito. Ele me pergunta alguma coisa. Meu instinto é ignorar, mas ele pergunta outra vez, inclinando o corpo para a frente no assento e invadindo o meu campo de visão. Afasto um dos fones do ouvido, me viro para ele. Cabelos ruivos. Olhos azuis.

– Desculpa, o que foi que você disse?

– Você quer um chiclete?

– Não, obrigada.

– Ah, qual é, pega aí, é daqueles de mentol, forte pra caramba.

Ele estende a embalagem em minha direção. Não, obrigada, volto a dizer, tentando relaxar, agir de forma mais normal, mais aberta. Preciso de mais prática. Ele recolhe a mão, dá de ombros, coloca um chiclete na boca e deixa escapar o ar com exagero instantes depois, quando o mentol faz efeito. Ele sorri e diz que provavelmente teria recusado também, abre a boca, ofega um pouco. Não quero ver a língua dele, então desvio o olhar.

– Você já foi ao Calabouço de Londres? – pergunta ele.

A um lugar bem parecido.

– Não.

Ele fala baixo, não quer que a parte de trás do ônibus saiba que estamos conversando.

– Nem eu, mas deve ser bem engraçado.

Não respondo; não concordo.

– Você não parece muito animada.

– Não estou mesmo.

– Por quê?

– Não estou me sentindo muito bem.

– Não vai vomitar, vai? – Ele sorri quando diz isso.

– Não, acho que não.

– Ufa. Você não é daqui, né? Sei que está morando com a Phoebe e os pais dela por um tempo.

Eu faço que sim.

– De onde você é?

– Eu me mudei muitas vezes.

– Legal, eu sempre morei aqui. Sou o Joe, aliás.

– Milly.

– Então, como é a vida na casa da família Newmont?

– Legal.

– Quer dizer que a Phoebe não está sendo um pé no saco?

A surpresa estampada no meu rosto dura tempo o bastante para ele notar. Ele pisca para mim. Oh, Deus.

– Fala sério, eu conheço a Phoebe há anos, ela sabe ser uma verdadeira filha da puta. Gostosa, mas ainda assim filha da puta.

– Ela não é tão ruim assim.

– Sério? É difícil acreditar, ela não é do tipo que aceita bem qualquer tipo de concorrência.

– Eu não estou competindo com ela.

– Na opinião dela, está, sim, pode acreditar, e como você é diferente, ela não vai ficar nem um pouco feliz.

Não tenho coragem de perguntar o que ele quer dizer com diferente. Suspeito de alguma armação entre a Phoebe e ele, uma conversa tarde da noite na qual ela pediu a ele que fingisse gostar de mim para depois me fazer de trouxa.

– Ser diferente é bom, aliás. Pode confiar, eu sou ruivo.

Ele sorri outra vez, então pergunta:

– Você vai à festa do Matty no fim do semestre?

Outro assunto quente na página da turma. Casa liberada, carnificina. O mecanismo padrão dos adolescentes. Festa. Não sei bem se tenho esse gene.

– Não fui convidada.

– Eu estou convidando.

– Não sou muito de festas.

– Todo mundo vai, vai ser divertido. Você e a Phoebs deviam ir juntas, a casa do Matty fica a poucas ruas da de vocês.

– Não sei, talvez. Acho que vou escutar música agora, se você não se importa.

– Beleza, vou tirar um cochilo antes de a gente chegar lá.

Fico aliviada quando termina. A conversa. E quando o ônibus para do lado de fora do Calabouço de Londres, saltamos todos e Joe se junta ao seu grupo outra vez. As meninas ficam perto dos meninos, ou do menino que "reservaram" há semanas. O que acontece menos de vinte minutos depois é culpa minha. Baixei a guarda depois da conversa com Joe. A gentileza é letal.

Planejei ficar na frente do grupo, perto dos professores e do nosso guia, com sua fantasia manchada de sangue e dentes marrons, mas acabei ficando mais lá para trás. Phoebe e sua turma estão junto, além de Claudia, a aluna de intercâmbio alemã, mais interessada em beijar o garoto que está com ela do que na exposição. Phoebe a xinga de vagabunda e passa por ela aos empurrões. A iluminação do túnel é fraca, projetando sombras pequenas e grandes nas paredes. De vez em quando gritos saem de caixas de som escondidas em algum lugar, e risadas. Risadas maliciosas – um torturador se deliciando com o próprio trabalho. Uma cabeça decepada. Tenho a sensação de estar sendo seguida. Observada. Olhos ocultos na escuridão, o meu couro cabeludo parece repuxar. Lampejos de um lugar onde estive e que se parece com isto aqui, um lugar aonde nunca mais quero voltar.

Tento me concentrar nos sons à minha volta, tento não ouvir a sua voz. Me espezinhando. VOCÊ TAMBÉM ESTAVA LÁ, ANNIE. Observo o prazer que os meninos sentem em fingir que vão fazer as meninas tropeçarem. Em as agarrarem. As apalparem. As meninas dão risadinhas e os afastam, voltam para o lado deles instantes depois. Mais gritos emitidos, ratos correm acima das nossas cabeças. Uma mulher desdentada mendigando, um bebê morto ao seu lado, um corvo bicando o olho dele. Você repete: VOCÊ TAMBÉM ESTAVA LÁ, ANNIE.

Olhos como poças. Ameaçam transbordar. Lágrimas. Quentes. Vou me empurrando, abrindo caminho por entre o grupo, tento chegar lá na frente, encontrar um pouco de ar. De luz. Nem noto que já não sou eu que estou empurrando. É a Phoebe, outras mãos também. Elas me empurram para dentro de uma das celas, embarricam a porta e eu sei que não adianta gritar.

Socorro.

Números me fazem sentir segura, mas não quando sei que quase sessenta alunos me separam dos professores e da saída. Tento recordar meus exercícios de respiração, os ataques de pânico que tive nas primeiras semanas depois que deixei você. Inspire pela boca, expire pelo... Não, ao contrário, é para inspirar pelo nariz e soltar o ar pela boca.

Um breu absoluto.

Tento a porta da cela outra vez, mas tem alguém segurando o trinco por fora. Sinto alguma coisa se mexer às minhas costas. Três pequenas luzes embutidas no chão acendem, iluminam uma sombra. Um boneco, não é real.

Está tudo bem, eu aguento.

Um vulto perto da parede, uma mulher. Tapo a boca com as costas da mão, não quero gritar. As lágrimas espetam as minhas pálpebras. Lembranças me beliscam, me agarram, como peixes comendo pão num lago. OLÁ, ANNIE. Não, vá embora, você não é real. VIRE-SE, ANNIE. Não. Eu me encosto na porta, fecho os olhos, esmurro o metal com os punhos.

– Me tirem daqui, por favor, me deixem sair.

Martelo a porta. A cabeça gira. Imagens de mim mesma carregando alguma coisa nos braços, abrindo uma porta. Escuro, tão escuro. O cheiro. Podre e doce ao mesmo tempo. Um zumbido bem baixinho de coisas se mexendo, moscas chocando larvas. Ratos arranhando.

Eu não queria. Não queria, não.

Você. Me. Forçou.

NEM SEMPRE, ANNIE.

Não é verdade.

Vejo os rostos, os rostos que me esforço tanto para não ver, pequenos e assustados. Não consigo chegar a eles. Chorando. Fecho os olhos. Grito.

– Me tirem daqui, por favor. Alguém me deixa sair.

Por favor.

Mãos me tocam.

– Você está bem, relaxa, está tudo bem. Abra os olhos.

Risos quando abro. Estou encolhida num dos cantos da cela, os braços segurando a cabeça, cobrindo os ouvidos.

– Rápido, o Sr. Collier está chamando a gente – diz uma voz feminina.

Lá está Joe; ele estende a mão para mim. Eu a recuso, não sei se ele participou daquilo.

– Você tá bem? Está com cara de quem vai surtar.

– Ela já nasceu surtada – diz Phoebe.

– Cala a boca, caralho, não está vendo que ela está em pânico?

– Oooooh, alguém está a fim do estrupício.

– Estrupício? Você tem se olhado no espelho ultimamente?

– Bela tentativa, Joe, todos nós sabemos o que você disse na festa da Lucille.

– Pois é, mas eu não estou bêbado agora, estou?

– Só pode estar, para querer ajudar essa daí.

– Eu acho que você está é com ciúmes.

– Com ciúmes? Dela? – Enquanto vou me levantando, ela aponta para mim.

– É o que está parecendo, sim.

– Vai se foder, Joe.

Ela o empurra para cima de mim e segue pelo corredor em direção à atração seguinte. Ouço o Sr. Dugan mandar a gente se apressar, pois tem outro grupo para entrar depois do nosso. Minha narina esquerda fica quente e entupida. Estresse, ansiedade, qualquer tipo de emoção mais forte é capaz de provocar isso. Digo a Joe que me deixe em paz, viro o rosto.

– Vamos subir juntos – diz ele.

– Não, por favor, vá embora.

Ele hesita, mas se afasta, um pouco antes de o meu nariz começar a sangrar.

Voltamos para a escola a tempo de almoçar e passamos o restante da tarde arrumando o auditório para a Noite Acadêmica, uma oportunidade para os pais irem à escola discutir opções de carreira para os filhos. Uma avaliação geral de como estamos nos adaptando às primeiras semanas do semestre. Mike e Saskia vão e pedem para conversar com Phoebe e comigo quando chegam em casa. Phoebe vai primeiro, eu espero na sala de TV. Depois de um tempo, ela sai da cozinha, bate a porta ao passar e me encara com ódio quando me vê.

Mike abre a porta, eu pergunto a ele se a Phoebe está bem. Ele explica que ela pegou detenção dupla por ter perdido o trabalho de química. Que pena, penso, eu poderia ter dito a ela onde estava: na gaveta debaixo da minha cama. Um preço muito baixo para ela pagar pelo "acidente" da Georgie.

É Mike quem mais fala. Relatos de que estou entre as cinco melhores da minha turma, academicamente; do ponto de vista social, um pouco insegura, mas progredindo. Saskia aperta o meu ombro; a sensação não é boa, me faz pensar em você. Reunião de pais e professores no fim do semestre passado, eu estava lá para ajudar. Você usou um vestido, flores vermelhas e azuis. Uma das professoras comentou sobre o quanto eu era educada e obediente, quis saber qual era o seu segredo. Você apertou o meu ombro e respondeu sorrindo: não sei, acho que tenho sorte.

– A Srta. Kemp nos contou que incentivou você a se inscrever no concurso de Artes.

– Na verdade, eu não queria, mas ela acha que eu tenho uma boa chance de ganhar. Estou preparando uns desenhos para o concurso.

– Parece que você e ela formam uma ótima dupla – comenta Mike.

– Eu gosto muito dela.

E, quando digo isso em voz alta, me dou conta de que é verdade.

Quando olho meu celular mais tarde, Morgan respondeu:

> Desculpa não ter falado nada o merdinha do meu irmão escondeu o celular, não posso ver você essa semana mas vamos fazer alguma coisa no fim de semana. Algo divertido

Você costumava dizer a mesma coisa quando a gente voltava de carro da escola nas tardes de sexta. Algo divertido. Uma vez eu pensei em me jogar do carro em movimento, mas de alguma forma você pressentiu. Travou as portas. Grande erro, Annie, você disse. Achei que você seria menos dona de mim depois que eu a entregasse, mas às vezes tenho a sensação de que é ainda mais. Uma coisa inocente como um passeio de escola vira uma viagem ao meu passado com você. Correntes invisíveis. Vibram quando ando.

Subo oito. Depois, outros quatro. A porta à direita.

Dessa vez, uma menina.
Não são a sua primeira opção, você só as raptava quando não tinha escolha.
Duas das nove crianças.
Me perguntou se eu estava olhando.
Estava. A mais corajosa, a mais triste que vi.
Ficava se levantando depois de cada golpe.
Chorei atrás do buraco na parede, fiz de tudo para parar antes de você abrir a porta.
Eu a embrulhei num saco de carvão; mantas eram proibidas para as meninas.
Depois a carreguei lá para baixo, coloquei uma boneca ao seu lado, tinha sido minha.
O corpo dela, tão imóvel.
Shh, baixinha, já passou.

15

Há dois dias, Mike e eu nos encontramos como de costume para nossa sessão de quarta-feira. Contei a ele a verdade, que estava assustada, que durante o dia ouço você, ouço sua voz na minha cabeça. Quis contar a ele sobre as noites, também: você como uma serpente pavorosa deitada ao meu lado na cama, mas senti vergonha. Ele perguntou o que você me diz. Respondi que você me chama de inútil, diz que não vou suportar a vida sem você, que não vou sobreviver ao julgamento. Ele me lembrou que o julgamento não é meu para eu ter de sobreviver a ele. Também disse que você me atormenta, ele continuou a cutucar: de que modo ela atormenta você? Mas a única coisa que eu disse foi que queria ter ido à polícia antes, assim as coisas teriam sido diferentes.

Hoje vamos ter um ensaio de fim de semana da peça no auditório. Já li *O Senhor das Moscas* mais de uma dúzia de vezes. É reconfortante. Ler a respeito de outras crianças vivendo circunstâncias que as assustam, agindo de formas que nunca imaginaram que poderiam ou que gostariam de agir.

Carrego a mochila com cuidado, dentro tem uma vela num pote de vidro. Saskia tem um armário cheio delas, perguntei se podia pegar uma para o meu quarto. Peguei duas: uma para a SK também, como forma de agradecimento. Vamos nos ver no horário do almoço, aproveito para lhe dar a vela.

Quando a maioria de nós já está no auditório, a Srta. Mehmet bate palmas três vezes e espera até que termine o falatório de mais ou menos trinta meninas enfiadas numa mesma sala.

– Espero que vocês todas tenham estado bem ocupadas aprendendo as suas falas, vamos continuar de onde paramos da última vez, que foi... ah, sim, na morte do Porquinho.

– Aaai.

– Guarda o drama para o palco, Lucy.

– Senhorita?

– Sim, Phoebe?

– Podemos usar os nossos roteiros?

Ela deixa escapar um suspiro, coloca as mãos na cintura, os seios fartos balançando por um ou dois segundos antes de se aquietarem.

– Não, vocês todas já deveriam saber as suas falas quase de cor a essa altura e, se não souberem, temos a Milly à disposição como ponto.

Não. Uma palavra que a Phoebe detesta ouvir. Isso e Milly.

– Vamos lá, vocês aí, já para o palco e guardem esses celulares, mas será possível!

O barulho cresce com cadeiras sendo arrastadas para trás, o último punhado de meninas subindo os degraus que levam ao palco. Eu me aproximo da Srta. Mehmet, pergunto onde devo me sentar. Ela explica que, para as apresentações, eu vou estar no palco escondida por trás da cortina, mas que isso não é necessário por enquanto.

– Sente na primeira fileira e siga o roteiro, fala por fala, está bem?

Quando olho para o palco, noto pela cara da Phoebe que está apavorada, não decorou as falas. Sentou numa cadeira do lado esquerdo do palco e está revirando as páginas do roteiro toda desesperada. Tarde demais. Hora do show.

– Silêncio, todo mundo, vamos começar. E... ação.

Essa é a deixa da Phoebe, o começo da cena. Seus pés estão cruzados, puxados para trás por baixo da cadeira, mas não estão parados, o direito fica dançando: um pula-pula nervoso e contínuo. Agora o roteiro está no chão ao lado dela. Tentador. Vejo a Phoebe baixar a vista, depois desviar os olhos para mim, aqui fora. Eu a olho nos olhos por um segundo, saboreio a sensação de ela precisar de mim, então digo a primeira fala.

– Sem os óculos do Porquinho, Ralph...

– Não consegue acender a fogueira.

Ela interrompe, completa a frase, vai em frente.

– Ralph convoca uma reunião soprando a concha.

– Saafi, você é Ralph, finja que está soprando a concha.

As meninas que sabem suas falas, a maioria, seguem adiante. A coisa progride bem até voltarmos a Phoebe. Ela hesita, gagueja, fica parecendo uma idiota. Deve estar se sentindo pior ainda, imagino.

– Não, não, não – vem o grito da Srta. Mehmet. – Phoebe, isso é inaceitável. O que faz de você uma pessoa tão ocupada e importante que não pode aprender as suas falas? Estou observando Milly e ela praticamente não usou o roteiro, sabe o texto todo de cor.

Ui.

– Eu sei as minhas falas, senhorita, só que fico esquecendo.

– Bem, isso não é bom o bastante. Se continuar assim, vou ser forçada a dar o seu papel a Milly, entendido?

Ela faz que sim, se cala, não ousaria dizer o que acha na frente da professora. Quando terminamos e estamos saindo para o corredor, ela chega por trás de mim e sussurra no meu ouvido:

– Aí o Porquinho morre.

* * *

Almoço com a SK hoje na sala dela e noto que nós duas escolhemos o mesmo sanduíche: queijo e presunto. Quando terminamos, ela se levanta, prende um papel em um dos cavaletes e diz:

– Fique à vontade para desenhar quando quiser.

Eu tiro a vela da bolsa.

– Isso é para você.

– Para mim? Por quê?

– Para agradecer por ter me ajudado com as meninas.

– É muita gentileza, Milly, mas nós não podemos aceitar presentes das alunas a não ser no Natal.

– O fim do semestre já está chegando e o Natal não é muito tempo depois.

Sorrio para ela, caminho até a sua mesa, coloco a vela em cima.

– É de baunilha. Tentei encontrar uma de lavanda. Sei que você teria gostado.

Ela a pega, cheira e coloca de volta na mesa.

– É linda, mas eu realmente não...

– Tudo bem, besteira minha. Jogue fora, se quiser.

Vou até o cavalete e me sento.

– Não fique chateada, Milly, foi um gesto encantador, mas temos regras por um motivo.

O telefone toca em cima da mesa, o som estridente, discordante do clima pesado na sala, um intruso bem-vindo. Ela atende.

– Alô?

Uma pausa, então:

– Sim, está aqui comigo. Agora? Está bem, eu peço para ela descer. – E coloca o fone de volta no gancho.

– A Sra. Newmont está na recepção.

– Como? Por quê?

– Não sei, era a Sra. McDowell, da secretaria, você devia ir lá saber o que é.

Más notícias. Ruins o bastante para Saskia vir até a escola.

– Sobre a vela, Milly...

– Tudo bem, eu entendo.

Nem eu ia querer um presente dado por mim.

Saskia sorri quando vou chegando à recepção. Ela não sorriria se fosse algo muito ruim, sorriria? Se fosse alguma coisa relacionada comigo?

– Aí está você.

– Por que está aqui?

– Mike ligou e pediu para eu vir buscar você, ele está indo para casa. June voltou das férias e acho que precisa conversar com vocês. Trouxe todas as suas coisas?

Faço que sim.

– Já assinei a sua dispensa, vamos.

Sigo as leggings justas e os quadris ossudos até o carro. Enquanto eu preparava um bule de chá para ela, outro dia, Mike entrou atrás do colírio dele. Fiquei observando ele inclinar a cabeça. Apertar. Pingar. Piscar. A sequência me lembrou de você. Como adorava me ensinar química, reações que fazem mal. As horas que você passava fuxicando a internet, aprendendo. Colírio vira veneno no chá. Me ensinava, também. Você não queria só uma ajudante, e sim alguém para continuar a sua obra.

Quando chegamos em casa, Saskia diz:

– Acho que já estão no escritório, quer que eu entre com você?

– Não, tudo bem, talvez seja melhor se formos só eu e Mike.

– Tudo bem, estou por aqui se precisar de mim.

Ignoro Rosie saltando sobre as minhas pernas, ansiosa e toda melosa, querendo companhia durante o dia. Meus sapatos ecoam pelo mármore, solitários enquanto ando, meu coração martela no peito. Por que June está aqui? A porta do escritório está aberta, eu entro. Mike se levanta, um erro, formal demais, seu rosto parece preocupado. Ele passa as mãos pelos cabelos.

– Oi, Milly – diz June.

– O que está acontecendo? – pergunto.

– Sente, vamos discutir um assunto de cada vez.

– Não quero me sentar.

Mike se aproxima de mim.

– Sente aqui ao meu lado no sofá.

Não tenho escolha, June está na minha poltrona com a almofada de veludo ao lado dela. Minha.

– Vou eu, Mike? Ou você prefere começar?

– Comece você.

– Muito bem. Recebi uma ligação hoje de manhã de Simon Watts, um dos advogados.

Magrelo.

– Tem duas coisas que preciso dizer a você e quis fazer isso cara a cara e o mais rápido possível antes que alguma coisa vaze para os jornais. A primeira coisa é que você, definitivamente, vai ser interrogada durante o julgamento. Conforme esperávamos, a defesa vai querer se concentrar nos acontecimentos mais recentes, ou seja, nos últimos dias que você passou em casa com a sua mãe, incluindo a morte do Daniel. Eles querem esclarecer algumas coisas.

– Esclarecer o quê? – pergunto.

– Sinto muito, mas nós não sabemos. Simon acha possível que haja aí uma boa dose de distração, que talvez a defesa esteja exagerando as coisas. Infelizmente, vemos esse tipo de tática com frequência no período que antecede um julgamento.

Meu olho esquerdo começa a tremer, um mestre de marionetes oculto puxando as minhas cordas. Me fazendo lembrar que ainda é você quem manda.

– É claro que vamos saber mais antes do julgamento, não é, June? – pergunta Mike.

– A não ser que novas provas precisem ser apresentadas, não, é pouco provável que a gente descubra ao que a defesa está se referindo exatamente até chegar o momento. Pode ser uma coisa tão simples quanto Milly esclarecer algo que viu ou ouviu. Nossos advogados estão confiantes de que nada de novo vai ser revelado durante o julgamento.

Mas eles não conhecem você, não é? Não sabem como a sua mente funciona. O quanto você gosta de brincar com as pessoas.

– Então o que exatamente vão exigir de Milly?

– Ela vai ter de testemunhar duas vezes. Uma para o interrogatório da promotoria e outra para o da defesa. É importante lembrar, Milly, que as medidas especiais podem ser restabelecidas a qualquer momento, não é preciso você depor no tribunal.

– Talvez não seja má ideia, considerando que não sabemos o que a defesa vai perguntar. O que você acha, Milly? – Mike vira o corpo completamente em minha direção.

– Não sei. Eu ainda quero ir ao tribunal, mas estou com medo.

– Do que você tem medo?

– De ela querer que as pessoas me culpem.

– Ninguém vai culpar você, Milly.

– Você não sabe disso, você não é o júri.

– Não, nós não somos o júri – reage June. – Mas o tribunal vai reconhecer você como menor de idade, vivendo com ela sob coação e, para facilitar as coisas, nossos advogados elaboraram algumas perguntas para você e Mike repassarem juntos.

Ela faz tudo parecer tão simples. Como se eu estivesse aprendendo o abecedário. Mas não tem nada de simples sobre o que vou ter de fazer no tribunal.

– E ela vai poder revisar o próprio depoimento?

– Vai, sem dúvida. Na semana anterior ao julgamento, eu vou pedir a você que a leve ao tribunal para ela se familiarizar com o lugar e também rever o depoimento dela. Uma vez é mais do que o suficiente; pode ser um tanto traumatizante repassar aquilo tudo mais de uma vez, além de também poder gerar dúvida e confusão nas testemunhas. Pode ser que elas se sintam pressionadas a "decorarem" o próprio depoimento quando, na verdade, nós as encorajamos a se concentrarem nas perguntas que vão ser feitas.

Mike reage dizendo:

– Acho que faz sentido. Mais tarde nós podemos repassar isso tudo outra vez, Milly, mas tem alguma coisa que você gostaria de perguntar até agora?

– Não.

Assim como a Phoebe com a Srta. Mehmet, não há nada que eu possa dizer em voz alta.

– Vou poder entrar na sala do tribunal com ela, June?

– Não, duvido muito. Num caso dessa magnitude, o mais provável é que o juiz lance mão do que é chamado de ordem de anonimato, ou seja, a audiência contará com a presença do menor número de pessoas possível. No passado já aconteceu de informações sobre o que ocorreu no tribunal vazarem para a imprensa. Eu vou estar lá o tempo todo, sentada ao lado da Milly. Você e Saskia, caso ela queira, podem aguardar numa das salas vizinhas, destinadas às famílias.

– Você disse que tinha duas coisas que queria me dizer, qual era a outra?

— Que a data do julgamento foi alterada. O caso que devia ser julgado antes do nosso foi encerrado, e agora o juiz está livre — explica June. — Foi antecipado, o que quer dizer que vai começar daqui a três semanas.

Quarenta e cinco se transformam em vinte e quatro. Sou boa em matemática, especialmente quando envolve você.

— É a semana logo depois das férias — eu me ouço dizer. — Não vou estar pronta.

— Vamos nos certificar de que esteja. June, tem alguma outra coisa que possamos fazer nesse meio-tempo para que Milly se sinta preparada?

— Por mais estranho que possa soar, nada de muito diferente do que já estão fazendo. Continuem se encontrando uma vez por semana, mais até, se qualquer um dos dois achar preciso, e assim que eu voltar para o escritório encaminho as perguntas dos advogados para vocês.

— Então, além de revisarmos as perguntas, deixamos as coisas como estão?

— Isso mesmo. Aliás, vocês vão estar por aqui nas férias? Deve ser nessa época que Milly vai precisar rever o depoimento dela.

— Vamos estar, sim. Phoebe vai viajar com a escola e é possível que nós passemos uns dias fora, para nos distrairmos um pouco, mas nada muito longe, então estaremos por perto quando você precisar.

— É uma boa ideia tirar um tempo, descansar um pouco. A notícia de que o julgamento foi antecipado vai ser divulgada para a imprensa amanhã e, como já discutimos antes, precisamos pensar em como evitar que você se exponha a tudo isso, Milly. Alguma menina da escola tem mencionado o caso?

Eu podia contar a verdade, dizer que a filha queridinha do Mike gosta de ler sobre você em voz alta, acha que você deve ser queimada numa fogueira, enquanto uma plateia de adoradoras senta aos pés dela e faz que sim com a cabeça, concordando. Mas não quero que ele saiba como as coisas vão mal entre mim e a Phoebe. Sei quem vão mandar embora.

Então digo que não, até que não.

– Ótimo. Sei que é difícil, mas o melhor a fazer, se elas mencionarem o assunto, é sair de perto. Compreendo que é coisa demais para você assimilar, mas está em ótimas mãos com o Mike e, se pensar em qualquer coisa que gostaria de me perguntar depois que eu for embora, peça para o Mike me ligar ou me mande um e-mail, está bem?

Ela se aproxima de mim, está prestes a tocar o meu ombro, mas afasta a mão quando se lembra. Se ajoelha na minha frente, o cheiro de café velho em seu hálito.

– Não vai ser tão ruim quanto você acha – diz.

Baixo a vista e olho para ela. Determinada. Mas sem noção. *Não vai ser tão ruim quanto você acha – não, June, vai ser pior.*

Depois que Mike a acompanha até a porta, digo a ele que quero ficar sozinha, preciso de um tempo para digerir aquilo tudo.

– É claro, estou aqui para quando você se sentir à vontade para conversar.

Estou de pé na frente da pia do meu banheiro. A lâmina em cima da pele. Aperto com mais força do que o normal. Uma faca cortando manteiga. Um raio descendo a minha costela. Gotas quentes, vermelhas.

Mas nenhum alívio.

16

Mal consegui dormir. Cada vez que fechava os olhos via você, na sua cela. Você sorria, satisfeita com o jeito como as coisas vêm caminhando. Em como o seu plano vem ganhando corpo. Começo uma contagem regressiva com carvão no interior do armário do banheiro. Dias até o julgamento. Achei que ajudaria, mas, quando escrevo o número, minhas mãos começam a tremer. Advogados e membros do júri. O juiz.

E você. Lá, por trás de uma tela.

Esperando.

Mike enviou uma mensagem bem de manhãzinha avisando que ia para o trabalho cedo, um dia cheio com os pacientes, mas que gostaria de colocar os assuntos em dia amanhã ou segunda-feira. Não há nada que ele possa dizer ou fazer. Já disse tudo: "A única saída é enfrentar."

Phoebe dá as costas para mim quando entro na cozinha, passa manteiga em duas fatias de torrada. Saskia ao lado da pia. Uma peça sobressalente.

– Bom dia – diz.

– Oi, eu só queria avisar que vou sair esta tarde, tirar fotos para a aula de Artes.

– Tudo bem – responde ela. – Também vou estar fora, mas quem sabe não assistimos todas a um filme mais tarde? Uma noite só para as meninas.

– Eu vou direto para a casa da Clondine depois do café, então não contem comigo; não que se importem – devolve

Phoebe, jogando a faca que usou dentro da pia e saindo, torrada na mão.

– E você, Milly? Está a fim?

– Talvez, só não sei quanto tempo vou ficar fora.

Tomo meu café da manhã sozinha, grata por ter ficado de encontrar a Morgan mais tarde. Nas mensagens que me manda, ela conta que sonha em morar em outro lugar, longe do conjunto habitacional. Escrevi a mesma mensagem para ela cem vezes, apaguei antes de mandar. Acho que se algum dia contasse a ela sobre você seria cara a cara.

Nos encontramos à tarde, como combinado, em uma das ruas transversais, longe da principal. Ela faz um aceno rápido com a cabeça quando vou chegando, um imenso sorriso no rosto.

– Então – começa –, sentiu minha falta?

Dou um sorriso, o que ela toma como resposta.

– Vamos – diz.

– Aonde?

– Encontrar com uns amigos meus.

– Que amigos?

– Uns garotos que eu conheço.

– A gente tem que ir?

– Qual é o problema?

– Nada, não importa.

Atravessamos duas ruas por onde eu nunca tinha passado. Silêncio, não se ouve a confusão das feiras de fim de semana daqui. As casas vão ficando menos brancas, menos grandiosas e logo estamos perto de outro conjunto habitacional. Quando dobramos a esquina e começamos a atravessar a rua, vejo a fileira de carros pretos antes de notar a igreja. Um pequeno grupo de pessoas vai saindo em fila de dentro do edifício, o vigário na frente, cabeças baixas. Uma mulher sendo apoiada, dois homens, um de cada lado.

– Espere, deixe eles entrarem nos carros, Morgan.

– Que nada, está tudo bem, venha.

Chegando ainda mais perto, vejo o caixão, a madeira marrom envernizada reluzente, pela janela do carro fúnebre, o sol de outubro atravessando o vidro. Uma coroa de flores. PAPAI. Os motoristas dos carros abrem as portas, elegantes em seus uniformes, segurando quepes ao lado do corpo. Paro antes de chegarmos a eles. Interromper o cortejo daquelas pessoas, sua dor, me parece errado. Morgan continua em frente, distraída, ziguezagueando por entre os enlutados. Quando os carros enchem e se afastam e o vigário volta para dentro, fico do lado de fora da igreja por mais um ou dois minutos, penso no meu pai. Ele foi embora muito antes do pior, mas deve ter visto as notícias, deve saber. Fuja. Esconda-se. A negação quanto à pessoa com quem se casou, a negação quanto a quem você preferia em vez dele.

Morgan assovia e acena para mim, impaciente. Quando me junto a ela, pergunta por que parei.

– Por respeito, acho.

Ela cospe no chão, faz uma cara que sugere que ou ela não entende ou está pouco se lixando. Um calor vem me queimando por dentro. Lições, ela precisa aprender; eu sou uma boa professora.

Dobramos a esquina pegando uma rua com prédios residenciais dos dois lados, uma loja à direita, grades de metal cobrindo as vitrines. Entramos no conjunto habitacional à nossa esquerda, vamos andando até chegarmos a um parquinho, o chão coberto de vidro e de embalagens de *fast-food*. Não há nenhuma criança brincando ali, apenas dois garotos mais velhos sentados no carrossel, latas de cerveja nas mãos.

– E aí, seus cuzões? – cumprimenta Morgan.

– Cala a boca, merdinha – devolve um dos garotos, boné na cabeça, brinco de ouro na orelha direita.

Morgan pula em cima do carrossel, tira a lata da mão dele, bebe, arrota em seguida, o que faz os dois rirem. O outro garoto, com espinhas inflamadas espalhadas pelo pescoço, algumas amarelas, pergunta:

– Quem é essa?

– É a Milly, mora em frente ao meu conjunto.

– Nada mau – diz ele. – Vem, senta aqui do meu lado, vamos trocar uma ideia.

– Eu estou bem aqui – devolvo, me acomodando num banco ao lado de onde estão.

– Boa demais para nós, é?

Sorrio, tento não me mostrar intimidada.

– Vai me dar uma cerveja ou não vai? – pergunta Morgan.

– E o que eu ganho em troca? – devolve o garoto do boné.

– O prazer da minha deslumbrante companhia, é claro. – Morgan se levanta, faz uma reverência teatral.

O garoto de boné se chama Dean, é assim que o amigo o chama quando ele comenta:

– Aposto que sei o que você quer de verdade.

– Pode apostar – concorda o outro.

Eles acendem cigarros, me oferecem um.

– Não, obrigada.

– Sem graça, você, hein?

Dean puxa a Morgan para cima dele e começa a fazer cócegas. Ela resiste de início, mas, depois que ele sussurra alguma coisa no ouvido dela, diz: aposto com você que faria, então sai andando com ele. Some para dentro de uma cabaninha de madeira pintada com cores primárias, nomes e *graffiti* riscados no telhado. Tento conter o pavor que começa a crescer no meu estômago. Sujas e ruins, as coisas que estão acontecendo com ela. Quero ir até a cabana ajudar a Morgan, mas às vezes, quando a gente tenta ajudar, fazendo uma coisa boa, pode acabar piorando as coisas.

O amigo de Dean muda de lugar e vem se sentar ao meu lado, as unhas são como trapos. Roídas. Ele passa o braço por trás de mim, por cima do encosto do banco, toca meu ombro com a mão.

Me toca.

Tento ignorar o movimento que ouço vindo da cabana, corpos se colocando em posição. Morgan, minha amiga, de joelhos ou deitada de barriga para cima. O rosto do garoto vai encostando no meu pescoço, os barulhos na cabana são substituídos pelo barulho da saliva dele enquanto mexe um chiclete por dentro da boca. Estremeço, devia me levantar, não sinto as pernas. Presa.

– Está com frio? Deixa que eu esquento você.

O cheiro de bebida, o cigarro na mão, a proximidade do rosto dele com o meu me leva até lá.

Até você.

Uma sombra, um dossel tecido com amor doentio e luxúria, me sufocava na cama toda noite. Você.

Ele apaga o cigarro na madeira do banco entre nós dois e o joga no chão, um cemitério de guimbas. Retorcidas em posições estranhas, pescoços quebrados, corpos dobrados.

Ele pousa a mão na minha coxa e vai subindo, mais e mais. A palavra "não" se aloja na minha garganta, mas não consegue sair. Não consigo dizer, mas ela não funciona mesmo. Não significava sim, queria dizer que você sempre conseguia o que queria. Tomava de qualquer jeito. Quando os lábios dele tocam o meu pescoço, tenho a sensação de que não pertencem a ele, e sim a outra pessoa. Nunca quis ser tocada daquele jeito. Nunca quis que você me tocasse daquele jeito.

– Sai, sai de cima de mim, porra – digo, dando um pulo.

– Nossa, qual é o problema, caralho?

Vou até a cabana e esmurro o telhado, cada passo que dou sublinhado por imagens minhas de volta à sua casa, ao seu quarto.

– Morgan. Morgan. Vamos, eu quero ir embora agora.

O garoto na cabana me chama de surtada. Empata-foda. Vagabunda. O barulho de um zíper fechando.

– Relaxa, vou já, espera aí – responde Morgan.

Subo a ladeira apressada, para longe deles, em direção aos carros estacionados, um gato preto debaixo. Olhos fechados, em paz. Sorte se ele cruzar o meu caminho. Não cruza. Estou com raiva, com raiva da Morgan. Ninguém a forçou, ela entrou naquela cabaninha sorrindo, ainda sorri agora, andando na minha direção. Uma lata de cerveja na mão, ela enche a boca, gargareja, então cospe fora. Porca.

– O que deu em você?

– Quero ir para casa.

– Porra, até parece que você nunca fez nada parecido.

Não respondo, não sei explicar.

– Posso ir para casa com você? Você podia me colocar para dentro pela sacada.

Sim, é o que eu devia dizer. Ela precisa que tomem conta dela, que a mantenham fora de perigo. Precisa se comportar melhor. Eu podia ajudar com isso.

– E então, posso?

– Pode.

Você vai me treinando no caminho de volta para casa: ideias sobre como ensinar Morgan, como a "ajudar" a ser limpa, mas o que você está dizendo me assusta, eu não me sinto bem ouvindo aquilo. Não quero fazer isso com ela, ela é tudo o que eu tenho, minha única amiga. Eu preciso dela. E é por isso que eu faço o que faço quando ela se ajoelha ao lado de uma fileira de carros estacionados para amarrar o cadarço, eu olho. Normalmente, não olharia, normalmente não quero me lembrar disso, mas desta vez olho fixamente para a janela do carro. Seu rosto, igual ao meu, me encara de volta. ACEITE QUEM VOCÊ É, ANNIE.

– Não quero – devolvo.

– Com quem você está falando? – pergunta Morgan ao se levantar.

Sacudo a cabeça, ela sorri e me chama de maluca, diz: não se preocupe com o que aconteceu no parque, eles são uns babacas de qualquer jeito. Então me dou conta de que você pode dizer o que quiser a meu respeito para os advogados, já até disse, tenho certeza, mas Morgan é minha. Quem decide sou eu. Digo a ela que mudei de ideia, arriscado demais colocar você para dentro com a Saskia em casa. Ela fica aborrecida, diz que agora vai ter de ir para casa e aturar a encheção de saco do irmãozinho e da irmã. Valeu, Mil, diz, antes de sair andando.

Quero dizer a ela: de nada. Mas ela não entenderia.

17

As perguntas são claras quando feitas por Mike. Ele é psicólogo, feito para me apoiar, me ajudar a resistir, mas os advogados de defesa são outra coisa.

Ele vai lendo em voz alta. O que exatamente você viu pelo buraco na parede na noite em que Daniel Carrington morreu? Quanto tempo ficou espiando atrás da parede? Tem certeza de que foi isso que viu a sua mãe fazer? Tem a mais absoluta certeza? O que aconteceu depois disso?

Conte mais uma vez para o tribunal. E de novo.

Quando terminamos, ele diz que fui muito bem. Baixa a folha com as perguntas e fala que sente muito por eu ter de passar por isso. Que eu devo estar me sentindo muito exposta, a ideia de ter de responder perguntas na frente de um júri e de um juiz. É, estou, sim, confesso, me assusta não saber o que pode acontecer no dia. O que pode ser dito. Mas vou ficar bem, acho que ir ao tribunal, enfrentar você, é o jeito que eu encontrei de ajudar as crianças que você machucou. De assumir a minha responsabilidade. Ele fala sobre culpa do sobrevivente e sobre como ela às vezes faz uma pessoa se sentir mais culpada do que é. Às vezes acho que você sente isso, que as mortes das crianças foram culpa sua. Estou certo?, pergunta ele. Não sei direito, respondo, às vezes, sim. Você não fez nada de errado, diz ele, e, se sua mãe disser qualquer coisa diferente disso, é só mais uma tentativa de agredir você.

Uma explicação arrumadinha, uma fita com laçarote dado.

Falamos da vez que fomos a Manchester nas férias. Você tinha cuidado, muito cuidado, de espalhar o que fazia por enormes distâncias. A rede subterrânea de mulheres desesperadas que se sentiam suficientemente tranquilizadas por você para lhe entregarem um filho. Preparadas de longe durante anos. A camuflagem, mais uma vez, era eu, sua filha. Podíamos ter continuado assim por muito tempo, mas aí você raptou Daniel, alguém que eu conhecia. Familiar demais.

– O que você diria agora para a Milly do passado que poderia ter servido de consolo na época?

– Não sei.

– Você tem de tentar. O que teria gostado de ouvir?

Que eu era diferente de você.

– Que um dia isso ia parar.

– Você fez parar, foi muito corajosa indo à polícia.

– Eu esperei demais, muitas coisas ruins já tinham acontecido.

– Se você pudesse ter sido ouvida antes, o que teria dito?

– Me ajuda. Me deixa em paz.

– Mas como iam te ajudar se você queria ser deixada em paz?

– Não sei. É assim que eu me sinto.

– Assustada, acho. Que tal se você tivesse dito: "Me ajuda, me leva para algum lugar seguro"?

Conto os livros nas prateleiras. Números ajudam. Então, começo a chorar, escondo o rosto com a almofada. Mike fica sentado em silêncio, me deixa chorar, então diz:

– Você merece isso de verdade, Milly, merece estar segura, merece uma vida nova.

Afasto a almofada. O rosto dele, tão sincero, me olha. Ele quer fazer as coisas melhorarem para mim, dá para perceber, mas não entende.

– Você não entende, Mike. Você acha que me conhece, mas não conhece.

– Eu acho que estou começando a conhecer, acho que conheço você melhor do que a maioria das pessoas. Não concorda?

Se isso fosse verdade ele saberia o que dizer. Saberia que a melhor maneira de me ajudar é dizendo que posso ficar aqui. Que vai cuidar de mim. Mas tenho muito medo de pedir isso a ele. Sei que assim que o julgamento acabar eu vou ter de ir embora. Começar outra vez. E não há nada que eu possa fazer a respeito.

– Será que a gente pode parar, Mike? Já faz mais de uma hora. Estou cansada, quero ir para a cama.

Ele sente a desconexão, sabe que é melhor tirar o pé do acelerador por hoje.

– Sem problema, deixa eu pegar os seus remédios da noite.

Guardo os comprimidos junto com os outros, abro o notebook para ver se tem alguma coisa sobre você nas notícias. Você foi colocada numa solitária, nenhum detalhe além de ter sido uma tentativa de ataque por parte de outra detenta depois do anúncio de que o seu julgamento foi antecipado. Proteger você é importante, imagino, a pressão do público para manter você viva.

Fazer você pagar.

18

Terra nas minhas mãos, uma toalha na pia. Mike devia ter me deixado onde me achou tarde da noite ontem, depois da nossa sessão. A escuridão do porão.

Phoebe está no patamar quando saio do meu quarto, equilibrada na beirada do corrimão, cabeça enterrada no celular, um dos pés no tapete. Unhas do pé pintadas com perfeição, em rosa. Ela levanta a cabeça quando passo, diz: que barulheira foi aquela ontem à noite?, você me acordou. Respondo a primeira coisa que me passa pela cabeça:

– Tive dor de barriga, Mike me levou uns comprimidos.

– Sei, bem, da próxima vez, faz menos barulho.

Sigo reto, passo por ela, desço um lance de escada, me viro e pergunto:

– Como vão as falas da peça?

Ela me mostra o dedo do meio e articula vai se foder com a boca. Sabe que Mike e Saskia estão em casa e que poderiam facilmente ouvir.

– Avisa se eu puder ajudar – ofereço, sorrindo.

Ela se levanta do corrimão, entra furiosa no quarto e fecha a porta com um chute.

Saskia está à mesa da cozinha segurando uma enorme caneca, dedos finos fechados em volta, veias pronunciadas subindo pelos nós dos dedos até os punhos. Me cumprimenta com um bom-dia, uma expressão distante nos olhos, mais por educação do que uma tentativa sincera de puxar assunto.

– Ovos? – oferece Mike, uma colher de pau na mão.

Usa um avental que traz James Bond na frente, "licença para grelhar" escrito embaixo. Ele me pega olhando, ri um pouco, tenta mascarar a preocupação. A impotência que deve estar sentindo. Mesmo depois da nossa sessão, eu continuo fodida.

– Saskia comprou no meu aniversário do ano passado, não foi, Sas?

– O quê?

– O avental.

– Sim, querido, acho que sim.

Olho para Mike quando ele se vira outra vez para o fogão. Alto, forte, em boa forma, os cabelos claros mechados de grisalho. O peso de todas nós sobre os seus ombros largos, embora não o tenha ouvido reclamar uma só vez.

– Tome aqui – diz ele. – Ovos mexidos.

Agradeço a ele e me sento ao lado da Saskia.

– Não vai querer ovos? – pergunto.

– Não, não, gosto de comer mais tarde.

Ou hora nenhuma. Mike vai até o corredor, sobe no primeiro degrau e berra para Phoebe. Ele tem de gritar duas vezes até ela responder:

– Desço daqui a pouco.

Ele vem se sentar com a gente à mesa, muito bem, diz, ao ataque! Ele me pergunta se tenho alguma ideia do que gostaria de fazer nas férias.

– Tanto faz, não tem problema se a gente ficar por aqui mesmo. Sei que vocês dois estão ocupados.

– Acho que June tinha razão, nós devíamos mesmo relaxar um pouco. Tem um lugar bem simpático naquele campo aonde a gente foi, as árvores vão estar lindas essa época do ano.

– Olha só, que coisa mais bonita de ver – diz Phoebe quando entra.

– Bom dia, tem ovos fritos, senta com a gente.

– O que aconteceu ontem à noite? Vocês me acordaram.

– Eu contei a Phoebe que tive dor de barriga e que você foi me levar um remédio.

Mike hesita, não está na sua natureza mentir, mas vai abrir uma exceção. Protetor. Uma necessidade.

– Eu não ouvi nada – comenta Saskia.

Ninguém fica surpreso.

– É, bem, eu demorei séculos para dormir outra vez.

– Desculpa, Phoebs – apazigua Mike. – De qualquer forma, estávamos falando das férias, é uma pena que você não vai poder vir com a gente.

– Ficar caminhando sem destino por um bosque no meio do nada, não, obrigada. Prefiro ir para a Cornualha com as minhas amigas, valeu?

Devon fica perto da Cornualha. Era a minha casa.

– Também tem muitos bosques naquela região, sabia? – diz Saskia.

Não é uma tentativa ruim, beira o engraçado, mas a Phoebe não acha, vira de costas, enche um copo com água da pia. Vejo a mão do Mike deixar a mesa, pousar na coxa da Saskia. O capitão de uma embarcação instável. Motim possível. Provável.

– Você precisa comer alguma coisa, Phoebs.

– Não, sem fome. Estou de dieta.

– Não na primeira refeição do dia, o café da manhã é necessário.

– Por quê? Não estou vendo a perfeitinha da minha mãe comer nada.

– Ela não vai passar o dia todo na escola ou liderando o time de hóquei, vai?

Phoebe resmunga para dentro da borda do copo: não, como sempre não vai fazer nada.

– Pelo menos pegue uma barra de cereais no armário e coma no intervalo.

– Está bem – reclama ela. – Como você quiser.

Phoebe e eu saímos juntas, sem escolha, Mike e Saskia nos acompanham até a porta. Nos separamos já na casa vizinha. Observo o corpo longilíneo e magro atravessar a rua, caminhar com confiança, um mundo à parte do que acontece por dentro. Há duas semanas, fui até a lavanderia para pegar uma toalha, ouvi vozes. Sevita passando roupa, Phoebe sentada no chão com as pernas dobradas fazendo dever de casa. Sevita ergueu a vista quando entrei, sorriu, olá, Milly. O rosto da Phoebe disse tudo, zangada. Enciumada. Não me queria ali. Não queria compartilhar. O que não consegue da Saskia ela encontra em outro lugar, precisa encontrar.

Ao passar pelo conjunto habitacional, lembro que esqueci de avisar a Mike e a Saskia que vou chegar tarde da escola. Vou mandar uma mensagem para os dois avisando que vou ajudar com os adereços da peça e que devo estar de volta umas seis ou sete. Uma mentira, pequenininha, inofensiva. Estou ansiosa para ver a Morgan de novo. Eu cuidei dela no fim de semana, a mandei para casa. Não consegui me livrar da ideia de contar a ela sobre você, não tudo, mas o bastante para poder falar do assunto se eu quiser. June não aprovaria. Me deram uma identidade nova para que eu me sentisse protegida. Invisível. Ninguém saberia quem sou. Londres é uma cidade enorme, disse ela, você vai ser só mais um rosto na multidão. O mais importante, ela disse, é você nunca contar a ninguém quem você é ou qualquer coisa a respeito da sua mãe. Você entende como isso é importante? Sim, foi a minha resposta, ainda é, só que nunca me dei conta do quanto isso me faria sentir sozinha.

O dia se arrasta. Alemão, depois música. Matemática e Artes. A SK não é minha professora. Penso nela com outras meninas, conversando. Rindo com elas. Mandei outro e-mail ontem perguntando se a gente podia se ver, mas ela ainda não respondeu.

Biologia, a última aula do dia. Dissecação. Um coração de porco. Humano é igual, quase. Ventrículos. O átrio, a poderosa veia cava. Conheço bem as entranhas de uma pessoa.

Gloriosos na sua vermelhidão, quinze corações expostos quando chegamos, um para cada menina. O professor West, um velhinho um pouquinho cego, nos manda seguir as instruções escritas no quadro branco que se encontra na frente da sala.

Facas a postos.

Cortar, é o que fazemos: um talho aqui, um recorte ali. Um esforço para algumas, mais fácil para mim. Sou a primeira a terminar. Olho fixo para o coração, agora aos pedaços, espalhado numa bandeja prateada. Dois bisturis e uma pinça são os culpados. Escuto os comentários à minha volta. Que nojo. Eca, odeio biologia, não vejo a hora de não ter mais de estudar isso. Me ajuda com o meu. Nem pensar, mal estou aguentando fazer o meu. Blergh.

Levanto a mão. Leva um ou dois minutos para a careca do professor West levantar, analisar a turma.

– Terminei, senhor.

– Então lave as mãos e escreva as suas observações.

Quando termino na pia, volto para a minha bancada, abro o caderno numa página em branco, começo a escrever, mas logo escuto as duas. Clondine e Izzy dando risadinhas, na fileira na minha frente olhando por cima do ombro para mim. Elas se viram quando olho. Começo a escrever outra vez. É então que acontece.

Um coração na minha cara.

Quica na minha bochecha esquerda, aterrissa no meu peito, cai no chão. Já tirei o jaleco. Toco o rosto com a mão. Grudento. Sangue nos meus dedos. Izzy me filma, Clondine vigia, apesar de o professor não representar nenhuma ameaça. Eu me afasto delas. Minha blusa está manchada, o coração que sangra é o do porco, mas podia facilmente ser o meu.

– Hora de limparem tudo – diz o professor West.

– Eu não terminei, senhor – vem uma voz da frente.

– O tempo não espera por ninguém, Elsie, devia ter trabalhado mais rápido.

Eu me mexeria, se pudesse, mas não sinto as pernas. Não. Sinto. Sempre vou ser uma aberração para elas. Sei que o professor está vindo nesta direção, ouço seus sapatos. Brogues de couro marrom, aposto que os engraxa todos os dias. Ele para na minha frente.

– Minha nossa, criança, o que você andou aprontando? Disse que tinha terminado e agora está com sangue na blusa e no rosto todo. Vá se limpar e, pelo amor de Deus, apanhe esse coração do chão.

Ouço as risadas abafadas enquanto o professor West continua andando.

Zoe, uma menina sentada na mesma bancada que eu, uma testemunha, embora silenciosa, se abaixa, usa um papel-toalha para apanhar o coração, me entrega outro para o rosto. Se deu ao trabalho de passar água nele para mim. Aponta para onde preciso limpar.

Faço que sim com a cabeça, agradeço, desejando ser pequena o bastante para alguém fazer aquilo por mim. Clondine e Izzy me dão sorrisos sarcásticos quando vamos deixando o laboratório. Os corredores estão movimentados, mas vão abrindo espaço para mim quando me aproximo. Aquilo é sangue na blusa dela? Acho que é, eca. Uso o banheiro do prédio de Ciências para vestir os jeans e o casaco de capuz que escondi na bolsa mais cedo. Nada de uniformes no conjunto habitacional, especialmente o desta escola. Meu celular toca. Eu me ajoelho e o tiro da mochila. É a Morgan querendo saber se vou mesmo. Então reparo numa bolsinha de maquiagem familiar, esquecida no chão da cabine vizinha. Digo a ela que vou demorar uns vinte minutos. Tem uma coisa que preciso fazer primeiro.

Quando chego ao telhado do prédio, ela está fumando um cigarro e diz:

– Tem um passarinho ali, acho que a asa dele está toda fodida.

– Onde?

– Ali.

Ela aponta para um engradado e diz:

– Cobri com aquilo ali, ele estava se debatendo para todos os lados, me deixando apavorada.

Eu me aproximo, espio pelas brechas do plástico. Brechas que formam uma colmeia no engradado. Um pombo, uma das asas pendendo para baixo. Quebrada. A cabeça se mexe com rapidez, para cima e para baixo sem parar. Não sei por que faço aquilo, mas chocalho o engradado, um turbilhão de pânico lá dentro, ele começa a arrulhar. Um alerta para os amigos: voe para longe, Peter, voe para longe, Paul. Ele se juntaria aos outros se pudesse, mas não pode, foi pego. Morgan se agacha ao meu lado, me pergunta o que estou fazendo. Ergo um dos lados do engradado, enfio a mão lá dentro e pego o pássaro. Com força. Então o aperto de encontro ao chão, uma batida minúscula ecoa nos meus dedos. A asa quebrada, não o coração. Ainda não. Ele começa a arrulhar outra vez, chama os outros. Olhos atentos e cabeças que sobem e descem escondidas pelos telhados, os passarinhos bebês também observam, os adultos os forçam a olhar.

Faço bem rápido, é a coisa certa a fazer.

– Caralho, que nojo, por que você fez uma coisa dessas? Cruzes.

Ela vira o rosto.

– Teria sido pior se eu não tivesse feito nada. Ele teria morrido devagarinho, sozinho.

– A gente podia ter levado o coitado num veterinário ou coisa assim.

– Ele estava com dor, não está mais. Eu só fiz ajudar.

– Antes você do que eu.

Sim.

Coloco o engradado outra vez por cima dele e voltamos para a saída de ar, nos deitamos como estátuas no chão frio, o céu inundado pelo som de aviões rugindo lá em cima a caminho de Heathrow. Me teletransporta, Scotty, qualquer lugar serve. Morgan acende outro cigarro, fios de fumaça azulada se movem em espirais, acariciando o ar acima de nós. Bafo de bruxa.

– Por que está tão quieta? Não tem nenhuma história para me contar hoje?

Só uma, mas não sei bem se devia contar.

– Pior que não.

– Que ótima companhia, você. Não posso ficar muito tempo, meu tio está em casa e ele é um pé no saco.

Só mais uns minutos, por favor, deixa eu arrumar isso direitinho na cabeça antes de dizer em voz alta. Minha mãe é. Não. Você tem visto as notícias, a mulher que. Não. Caralho. O que é que eu estou fazendo? Não é para eu contar para ninguém.

– O que que você tem hoje? – pergunta ela.

– Nada, por quê?

– Você fez o seu dedo sangrar. Olhe.

– Desculpa.

– Não precisa se desculpar, mas se você tiver alguma coisa para falar, fala logo.

É igual a patinar num lago congelado. A aparência é segura, a sensação é de segurança, mas alguém tem de ir primeiro, testar se o gelo aguenta. Ela gosta de mim, somos amigas. Eu posso contar a ela, não tudo, mas parte. Não posso?

– Se você não vai falar, eu vou embora. Tenho mais o que fazer do que ficar sentada aqui em silêncio.

– Espera.

– Puta merda, o que é?

Está escurecendo no telhado, só eu e ela. Não tem mais ninguém aqui, ninguém mais precisa saber. Ela gosta de mim. Eu não sou nada parecida com você. Ela vai entender. Não vai?

– Se eu contasse uma coisa para você, você ainda ia querer ser minha amiga?

– Ia, eu acho que a gente pode contar qualquer coisa uma para a outra, não pode?

Faço que sim com a cabeça porque é verdade, ela me manda mensagens quase todas as noites, pergunta se estou sofrendo muito na mão da Phoebe e diz para eu não me preocupar porque ela está de olho.

– O que você quer me contar?

– Não tenho certeza se devia.

– Não pode começar e depois não terminar.

– Não devia ter dito nada.

– Bem, agora já disse e eu não vou embora até você contar.

Regras existem por um motivo... Não é?

– Mil, você está começando a me deixar puta, vou ter que ir logo.

– Só me promete que você ainda vai ser minha amiga.

– Está bem, que seja, prometo. Agora conta.

Eu me sento, uso o pé para enganchar uma das alças da mochila e a puxo na minha direção. Ela também se senta. Peço o isqueiro dela, está escuro demais para enxergar sem ele. Tiro do bolso da frente da mochila o recorte de jornal, aquele que guardei da sala de reuniões da escola, aliso o papel por cima dos jeans. Arriscado carregar por aí todos os dias, eu sei, só seria preciso a Phoebe ou a Izzy esvaziarem a minha bolsa, unhas bem-feitas desdobrando os vincos do seu rosto. Meu rosto e o seu, tão parecidos.

– O que é? – pergunta ela.

Passa pela minha cabeça dar para trás, queimar a folha em vez de mostrar para ela, mas não sei se conseguiria queimar o seu rosto. Da primeira vez que acendo o isqueiro, ele apaga.

– Não vi, acenda de novo.

Da segunda vez, ele ilumina o seu rosto, sua boca e os seus lábios. Não dá para ver na foto, mas tem uma sarda à direita do seu queixo.

Dessa vez ela vê de quem se trata.

– Que porra é essa? É a mulher das notícias, a que matou as crianças.

– É.

– Por que está me mostrando ela?

O isqueiro apaga. Por que estou mostrando? Empurra. Puxa. As coisas doentes que gente doente faz. Tinha tanta certeza quando deixei o banheiro da escola, que tudo bem contar para a Morgan. Que ela não me viria da mesma maneira que as meninas da minha turma. Sei o que elas diriam, como se sentiriam. Mas elas não são minhas amigas, ela é, e eu queria muito a ouvir dizer: você não tem nada a ver com a sua mãe.

Pergunto a ela o que acha da história, de você.

– Como assim, o que se pode achar? Ela é claramente psicopata. Por que o interesse?

– E se ela fosse alguém que você conhece?

– Até parece. Não me entenda mal, acontece um monte de merda nesses conjuntos, mas nada desse tipo.

Ela prometeu que ainda ia ser minha amiga, eu posso contar a ela.

– E se fosse alguém que eu conheço?

– Valeu a tentativa, mas estamos em outubro, não é primeiro de abril.

Uma sensação gulosa de alívio vai lambendo os meus calcanhares, me tentando. A me libertar de parte do fardo que você é.

– Presta atenção – eu digo a ela.

Levanto o recorte, ponho ao lado do meu rosto e acendo a chama outra vez.

– Prestar atenção ao quê?

– Só olha para o rosto dela e depois para o meu.

– Caralho – diz ela. – Como você é parecida com ela, credo.

– É isso que estou tentando dizer.

– O quê?

– Eu me pareço com ela. Porque...

Por favor, não vá embora quando eu contar.

– O quê? Ela é aquela tia, ou sei lá quem, que sumiu da sua vida há séculos?

– Não, ela não é minha tia, é minha mãe.

Eu deixo a chama apagar, dobro a fotografia, coloco de volta na bolsa. Dá para sentir que a Morgan está me encarando, esperando o fim da piada, só que não é piada. Ela é a primeira a falar.

– Me diga que você está brincando.

Ela sabe pela falta de resposta que não estou.

– Puta que pariu – diz.

Não consigo evitar, as lágrimas começam a encher os meus olhos. Ela se levanta, dá um passo para longe de mim.

– Não vai embora agora, por favor.

– Eu tenho que ir, meu tio vai ficar bravo.

É mentira, ela vai embora porque está com medo.

– Você disse que ainda ia ser minha amiga, prometeu.

– Não é isso, é só muita coisa para eu absorver, sabe.

Sei, sei, sim. Foi demais para mim também.

– É por isso que você está morando com uma família adotiva?

Faço que sim.

– Eles sabem sobre ela?

– Mike e Saskia sabem, Phoebe, não. E a diretora da escola, ela sabe.

– Ninguém mais?

– Não.

– E por que me contou?

– Já tinha um tempo que eu queria contar, estava me sentindo mal guardando um segredo de você.

– É sério que ela é sua mãe?

– É.

– Caramba, ela tem que morrer, todas aquelas crianças que ela raptou têm a mesma idade do meu irmãozinho e da minha irmãzinha.

Volto a fazer que sim. O que ela diz é verdade, você tem que morrer, mas, ainda assim, dói pensar numa coisa dessas.

– Me diga que você não morava com ela.

– Não, morei com meu pai até ele morrer. Não vejo minha mãe faz anos.

A mentira escapole com facilidade e ela não questiona o que eu digo. Se ela ler que tinha uma criança morando na casa com você, eu digo que não sei quem era, que deve ter sido alguém que você raptou em algum momento.

– Caralho, ainda bem que vocês não se veem faz tempo. Como foi que pegaram ela?

– Não sei direito, acho que foi alguém do trabalho.

Não é verdade. Alguém bem mais próximo que isso. A maior traição de todas é quando sangue entrega sangue. Famílias devem ficar unidas, pássaros de um mesmo bando, mas eu quero voar com um bando diferente, para um lugar diferente.

– Ela teve o que merecia, eu acho.

– É, acho que sim.

– Tenho que ir – diz ela.

– Está bem.

Vai andando em direção à porta, eu grito para ela:

– Morgan.

– O que é?

Ela volta até onde estou, eu me levanto e pergunto:

– Isso fez você pensar diferente sobre mim?

– Não, na verdade, não. A culpa não é sua, Mil. Ninguém deve culpar você pelo que a sua mãe fez. De qualquer forma, você não tem nada a ver com ela.

– Está falando sério?

– Estou.

Obrigada.

19

Semana passada, me sentei numa poltrona no corredor que dá para o escritório, Mike conversando com June ao telefone. Logo antes de desligar, ele disse: é a calmaria antes da tempestade. Entendi o que ele quis dizer, tinha razão, essa última semana foi muito tranquila. Por fora. Depois da notícia de que o julgamento foi antecipado, não falaram muito mais de você na imprensa. Os jornalistas estão descansando, esquentando os motores para o começo do julgamento, daqui a dez dias. Você, também descansando, guardando forças. Só veio me ver duas vezes. Ambas as vezes, não disse nada, mas deitou o corpo escamoso por cima do meu pescoço. Não consegui respirar nem me mexer, o peso de concreto. O peso dos nossos segredos.

Quando vi a Morgan no fim de semana, não sabia direito como ela ia agir. Se teria mudado de ideia, decidido que não gostava mais de mim, mas foi igual a como era antes. Apesar disso, ela gosta de falar sobre você e as coisas que você fez, o que é mais difícil do que imaginei, porque a história não é só sua, é minha também.

June veio aqui na quarta-feira, enquanto a Saskia levava a Phoebe e a Izzy para jantarem fora. Ela e o Mike repassaram as perguntas dos advogados mais uma vez. Ela não parava de falar que eu estava indo muito bem e sobre como deve ser difícil ficar lembrando o que aconteceu, que as coisas vão melhorar quando o julgamento terminar. Mike não falou muito. Normalmente falaria, concordaria, mas não foi assim. Ele ficou calado, me observando com atenção, fazendo que sim com a cabeça de vez em quando. Não gostei de como aquilo me fez sentir. Uma sementinha de pânico. Lá dentro. Vulnerável. Terminamos a sessão com um jogo de cartas. Vinte e um. É o meu preferido, comentou Mike. Não tive coragem de dizer a ele que, muito embora a sua versão fosse diferente, é o seu preferido, também.

Hoje começam as férias. Temos ensaio da peça a manhã toda, momento importante, palavras da Srta. Mehmet, não nossas, porque a Srta. James, diretora da escola, ficou de assistir. Quando acaba o café da manhã, Mike insiste em nos levar para a escola de carro já que está indo naquela direção.

– Ah, vamos, vai – ele pede, piscando para a Phoebe.

– Beleza, tudo bem, pai. Só preciso mandar uma mensagem para a Iz, avisar para ela não me esperar.

Saskia sorri, diz que isso a faz pensar nas caronas para a escola, há tantos anos. Phoebe ignora o que ela diz, sai para o carro, senta na frente, ao lado do Mike. Ele pergunta sobre a peça, sobre como vão as coisas.

– É, vão bem, o ensaio de hoje vai ser bem divertido – responde ela.

– Disso eu tenho certeza, estamos ansiosos para assistir.

Quando chegamos à escola, assinamos a lista de presença na secretaria e vamos para o auditório. Assim que a Srta. Mehmet chega, faz o maior tumulto, quer que seja perfeito. É mandona com a equipe técnica, dois caras de fora contratados para cuidar da iluminação e dos efeitos no palco. É a primeira vez que eles aparecem e todo mundo ri quando uma nuvem de fumaça invade o palco em preparação para a cena da caça ao porco. Algumas das meninas faltaram, saíram hoje de manhã para um passeio de história da arte em Paris, então a Srta. Mehmet me pede para fazer o papel do porco. Não gosto da ideia de ser caçada, mas não posso dizer não na frente de todo mundo.

– E, Phoebe, sei que você é a narradora, mas precisamos de mais gente no palco para essa cena, então você pode substituir um dos meninos.

– Com prazer – responde ela, olhando para mim.

– Deve ter uma lança para cada uma à esquerda do palco, perto do armário de adereços. Assim que você pegar a sua, volte para o palco, por favor, e, Milly, deve ter uma cabeça de porco de papel machê, também, pegue, por favor.

Conheço essa cena pelo avesso. É uma peça, não é de verdade, mas, quando coloco a cabeça de porco, a coisa começa a parecer real. Apesar de ser leve para carregar, a cabeça é grande e, uma vez colocada, é difícil enxergar por ela. A única maneira de eu não tropeçar é olhando para os pés. Minha respiração sai em pequenas arfadas, o que cria um calor intenso que quica no meu rosto e volta. Pelas camadas de cola e papel, ouço a Srta. Mehmet dizer:

– Milly vai entrar pela direita do palco com Jack e sua gangue logo atrás e, lembrem-se, todas vocês, essa é uma cena importante, na qual começamos a ver a verdadeira selvageria que começa a aflorar nos meninos. Pensem em sangue e violência e usem o coro da caçada para demonstrar isso. Assim que eu pedir luzes e fumaça, Milly, você entra.

As meninas entram no papel com facilidade. Alguém à minha direita bate com a lança no chão, um martelar repetitivo que faz a parte inferior do meu estômago apertar. Uma voz à minha esquerda sussurra: corre, Porquinho, corre. Você nunca me chamou de Porquinho, mas era frequente me fazer correr. COMO A GENTE SE DIVERTIA, NÃO ERA, ANNIE?

– Vá, é para você entrar – alguém diz atrás de mim.

Perdi minha deixa prestando atenção a você.

Assim que piso no palco, dobro os joelhos e me agacho, o mais parecido com um porco que consigo ficar. Respiro com dificuldade, do peso de você. Ali comigo. O som das lanças se une. *Tum, tum. TUM.* Sinto o cheiro do gelo seco vindo da máquina de fumaça, formando um redemoinho aos meus pés enquanto as luzes do palco acendem em flashes vermelhos, estroboscópicas aqui e ali.

O coro começa:

– Matem o porco, cortem a garganta dele, derramem o sangue dele.

Palavras diferentes das suas, mas com a mesma intenção.

Alguém bate um tambor, as lanças chegam mais perto, Jack e seu bando. Eu me movimento pelo palco, é para ser uma perseguição.

– Matem o porco, cortem a garganta dele, derramem o sangue dele.

Tum, tum. TUM.

Eu tentava encontrar lugares novos para me esconder, mas você sabia onde procurar.

– Olha ele ali – grita uma voz.

Um "wuwuwu" agudo igual ao barulho que uma criança faz quando brinca de caubói e de índio corta o ar, é o sinal do bando. Hora de atacar. Me atacar. Vou para o meio do palco, tropeço sem querer, não é seguro no chão. Não é para ser, o porco não sai dessa vivo, lembra? A luz estroboscópica pisca com mais intensidade, a máquina solta mais fumaça.

– Matem o porco, cortem a garganta dele, derramem o sangue dele.

Os pés ao meu redor batem no mesmo ritmo das lanças. O primeiro cutucão acontece rápido, vem de trás, posso imaginar de quem foi. Fico de barriga para cima. Lança após lança começa a me cutucar e a me espetar. O tambor fica mais lento e ganha um ritmo hipnótico, o coro fica mais baixo, mais ameaçador.

– Cortem a garganta dele, derramem o sangue dele. – Outro wuwuwu é dado pela pessoa à minha esquerda. Uma batida única e alta do tambor pede silêncio. O barulho da cabeça de papel machê sendo sugada para dentro e se soltando do meu rosto é o único som que consigo ouvir, tamanha a dificuldade de respirar. Ao meu redor, os pés começam a caminhar em círculos, me desorientam ainda mais. Eu odiava a máscara que você me fazia usar, tenho a mesma sensação agora. Não. Consigo. Respirar.

– Dessa vez, nada de pena – diz Jack, representado por Marie.

A lança dela desce à minha direita e bate no chão com força. Para a plateia, com a fumaça e as luzes estroboscópicas, vai parecer que fui atingida por uma lança no coração. Sou carregada para fora do palco pelos braços e pelas pernas, mas aqui, na minha vida nova, sem você no comando, me colocam de pé e nada de ruim acontece. Queria poder dar vivas, rir junto e falar bobagens com o resto das meninas nos bastidores, mas em vez disso vou até o banheiro do camarim, tiro a cabeça de porco, molho o rosto com água fria, conto de trás para a frente começando de cinquenta. Os números aos poucos realizam a sua magia, os flashbacks vão sumindo e, depois de um tempo, me sinto segura o bastante para sair.

Quando vou descendo as escadas do palco para o auditório, a Srta. James está à minha espera. Me convida para me sentar na frente, longe das meninas, quer conversar.

– Está gostando da sua primeira peça em Wetherbridge?

– Estou, sim, obrigada, Srta. James.

– O seu desempenho foi muito convincente, Milly, mas fiquei um pouco preocupada quando descobri que ia fazer o papel do porco.

– Não vou, estava substituindo a Aimee, ela foi ao passeio a Paris.

– Ah, sim, tudo bem. Olhe, eu sei que talvez tenha sido complicado dizer não, mas, ainda assim, você precisa ficar atenta a situações que possam desencadear alguma sensação desagradável em você, considerando... você sabe.

Sinto vontade de colocar a cabeça de porco de volta e chorar. Nem um minuto se passa na escola sem que eu tenha a sensação de estar sendo lembrada.

Considerando... você sabe.

– Tem outros dois assuntos que eu gostaria de conversar com você, Milly. O Sr. Newmont me mandou um e-mail avisando que você vai comparecer ao tribunal daqui a duas semanas, se não me engano.

Faço que sim com a cabeça.

– Você tem conseguido se concentrar na escola?

– Na maior parte do tempo, sim.

– Você é claramente muito inteligente, Milly, então não seria um grande problema se quisesse faltar uns dias, podemos mandar os deveres para você em casa.

– Prefiro me manter ocupada, se não tiver problema.

– É claro que não, mas, se mudar de ideia, mande um e-mail para a minha assistente e peça a ela para marcar uma hora para você me ver.

– Obrigada.

– O outro assunto que eu queria conversar com você é a respeito da Srta. Kemp. Soube que tem passado bastante tempo na companhia dela. O problema, Milly, é que a Srta. Kemp não sabe sobre...

Ela faz um sinal com a cabeça em vez de dizer, espera até eu retribuir o aceno, mostrar que entendi, então continua:

– Então, nós precisamos ter cuidado, por assim dizer. Estou ciente de que você tentou dar um presente a ela. E isso é mesmo muita gentileza sua, mas que não é uma coisa que incentivamos... na verdade, é contra as regras da escola. No entanto, no seu caso, em especial, eu consigo entender o porquê da confusão.

É por isso que ela não tem respondido aos meus e-mails.

– A Srta. Kemp é uma professora maravilhosa, muito dedicada, mas, ainda assim, é preciso estabelecer limites claros.

– Não sei se estou entendendo direito o que quer dizer, Srta. James.

– O que estou querendo dizer é que, se você achar melhor, nós podemos pensar em outro orientador para você.

– Por quê?

– Eu pedi ao Sr. Newmont que conversasse sobre isso com você durante as férias e estou certa de que ele vai fazer isso, está bem?

– Sim, Srta. James.

– Não precisa fazer essa cara de preocupada, estamos todos do seu lado e estou certa de que podemos dar um jeito. Tudo bem?

Condescendente.

– Tudo bem, obrigada.

– Ótimo, continue o seu excelente trabalho na peça, não tenho dúvida de que vai ser uma apresentação gloriosa.

Eu me levanto junto com ela, como é de se esperar.

Acordo chorando, no meio da noite. Sonhei que estava no tribunal.

Quando o advogado de defesa se virou para me encarar, encolheu para o tamanho de uma criança, me perguntou por que eu deixei que você o machucasse. Lágrimas nos olhos dele.

Me desculpe, eu disse.

Não acreditamos em você, foi a resposta do júri.

20

Depois da aula de ontem, Mike me disse que reservou duas noites num hotel em um lugar chamado Tetbury. Vamos na segunda-feira. Ele mencionou que gostaria de conversar comigo sobre a Srta. Kemp, mas que dava para esperar até o fim de semana.

Phoebe e eu estamos saindo para a festa do Matty, aquela que o Joe mencionou no ônibus. Mike concordou em deixar a Phoebe ir com a condição de que me levasse junto, além disso, acrescentou, se forem juntas, deixo vocês voltarem para casa andando sozinhas.

Você não ia querer que eu aparecesse na porta dele, ia? Antes de sairmos, ele nos lembra de que devemos voltar para casa até meia-noite, no máximo, e nada de bebidas alcoólicas, está bem?

– Sim, pai, está bem.

Phoebe liga para a Izzy assim que saímos de casa, diz que é um saco ela não poder ir e quanto tempo ela acha que vai ficar de castigo mesmo? A resposta da Izzy a faz rir e antes de desligar ela diz: não se preocupa, vadia, eu conto tudo amanhã. Coitadinha da Izzy, deve ter ficado feliz da vida quando o professor West devolveu a bolsinha de maquiagem dela, mas nem tanto quando sacou que ele tinha visto os cigarros dentro. Não teve muito como se safar, o nome dela escrito com corretivo no fundo da bolsa, deixada ligeiramente aberta em cima da mesa do professor West quando a sala estava vazia, todos os corações já recolhidos.

Chegamos a mais uma casa enorme, branca e Phoebe toca a campainha. Um menino atende, alto, um metro e oitenta ou mais. Sorri quando vê quem é e diz:

– A festa começou.

Ele estende a mão para mim.

– Matty.

Eu aperto e digo oi, eu sou a Milly. Sinto um mal-estar quando ele abre a porta para a gente, a música vem chegando da sala de estar e quando vamos entrando noto uma mesa para a esquerda. Garrafas de bebida, uma tigela grande de vidro, algum tipo de ponche.

– Pelo visto o Halloween não chegou aqui ainda, não é mesmo, Matty?

– Vai se foder, Phoebs, meus pais saíram tem duas horas, fizeram eu e Thom prometermos que não daríamos festa nenhuma enquanto estivessem fora. Mas, de qualquer forma, você já é horrorosa o suficiente para dez Halloweens, não precisa de decoração.

Ele termina a frase com um macabro "Muahahaha".

– Cala a boca e me arranja uma bebida. Thom já chegou da faculdade, então?

– Chegou, era para ele estar aqui agitando as coisas, mas foi encontrar os amigos assim que meus pais saíram.

– Ele vai voltar?

– Parece que alguém ainda está a fim do meu irmão, hein?

– De jeito nenhum, só estou sendo simpática. De qualquer maneira, eu estou a fim de outro cara.

– Quem?

– Um cara que conheci nas férias passadas, mas ele não mora em Londres.

– Também conhecido como não existe, você quer dizer. Toma, fiz uma vodca para você.

Ela pega o copo descartável, afunda num sofá com duas outras meninas que eu nunca vi, começa a conversar com elas.

– Você quer uma bebida? – pergunta ele.

Respondo quero sim, por favor, porque todo mundo está segurando uma. Mas não vou beber, quero ficar esperta. Eu me sento num canto depois que ele me entrega. Mais e mais gente vai chegando.

Todos conhecem alguém que conhece alguém, a rede das escolas particulares ricas tece a sua teia, seu alcance se espalhando até bem longe. Phoebe não larga o celular – uma ligação atrás da outra. Ela chuta um dos garotos que está aos seus pés, tentando chamar atenção dela com um movimento de break-dance: a minhoca. Pare com isso, ela articula com a boca e, quando sai do celular, o garoto da minhoca pergunta a ela:

– Quando vai chegar?

– Quando ele chegar, está certo, imbecil?

Ela o chuta outra vez, mas dessa vez ele agarra a perna dela e a joga no chão. Ele monta nela, agarra a sua garganta. Todo mundo acha graça, mas aquilo não me parece nem engraçado nem divertido. Clondine chega com dois garotos mais velhos. Phoebe vai até eles e um dos garotos passa o braço pela cintura dela, a puxa em direção ao próprio corpo, ela o afasta, rindo.

– Você vai me implorar por isso mais tarde, pode acreditar – diz ele.

Ela começa a responder quando o celular toca, a ligação é rápida, termina em segundos. Quando ela desliga, berra:

– Muito bem, minha gente, hora de passar a grana.

Notas são recolhidas, circuladas pela sala até chegarem a ela, ninguém pergunta para quê.

– Você também, não pense que não estou vendo você aí.

Desvio o olhar, levo minha bebida até a boca, finjo tomar um gole.

– Talvez eu faça você me ajudar, desse jeito, se nos pegarem, estamos as duas fodidas.

– É mesmo, devia – diz uma das garotas no sofá.

Insignificante. Cara de hiena, risada, idem.

Phoebe olha para mim e diz: vamos lá, o que está esperando, não seja tímida, não venha dizer que eu nunca incluo você em nada. Quando chegamos à porta da frente, ela faz uma pausa antes de abrir, olha para mim e diz:

– Conta ao meu pai sobre isso e eu acabo com você, entendeu?

Entendi.

Na porta, um homem usando uma jaqueta corta-vento preta, um capacete de moto na mão. Ela não o beija, mas cumprimenta pelo nome: Tyson.

– Merda, espera, tem alguém vindo aí. Diga que veio entregar pizza se perguntarem. Ah, porra, deixa, é o Joe.

Quando ele chega à porta, diz oi. Phoebe o ignora, ele passa por nós na varanda, sorri para mim.

– Oi, Milly.

Ele lembra o meu nome.

– Oi.

– Quantos você vai querer? – pergunta Tyson.

– Trinta, se você tiver.

– Trinta, a noite vai ser boa, então.

– Estamos só curtindo as férias, sabe como é.

Ele faz que sim, tira uma das luvas de couro, estende a mão. Phoebe passa o dinheiro, enrolado como um charuto. Ele confia nela o bastante para não contar, já é freguesa, talvez, desce a pista de acesso até a moto, parada no meio-fio. Olha à sua volta antes de abrir a tampa do assento, leva um ou dois minutos e volta trazendo um saco de papel marrom grande.

– Tem trinta aí dentro – diz ele, se aproximando da porta. – E esses são por minha conta – continua, entregando a ela um saquinho de comprimidos. – É uma parada nova e garanto que vocês vão voar.

Ela sorri, sopra um beijo para ele, você é tudo de bom, Tyson, tudo de bom. Ele parece satisfeito, ouço a moto antes de a porta fechar, a rotação do motor, longa e contínua. Voltamos para a sala de estar, o ambiente enevoado de tanta fumaça, cinzas sendo batidas em copos e garrafas vazias. Corpos bêbados, deitados em poltronas. Reanimados da apatia pelo anúncio da Phoebe:

– Chegaram as lembrancinhas.

Fico surpresa em ver que ela está falando sério. Ela vira um monte de sacolinhas de festa infantil em cima da mesa, um palhaço na frente de cada uma.

– Sirvam-se, seu bando de vagabundos.

Como se fossem potes com balas de cortesia, ninguém fica tímido por muito tempo, a mesa de palhaços é demolida. Num piscar de olhos. Sempre dramática, Phoebe pigarreia, espera ter a completa atenção de todos, sacode no ar o saquinho de comprimidos extra que Tyson lhe deu. É como um chocalho para bebês dentuços, alguns enfeitados com aparelhos de metal colorido. Oba, duas vezes oba, diz alguém, hora de ficar chapadão.

– O que são? – pergunta Clondine.

Phoebe tira um comprimido de dentro do saquinho, mexe entre os dedos, examina.

– Tem o símbolo do Super-Homem, Tyson diz que vai fazer a gente voar.

Ela joga um na boca, circula pela sala distribuindo o restante para mãos estendidas como se ela fosse Deus ou a rainha dos adolescentes. Sua bênção, por favor.

Depois de uma volta completa, ainda sobram dois no saquinho.

– Abre bem a boca, estrupício.

– Não – respondo. – Não, obrigada – acrescento.

– Não sei se entendo essa palavra – diz ela.

– Deixa ela, Phoebe, assim sobra mais para a gente.

Joe vem chegando como quem não quer nada, tentando parecer descolado. Não conheço bem os meninos, como funcionam, mas ele está mais com cara de preocupado do que descolado, precisa se esforçar mais um pouquinho. Phoebe se vira, cansada da minha cara.

– É, tem razão, seria mesmo um desperdício, ela já é maluca mesmo.

Unhas como garras, formato de amêndoas, ela atira outro comprimido garganta abaixo. Apertando os lábios num bico, fecha a caverna úmida. Escura. Não vê a piscada que Joe dá para mim, um motim secreto contra sua majestade. Cortem-lhe a cabeça.

Não demora muito. O grupo de adolescentes privilegiados, perfeitamente elegante e lindo, se transforma numa turba. Animais. Mentalidade de matilha. Lá fora, no jardim, uivam para a lua. Olhos vidrados, bocas trêmulas. Fumando. Um dia, esses meninos e meninas vão mandar no mundo, enquanto isso, acabam com ele.

Encontro um lugarzinho silencioso no primeiro patamar da escada, um saquinho de festa abandonado no meio do caminho. Genial, o conteúdo, a forma sedutora com que foi montado, embrulhado em papéis laminados, tubos de plástico. Finjo que é Natal, do jeito que a gente vê nos filmes, desembrulho um por um. Pó branco no primeiro, origami, a cara da Saskia. No seguinte, um comprimido branco, o símbolo de uma pomba, a obsessão com voar continua. No terceiro, uma cápsula com a letra M, uma camisinha para mais tarde e um baseado já enrolado e pronto para ser fumado.

Fico sentada nas sombras, encostada na parede, vozes subindo as escadas em minha direção. Reconheço a de Clondine. Observo um garoto mais velho e ela, o mesmo que agarrou a Phoebe mais cedo, desaparecerem para dentro de um quarto um pouco mais adiante no corredor. A porta do quarto, deixada aberta, os sons são carregados pelo ar. Um guincho, risos. Então, silêncio. Mais ou menos cinco minutos depois, um protesto. Não, pare, eu a ouço dizer, pare, Toby, eu não estou a fim. Ainda nas sombras, me aproximo da porta. Cala a boca, porra, ele diz para ela, para de chorar. Ela não para, não consegue parar, eu já estive nessa posição. O choro dela o distrai, o faz perder o ritmo, frustrado.

– Fica quieta, caralho.

– Por favor, Toby, eu não estou a fim.

Abro a porta com um empurrão, escancaro, a cama fica visível com a luz de um abajur no corredor. Toby por cima, Clondine imprensada por baixo. Os joelhos dele mantêm as pernas dela abertas, uma das mãos segura os braços dela por cima da cabeça, os jeans dela baixados na metade das coxas. Fecha a porra da porta, ele diz, um travesseiro atirado na minha direção aterrissa nos meus pés. Clondine é um bebê, choraminga. Acendo a luz, ele se vira para mim, a espectadora indesejável, a empata-foda. A gente estava só se divertindo, ele diria, se questionado, ela também estava a fim.

– Apaga a porra da luz e vaza, caralho.

– Eu a ouvi dizer não.

– E o que você tem a ver com isso?

Apago a luz, um pequeno intervalo para ele e para mim. A posição da Clondine na cama me faz lembrar. E o barulho que ela faz diz não me deixa aqui com ele. Eu conheço o barulho, parecido com o que eu costumava fazer, só que no meu caso era uma mulher. Acendo a luz outra vez, a mão dele na virilha dela. Ela está imóvel, como uma boneca inflável. Acendo e apago a luz, uma espécie de discoteca.

Apaga.

Acende.

Apaga.

Acende.

Apagacende.

Apagacende.

Uma distração até mesmo para o estuprador mais dedicado.

Funciona.

Ele sai de cima do corpo rígido e frígido dela. Clondine vira de lado, uma boneca de pano, pendurada na lateral da cama, vomita. Soluça. Vomita outra vez. Saliva e um vômito de drogas escorrem do queixo dela. Ela tem cinco anos, amarrotada e usada, quer a mãe. Cuidado com o que você deseja.

Ele está na minha frente agora, eu encostada na porta, meu pé impedindo que seja fechada.

A mão dele no meu pescoço, o corpo encostado no meu.

– Está com ciúmes, é? Queria que fosse você, é?

A mão desajeitada no meio das minhas pernas, fricciona para a frente e para trás de forma tosca, roçando por cima do brim. Ele aperta meu peito, lambe o meu rosto, o pau duro encostado no cós dos meus jeans. Seus olhos reviram para dentro da cabeça, as drogas o fazem voar, será que ele não sabe? Super-heróis não roubam, também não estupram. Clondine choraminga outra vez. Duas contra um, mas ela é inútil, está fora de ação. Será que devo morder fora o seu nariz, Toby? Rosto perfeito destruído, se escondendo para sempre.

Como eu.

Desço a mão e agarro o pau dele com toda a força. O prazer invade o corpo dele com o toque súbito, mas não dura muito quando aperto mais e mais, os receptores de dor ativados. Minúsculos e poderosos neurônios gritam dentro da sua cabeça. A ciência por trás da dor, minha especialidade. Importante saber como funciona o processo, você me dizia com frequência enquanto ativava os meus. Fico esperando um olho roxo, um soco ou um tapa, mas o gato engoliu a língua dele, ou o pau. Ele cai no chão de joelhos. Tarde demais para rezar, Toby.

Clondine se levantou da cama, olhos e cabelos selvagens e assustados, puxa os jeans para cima. Toby está no chão, geme deitado de barriga para cima. Do pé da escada, uma voz invade o quarto:

– Toby, mano, você está aí em cima? Desce aqui, tem um funil de cerveja rolando. Stevo já vomitou para todos os lados, você precisa ver.

Toby. Um peixe à margem do rio, um arquejo de vez em quando. A mão não solta o pau. Suado, drogado e embriagado, e humilhado por uma garota. Passos na escada, Toby tenta se levantar, o orgulho faz isso, motiva. Uma baba branca e pegajosa se junta nas laterais da boca, um traço de suor no lábio superior. O cheiro do seu sexo me envolve como uma capa, saído das profundezas das suas glândulas.

– Piranha – ele me diz.

Hugo, Huggy para os amigos, chega à porta. Eu me aproximo da Clondine.

– Cara, por onde você andou, porra, estou procurando você há séculos. Estão rolando umas merdas muito doidas lá na cozinha.

Dá para dizer o mesmo daqui de cima.

Toby limpa a boca desidratada com as costas da mão, faz um aceno em nossa direção.

– Só estava me divertindo um pouco com a fauna local, sabe como é.

– Mandou bem, mano – devolve Huggy. – Mas da próxima vez me chame, seja um bom amigo e compartilhe a diversão.

Eles saem abraçados. Convencidos. Despreocupados. Um deles com o pau precisando de gelo, não de compaixão. Ouço a cantoria, um jogo, o funil de cerveja a todo vapor. Clondine se senta na beirada da cama. Pernas gelatinosas e fracas, a cabeça entre as mãos. Ela chora, resmunga sobre estar se sentindo idiota.

– Não se preocupe – digo. – Não vou contar para a Phoebe.

Ela vira o rosto para mim. Maquiagem preta. Olhos de panda. Vômito nos cabelos. Confusa.

– Por que você contaria para a Phoebe?

– Achei que ela talvez gostasse dele, vi os dois se abraçando quando ele chegou.

– Gostava, mas não gosta mais, não desde que ela conheceu o Sam. Puta merda, que idiota eu sou. Estou a fim dele faz tanto tempo, achei que ele também gostasse de mim.

Ofereço a ela o elástico no meu punho.

– Devia ir lavar o rosto, pode usar isso para prender o cabelo se quiser.

Ela está cambaleante, então eu a ajudo a chegar ao banheiro, dou a ela uma toalhinha que encontro no armário debaixo da pia. Usa água morna, digo. Ajuda.

Pergunto se ela precisa de mais alguma coisa e ela responde:

– Fica comigo, por via das dúvidas?

Faço que sim. A fala dela está arrastada, a corrente sanguínea cheia de vai saber o quê.

– Aposto que ele vai dizer para todo mundo que eu faço cu doce.

– Tem uma toalha ali, seque o rosto.

– Jesus, que confusão! Espero que ele não volte, você não acha que ele vai voltar, acha?

– Não.

– Caralho, como você consegue ficar tão calma?

Prática. Tive bastante.

Dou de ombros.

– Não sabia que a Phoebe tinha namorado.

– Merda, fui eu que te contei isso? Não diz para ela que contei para você, ela não quer que o Mike saiba.

– Você conhece esse Sam?

– É um cara aí que ela conheceu nas férias passadas, ele mora na Itália, acho, eles trocam e-mails o tempo todo. Não consigo fazer minhas mãos pararem de tremer.

– É choque, vai passar logo.

– Como você sabe de tudo isso? Também sabia o que fazer quando a Georgie caiu.

– Eu leio muito.

Ela inclina o corpo em direção ao espelho, usa um dos cantos da toalhinha para limpar o rímel borrado ao redor dos olhos.

– Argh. Estou com um gosto horrível na boca.

– Faça um bochecho com antisséptico bucal.

– Por que você está sendo legal comigo, por que veio me ajudar? Não é como se fôssemos boazinhas com você.

– Você me pareceu assustada.

– E estava. Que estupidez. Meu Deus, espero que ele não conte para ninguém, vão me zoar tanto na escola.

– Sei como é.

Ela se vira para me encarar, pupilas imensas num segundo, pontinhos minúsculos no seguinte enquanto se esforça para focar a vista.

– Olha, Milly, acho que eu te devo um muito obrigado pelo que acabou de acontecer.

– Bem, pelo menos você lembra o meu nome, que não é estrupício.

Ela tem a decência de ruborizar um pouco, até mesmo chapada.

– Acho que também te devo um pedido de desculpas. Sinto muito por sermos tão filhas da puta com você, era para ser engraçado, mas acho que foi longe demais.

– Por que eu?

– Não estou dizendo que foi tudo ideia da Phoebe, mas a maior parte foi.

– Acho que ela não gosta muito de mim.

– Ela não gosta de ninguém que o Mike acolhe. Ele prometeu não acolher ninguém por um bom tempo, aí você apareceu, então ela não vai receber você de braços abertos, vai? Merda, acho que vou vomitar.

Ela se ajoelha no chão, abraça a privada, tendo ânsias de vômito igual a Clara quando a Georgie caiu. Quando ela para, pergunto se precisa de alguma coisa.

– De uma vida nova – responde ela e ri, girando o corpo completamente para me olhar.

Quem dera fosse simples assim.

– Não conta isso para a Phoebe, mas você sabe que ela tem ciúmes de você, não sabe?

– Ciúmes? De quê?

– Do tempo que você passa com o Mike.

– Nada a ver, é só que tem umas coisas rolando comigo.

Muita coisa.

– É, bem, mas não é como se ela tivesse a mãe, né?

Não, mas por que os seus lábios bêbados, chapados e desleais não me contam o motivo? Por favor.

– Eu meio que notei que elas não eram muito próximas.

– Como você vai ser próxima de uma pessoa que mal conhece? Nossa, continuo com vontade de vomitar.

Ela encosta a cabeça no assento da privada. Eu tiro as escovas de dentes de dentro do copo que está na pia, encho de água e passo para ela.

Ela agradece com um aceno.

– O que você quis dizer sobre a Phoebe mal conhecer a Saskia?

– Nem pensar, ela me mataria se desconfiasse que eu contei alguma coisa.

Resolvo jogar verde. Vi você fazer isso tão bem com as mulheres de quem cuidava, você as levava a acreditar que sabia mais do que sabia de fato. Funcionava sempre e funciona com a Clondine.

– Está falando de quando a Saskia não estava bem?

Clondine levanta o rosto e me encara.

– Porra, como você sabe disso? – pergunta ela. – Foi o Mike que te contou?

– É, mais ou menos.

– Caralho. Eu imagino que seja meio óbvio que alguma coisa não está certa se você mora com eles. Faz anos que ela não é internada num hospital psiquiátrico, mas é provável que ainda devesse estar num. Pirou feio quando a Phoebe nasceu.

Faço que sim com a cabeça, como se soubesse do que ela está falando, e comento como deve ter sido difícil para a Phoebe.

– É, ela acha que a culpa foi dela.

– Por quê?

– Sei lá. Enfim...

– Quanto tempo ela passou internada?

– Pensei que você tivesse dito que sabia.

Eu a distraio dizendo que as mãos dela pararam de tremer. Ela baixa a vista para olhar, diz graças a Deus, seria a primeira coisa que a mãe teria notado, então diz que precisa fazer xixi. Ela se ergue até a privada, baixa os jeans. Um esguicho de urina, um pum lá pela metade. Intimidade que só conheço com você. Saio do banheiro, ajeito a cama, coloco o travesseiro de volta, cubro o vômito com uma revista da mesa de cabeceira. Ela fala por cima da descarga.

– Vou tentar falar com ela, convencer a Phoebs de que você não é tão esquisita assim, afinal.

Ela sai do banheiro, ainda um pouco sem equilíbrio, mas em grande parte inteira. A capacidade dos humanos, outra vez íntegros por fora, por dentro já é outra história. Um desastre bem maior.

– Você viu onde foi parar o outro pé do meu sapato?

– Está ali, perto da cômoda.

– Obrigada. Como estou?

– Bem.

– Como se nada tivesse acontecido, né?

– É.

– Na verdade, você se importa se a gente não mencionar para a Phoebe que eu fiquei com o Toby? Ela é um pouco possessiva com relação aos meninos e não estou com saco para confusão.

– Claro, mas será que você...

– Pegaria leve com você na escola? Vou tentar, claro.

Ela vai andando para a porta. Eu olho o meu celular, onze e meia, trinta minutos até a hora de ir embora. Desço um pouco depois dela. Procuro o Joe e não o vejo, mas encontro a Phoebe. Uma multidão em volta dela na cozinha, um recipiente para bebida na mão. Um funil, um tubo. Bong, entoam enquanto ela bebe. Bong. Bong. Bong. Vou até a pia, encho um copo com água, feliz que pelo menos uma vez os vivas e a zoeira não tenham nada a ver comigo.

Errei.

– Que pressa é essa? – diz Phoebe. – Sua vez.

A cozinha mergulha em silêncio, eu a ignoro. Um bloco de facas à minha esquerda. Fácil. Deixo tudo vermelho, ou pelo menos a cozinha.

– Você não me ouviu, eu disse que é sua vez.

Eu me viro. Ela está tão linda quanto chapada, pupilas grandes e intensas. Suga um Marlboro Light, forma um O com os lábios, solta um anel de fumaça cinza perfeito. As bochechas vermelhas, exuberantes, uma excitação só. Teria sido uma candidata melhor para ir para a cama com o Toby.

– Não, obrigada – devolvo.

Provocações e murmúrios da multidão, não estamos mais na Idade Média, mas parece, um banho de sangue ao qual as pessoas pagariam para assistir satisfeitas. Ela sopra um segundo anel de fumaça, tão perfeito que me dá vontade de enfiar a língua pelo meio. O ar da cozinha está pesado, não só de fumaça, mas inebriante, seus fãs apaixonados impacientes. Ah, qual é, deixa essa garota para lá, não vale a pena. Estranha. Esquisitona. O de sempre. Então a Clondine, calada até então, diz: deixa ela em paz, ela é legal. Phoebe dá um trago, o mais longo até agora, se vira em direção à amiga, solta a fumaça na sua cara e apaga o cigarro nas costas da mão dela.

– Caralho! – Ela afasta a mão e a pressiona contra o peito. – Por que você fez isso?

– Foi mal, Clonny, foi sem querer, confundi você com um cinzeiro.

– Você é fodida da cabeça, sabe, completamente louca. Isso doeu muito.

– Ah, deixa de ser infantil, toma aqui, pega um cubo de gelo.

Ela pega um gelo do copo que está em cima da mesa, atira na direção da Clondine, acerta na cabeça dela. Solta uma risadinha maldosa.

Clondine pega a bolsa, diz: chega, já deu para mim. Vou para casa. O astral da cozinha muda, a saída de alguém estraga a mágica, a passagem para esta reunião secreta de adolescentes ricos e mimados se fecha com uma rajada de ar gelado quando Clondine sai pelas portas do terraço. Uma linha é traçada, dá para ver na cozinha. Longe demais, Phoebe, você foi longe demais. Que pena que ela não é melhor em mostrar o seu lado mais doce. A menina que gosta de passar a noite sentada no chão, aos pés da empregada que a criou. A menina que chora à noite.

Ela me encara, os olhos cheios de desprezo. Raiva. Já a vi olhar para Saskia do mesmo jeito.

– Você está sempre por perto, né? – diz.

Ela aponta para mim, os olhos vesgos e embaçados, os joelhos cedem um pouco. Eu me viro outra vez para a pia. Uma a uma, desculpas são dadas, um papo vago sobre colocar ordem no lugar.

– Não se preocupem, meus pais vão ficar fora até segunda-feira. Eu pago um pouquinho a mais para Ludy e ela dá um jeito amanhã – ouço Matty dizer.

– A boa e velha Ludy – brinca alguém.

Pelo reflexo da janela, vejo o Toby abraçar a Phoebe. Eu devia perguntar se o pau dele melhorou, projeto de estuprador. Ela se livra dele, passa para a sala de estar. Ele vai atrás.

– Deixa eu levar você em casa.

– Você que sabe.

Eu devia avisar a ela que ele não é boa companhia. Aposto que tira do bolso a chave de uma das casas desocupadas que tem pelo caminho – ou isso ou a atira por cima do portão. O último grupinho de pessoas vai deixando a cozinha. Noto a bolsa da Phoebe em cima da bancada e a ouço rir com a menina-hiena de antes. Quando passo por ela aviso que já é quase meia-noite, mas ela me ignora, então saio sozinha.

Mike abre a porta para mim quando chego, devia estar esperando na janela, ansioso.

– Onde está a Phoebe? – pergunta.

– Acho que já vem aí, veio andando com um dos garotos.

– Meu Deus, já está nessa fase da vida – diz ele com um sorriso. Me pergunta se eu me diverti.

– Não foi ruim, mas estou exausta. Pode me dar o meu comprimido para eu ir dormir?

– Claro.

Duas horas se passam, a hora de voltar para casa já veio e já foi. Fico aqui me perguntando quanto tempo ela demorou para se dar conta de que as chaves de casa tinham sumido, enfiadas no meu bolso quando passei ao lado da sua bolsa. Ela e suas pupilas dilatadas vão ter de enfrentar as consequências.

Por fim, ouço passos subindo as escadas, vozes abafadas, amanhã a gente conversa. A porta logo depois da minha se fecha com um estrondo. Caio no sono imediatamente, satisfeita com o que sei.

Que esse round eu ganhei.

21

A sensação de estar caindo me acorda com um tranco. Achei que estava no tribunal e não conseguia me lembrar de como responder às perguntas. Todo mundo olhava fixo para mim, esperando. Você, por trás da tela. Levanto da cama, vou ao banheiro, atualizo o número em carvão, a contagem regressiva que venho fazendo, para oito, encosto a cabeça no armário e tento respirar.

Pés descalços são silenciosos, Mike não me nota em pé no vão da porta da cozinha. Está lendo alguma coisa, segura uma folha no ar enquanto estuda a que está embaixo. Não tenho certeza, mas acho que leio o meu nome em cima. Ele sublinha, faz anotações enquanto lê, esfrega os olhos, perturbado, cansado. Não posso, mas sinto vontade de ir até lá e dar um abraço nele. Agradecer a ele por me acolher. Por se importar comigo.

Ele levanta a cabeça, vira a folha quando me aproximo da mesa, enfia as páginas embaixo do caderno. Faço uma anotação mental de as procurar mais tarde, ou talvez numa quinta-feira, quando a Saskia está na ioga e o Mike fica no trabalho até mais tarde.

– Nem vi que você estava aí. Quer tomar café da manhã? – pergunta ele.

– Talvez daqui a pouco. Acho que vou fazer um chá. Quer um? Você parece cansado.

– Fiquei acordado esperando a Phoebe. Ela não só chegou duas horas depois do combinado como conseguiu perder as chaves em algum momento da noite.

Ah.

– Me desculpa, mas eu bem que tentei fazer com que ela voltasse comigo.

– Não se desculpe, a culpa não é sua, pelo menos você chegou em casa na hora.

– Faço uma xícara para a Saskia também?

– Você é muito gentil, mas ela acordou e já saiu. Ela e as amigas saíram cedo para fazer compras, parece que vai ter uma liquidação de estilistas famosos.

Enquanto a água ferve na chaleira, ele me pergunta se estou animada com a viagem de amanhã. Faço que sim, digo a ele que depois que ele disse que íamos para Tetbury, procurei a cidade na internet.

– Você viu o jardim botânico? Fica bem perto, se chama Westonbirt. Acho que vai gostar de lá, tem caminhadas muito bonitas. Costumávamos levar a Phoebe quando era pequena.

Ele costumava levar, é o que quer dizer. Saskia pode até ter estado lá, mas não de verdade. Não preciso perguntar como ele gosta do chá, gosto de como isso me faz sentir em casa.

– Quando você terminar, Milly, venha se sentar aqui, tem uma coisa que quero conversar com você.

Os saquinhos de chá já ficaram em infusão tempo suficiente, a água à sua volta de um marrom profundo, mas eu os empurro abaixo da superfície, os afogo, demoro para me juntar a ele na mesa. Acrescento leite às duas, açúcar para mim, nada para ele, mexo, então carrego as canecas até lá, me sento na frente dele. Puxo as pernas de encontro ao peito, os pés longes do chão, dos monstros que ficam à espreita, que nos agarram. Não largam.

– Obrigado – diz ele, chegando a cadeira mais para perto da mesa. – Não quero que você leve isso a mal, você já tem coisa demais na cabeça no momento, mas acho importante a gente conversar sobre o e-mail que a Srta. James me mandou.

Sobre a *SK*.

O chá está quente demais, eu tomo um gole bem grande mesmo assim. Língua. Queimada.

– A Srta. James mencionou que você tinha dado um presente para a Srta. Kemp, uma vela, e que a tem visto bastante.

– Não, nem tanto.

– Com um pouco mais de frequência do que as outras alunas talvez visitem seus orientadores?

– Só para ela poder me ajudar com a minha arte.

– Eu sei, mas parece que você também tem mandado e-mails com frequência para ela.

– Só de vez em quando. Ela não respondeu, eu quis ter certeza de que estava recebendo.

– Algumas vezes por semana é muito, Milly. Tenho certeza de que a Srta. Kemp gosta muito de você, mas ela está se sentindo um pouco sufocada. Acho que você talvez queira passar mais tempo com ela do que ela pode dedicar a você.

Eu me sinto humilhada e idiota e cheia de saudades suas. Não acontecia toda hora, não era comum você estar de bom humor, mas de vez em quando você ficava atrás de mim escovando o meu cabelo. Me dizia o quanto eu era bonita e eu sentia mesmo que era. Eu sempre me sentia mais bonita quando você fazia coisas legais.

– Entendo como a coisa pode ter chegado a esse ponto. Já estive com a Srta. Kemp algumas vezes e ela é uma mulher encantadora, muito gentil. Mas acho importante ajudar você a identificar e compreender o que talvez esteja acontecendo. Tem alguma ideia do que estou dizendo?

– Não.

– Já ouviu falar num termo chamado transferência?

Eu digo não outra vez, mas não é verdade, já li a respeito num dos livros dele. Mas ele está enganado, não é o que está acontecendo com a SK. Eu gosto da companhia dela, só isso.

Não é?

– A transferência é um processo em que uma pessoa transfere, inconscientemente, os sentimentos de uma pessoa do seu passado para uma pessoa ou situação do presente.

– Eu só estava tentando agradecer a ela.

Não pedir a ela para ser minha mãe.

– E foi um gesto muito válido, mas teria sido suficiente, ou até mesmo melhor, se você tivesse simplesmente agradecido a ela.

Mordo a língua; a dor, e ter de sufocar uma reação, causa uma pontada aguda na base da minha coluna, o jeito como os nervos são conectados dentro do corpo.

– Ninguém está culpando você, Milly, é normal que você se sinta assim.

Aí está, mais uma vez esse papo sobre eu ser diferente.

Normal que "você" se sinta assim.

O rosto do Mike começa a nadar na minha frente, lágrimas, viajantes rebeldes, despencam sobre os meus joelhos. Ele me diz que está tudo bem, para eu não me punir por sentir essas coisas.

– Isso quer dizer que eu não posso mais ver a Srta. Kemp?

– Combinamos que você pode continuar a trabalhar com ela no seu portfólio até o concurso de Artes. Depois disso, a gente vê, nenhum de nós sabe o que vai acontecer, de qualquer maneira.

Comigo, ele quer dizer.

No refúgio do meu quarto, tiro os meus desenhos para olhar. Retratos de você. Uma coleção das partes mais sombrias da minha mente, onde você mora. Digo a você que sinto muito sobre a SK, não vai voltar a acontecer. Ouço a notificação de uma mensagem no meu celular, ando até a cama, leio. É a Morgan, confirmando se ainda vamos nos encontrar lá embaixo no quintal, às seis. Sim, respondo, ouvindo a Phoebe berrando no corredor:

– Eu não quero saber!

– Bem, mas devia – devolve Mike.

Escuto atrás da porta.

– Por que eu devia ficar em casa se você nunca está aqui mesmo?

– Não é essa a questão – insiste Mike.

– EU NÃO QUERO SABER, PORRA. ME DEIXA EM PAZ.

Encosto na madeira. Pais e filhos, não existe relacionamento mais complicado. A porta do quarto dela bate, eu me afasto da minha, coloco os desenhos de volta na gaveta embaixo da cama e me sento à escrivaninha, tento fazer o dever de casa, mas estou zangada e envergonhada demais de ter errado tão feio com a SK. Você nunca se enganava, sempre sabia como agir com todo mundo. Os rostos das mulheres se iluminavam quando você chegava ao trabalho, os das crianças, também. Eu ficava observando, na esperança de um dia poder ser aquela versão de você.

Quando chega a hora de me encontrar com a Morgan, fico sem saber se devo ir, reconheço a sensação. Uma cor escura. Ruim. Eu não teria ido se ela não tivesse ligado avisando que já estava lá. Esperando. Venha rápido, disse, está um gelo aqui. Visto meu suéter e deixo o quarto pelas escadas de incêndio presas à minha sacada, me achato contra o muro que cerca o quintal, a luz de segurança é ativada só quando se passa para o cascalho ou para a grama. Eu sei, já testei. Ela está no canto lá do fundo, ao lado do portão que dá para a ruazinha sem saída. Já está escuro às seis da tarde e, quando meus olhos se acostumam, consigo ver os detalhes do seu rosto e que ela está comendo um sanduíche.

– Tem batata frita – comenta ela. – Lembra que você me deu um saco quando a gente se conheceu?

Faço que sim com a cabeça.

– E aí, aconteceu alguma coisa?

– Nada de mais, só umas coisas na escola.

– Que tipo de coisas?

– Tem a ver com um dos professores.

– Eca, algum professor esquisitão?

Acaba que a esquisita sou eu.

– Não, só um mal-entendido.

– Ele tentou passar a mão em você ou coisa assim?

– É ela, não ele.

– Pior ainda.

Sim, essa também parece ser a opinião do público sobre você. Uma mulher matando crianças. Jornais abertos nas mesas do café da manhã, o leite coalhando em jarras listradinhas quando tudo foi divulgado, lá no começo. O cereal matinal cuspido das bocas. Chuto a parede. Lava quente e derretida vai sangrando por dentro de mim.

– O que você tem? Eu só estava brincando.

Digo que não é nada, mas o que devia dizer é: melhor sair de perto, estou meio fora de mim. Ou talvez esta seja eu, esta seja quem sou, alguém que, ao lado de uma amiga, luta contra o impulso de fazer alguma coisa ruim, de causar dor para que outra pessoa também a sinta, para que eu não tenha de sentir isso sozinha.

Ela come fazendo barulho. O croc-croc das batatas, o som polui o silêncio do qual preciso. Normalmente, a presença dela ajuda, mas não hoje. Fico pensando nos advogados, nas perguntas deles. O que você viu na noite em que Daniel morreu? O que foi que aconteceu? Eu vi minha mãe. Viu sua mãe fazer o quê?

— É a sua mãe, é por isso que você está estressada? Eu vi alguma coisa no jornal, aliás, falando que ela era enfermeira. Que doideira do caralho, imagina só ser cuidado por ela?

— Não quero falar sobre isso, Morgan, para.

— Talvez ajude se você falar sobre isso, a culpa não é sua se ela é doida. Também disseram que tinha uma criança morando na casa com ela: se não era você, quem era, então? Eu nunca soube que você tinha irmãos.

— Não tenho.

Nenhum do qual eu queira falar.

— Quem você acha que estava com ela na casa, então?

Eu dou de ombros.

— Já pedi, Morgan, para, por favor.

O silêncio é melhor, não diga nada. Por favor. Perguntas demais. Vozes demais enchendo a minha cabeça. ISSO NÃO É VERDADE, ANNIE, É SÓ A MINHA. A lava dentro de mim torra tudo de bom ou de frágil que encontra pelo caminho. Olho a boca da Morgan se mexer, o jeito como ela lambe os lábios. Come, devora tudo. Quero que ela pare de falar sobre você.

— Minha família acha que ela pega perpétua, você nunca mais vai ver sua mãe, o que provavelmente não é nada mau.

— Cala a boca, Morgan, estou falando sério. É a última vez que vou dizer isso.

— Credo, mas você é sensível, hein, ela é um monstro, cacete, você devia ficar feliz por eu odiar ela.

Come igual a um bicho, comida na cara toda. Nos dentes e na língua. Ainda falando de você, não está? ESTÁ, SIM, O QUE VOCÊ VAI FAZER? Lobo bom. Lobo mau. "Croc". Batatas. Língua. Lábios. Começo a andar para lá e para cá, o movimento dispersa o mal, digo a ela que estou com frio, que vou entrar.

– Por que você está com tanta raiva? Você não se importa com ela, não é?

Humpty Dumpty lá de cima despencou.

Quem leva o primeiro golpe é o sanduíche, arrancado da mão dela, o braço vem em seguida. Eu a imprenso contra o muro, o local onde combinamos de nos encontrar já não me oferece segurança. Uso a minha altura, aperto seu braço com os dedos, penso no formato e na cor do hematoma que vai ficar.

– Sai de cima de mim – diz ela. – Para.

Antigamente era eu que dizia isso, agora a mesa virou, o feitiço virou contra o feiticeiro. É boa a sensação de ser má. Eu sinto muito, não consigo evitar, mas ela não está mais falando de você, então talvez ser má às vezes funcione. Eu poderia fazer pior, mas, quando ela diz talvez você seja mais parecida com a sua mãe do que pensa, a lava fervente recua, enegrece. Esfria. Mal-estar. Uma sensação doentia por dentro. Solto o braço dela, dou um passo atrás, inclino o corpo para a frente. As mãos nas coxas. Não posso ser. Igual a você. Não quero ser.

Nenhuma de nós duas diz nada, digerindo o que aconteceu da própria maneira. Eu me viro para encarar a Morgan, ela sobe e desce a mão pelo braço, esfregando.

– Morgan, me desculpa. Não sei o que aconteceu.

– É, bem, não vai voltar a acontecer.

– O que você quer dizer?

– Que você pode ir se foder, é o que quero dizer.

Tento lhe dar um abraço, mas ela usa os braços para me impedir, me empurra para trás e vai embora. Eu me sento no chão por um tempo, ergo os olhos para o céu de inverno, uma única estrela. Desvio a vista e, quando olho outra vez, ela se foi.

Não quer que eu a veja.

Eu canto enquanto os procuro.

Cinco patinhos foram passear além das montanhas para brincar. Não, não são cinco, nem patinhos, são outra coisa e não foram brincar em montanha nenhuma. Tento cantar a música de novo, usando a versão dela dessa vez.

Oito anjinhos presos no porão...

Pensei que eram nove, mas o nono nem chegou a descer. Lembra?

Lembro.

Se eu ao menos conseguisse abrir a porta, poderia ver se os anjinhos estão bem.

Não consigo abrir. A porta.

– Milly, é a Saskia. A porta está trancada, Mike trancou. O que você está cantando?

E se a mamãe gritar?

Não consigo abrir. A porta.

– Vou chamar o Mike.

Vocês conseguem me ouvir, anjinhos? Eu vim tirar vocês daí. Mas eles não respondem, é tarde demais. Eu cheguei tarde demais.

Eles já se foram. Para bem longe daqui.

E nenhum deles vai voltar de lá.

22

Acordo com o barulho da Phoebe saindo para viajar com o time de hóquei para a Cornualha, vozes no corredor, uma porta abrindo e fechando. Segunda-feira. Eu devia me levantar, nós também vamos viajar, mas meu corpo está pesado, sobrecarregado pela vergonha do que fiz com a Morgan.

Pelo volume da sua voz.

Quando Saskia bate na minha porta, pergunta se pode entrar, eu digo que sim e me sento na cama.

Jeans skinny brancos, justos. Uma camisa listrada de azul-bebê e branco enfiada para dentro, metade do cabelo num coque preso com uma piranha marrom, o resto deixado solto, caindo nos ombros.

– Espero não ter acordado você, queríamos que dormisse até mais tarde, depois...

Depois de ontem à noite.

– Vamos sair daqui a pouco. A viagem deve levar mais ou menos uma hora e meia, chegamos lá até a hora do almoço.

Ela não diz mais nada sobre ontem à noite. Mike deve ter dito a ela para não falar nada, explicado que é de se esperar esse tipo de coisa com o julgamento tão perto.

– Milly.

– Foi mal, eu estava...

– A milhões de quilômetros daqui?

Mais longe.

– Mais ou menos isso, sim.

Ela brinca com a sua corrente, leva à boca, aperta as pontas das letras contra os lábios. A carne fica branca nos locais pressionados, volta a ficar rosa. Ela me pergunta se preciso de ajuda para arrumar a mala.

– Não, obrigada, eu desço daqui a pouco.

Quando ela fecha a porta, eu pego o celular para ver se a Morgan me respondeu, mas nada ainda. Brigo com a ansiedade enquanto lavo o rosto, me visto e enfio umas roupas numa bolsa de viagem. O que fiz com a Morgan foi errado e eu não quero perder a amizade dela, mas também tenho medo de ela contar para os outros sobre mim. Sobre quem eu sou.

Quando chego lá embaixo, Rosie está no corredor, ao lado das malas do Mike e da Saskia. Balança o rabo quando me vê. Coloco minha bolsa no chão, faço carinho entre as orelhas dela.

– Acho que você não vem com a gente, não – digo a ela. – Vai ficar aqui com Sevita. Quem sabe da próxima vez?

Ela inclina a cabeça, lambe a minha mão e entra na cozinha comigo, as patinhas silenciosas.

– Tem suco de laranja fresco ali, quer um pouco? – oferece Saskia.

– Não, obrigada, vou fazer uma torrada.

Mike está ao celular, de costas para nós, encostado na pia.

– Claro, eu a levo na quarta-feira, quando a gente voltar, está bom para você? Tudo bem, certo. Obrigado, June, até lá.

Ele desliga, se vira para nos olhar.

– Era June, combinamos de você ir assistir ao vídeo do seu depoimento esta quarta-feira, às três. Eu levo você.

Faço que sim com a cabeça, meu apetite sumiu.

O trânsito para sair de Londres é lento, mas vem seguido de um longo trecho de estrada, os acostamentos mais verdes à medida que nos afastamos da cidade. Mike me pergunta como vão os meus desenhos para o concurso de Artes. Bem, respondo. Saskia se vira e diz que adoraria dar uma olhada neles qualquer hora dessas. Ela e Mike trocam um sorriso e ela pousa a mão na nuca dele por um instante. É a primeira vez que vejo afeto entre os dois.

Depois de uma hora, mais ou menos, dobramos numa longa estrada de pedrinhas, uma fonte bem no meio quando chegamos ao fim. Um funcionário do hotel explica para o Mike que o estacionamento está cheio, afinal é período de férias e tudo o mais.

– É só deixar a chave na ignição que levamos o seu carro para um estacionamento aqui perto. O senhor guarda esse tíquete e quando precisar do carro é só mostrar na recepção que a gente vai lá buscar.

Mike faz o nosso check-in e somos levados aos nossos quartos, uma suíte familiar, dois cômodos separados por uma porta. Quando descemos para almoçar, fico impressionada com o número de crianças. Engatinhando; correndo; chorando; derramando coisas. Por todos os lados. Mas não são só crianças, você também está aqui. Seu rosto, na primeira página de um jornal, a manchete: "Falta uma semana". Um homem numa mesa perto da janela segura você. Lê você. Dobra você. Coloca você no bolso interno do casaco que uma das garçonetes entrega a ele, que se levanta e o veste. Como o seu rosto está perto do coração dele. Mas, verdade seja dita, você ama de forma diferente da maioria. O seu amor não é meigo e bondoso a ponto de seus lábios beijarem o coração de alguém. Não é nada disso.

Mike pergunta se estou bem. Sim, estou, respondo. Não quero estragar a viagem dizendo que você veio junto.

Depois do almoço, passamos a tarde caminhando pela área comum do hotel, paramos e conversamos um pouco com outras famílias. Mike esbarra com alguém do trabalho. O homem beija Saskia e, quando me apresentam, ele diz:

– Então essa é a Milly.

Mike faz que sim com a cabeça e sorri: sim. É, sim. O homem explica que Cassie, a mulher, também está no hotel, mas que foi trocar a fralda do bebê.

– E esses pestinhas também são meus.

Dois garotinhos, de não mais que cinco ou seis anos, brincam de pega-pega nas pernas do pai. Parece divertido, eu não me importaria de me juntar a eles. Uma brincadeira simples. Sem perigo. Mais para o fim da tarde, organizam atividades para as crianças no gramado da frente do hotel, como nas gincanas escolares. Saskia e eu nos sentamos nas poltronas perto da janela e assistimos. Brincadeiras de roda, corrida do ovo na colher, até mesmo uma corrida para os pais – mas não para as mães, se tivesse uma e você estivesse aqui em carne e osso, teria entrado e provavelmente ganhado. Mike chega, boceja, sugere que nos deitemos cedo. Explicou durante a nossa caminhada desta tarde que trancou a porta do porão na semana passada, não queria que eu me machucasse. Agradeci, gostaria de poder dizer a ele que não ter como ver o que tem lá embaixo é pior.

Depois do jantar vamos para os nossos respectivos quartos. Uma reposta da Morgan, apenas três palavras.

Vai se foder.

Na manhã seguinte, enquanto tomamos café, decidimos ir de carro até o jardim botânico. O céu está nublado, ameaça chover. Mike diz para eu não me preocupar: as galochas e a capa de chuva da Phoebe estão no carro, trouxemos para você.

– Ela não vai se importar? – pergunto.

– Não contamos a ela se você não contar – responde Saskia com uma expressão divertida no rosto, nem parece ela. Nós três sorrimos.

Vamos aos nossos quartos para escovar os dentes, combinamos de nos encontrar na recepção dali a dez minutos. O homem com quem falei ontem, John, está perto da recepção quando chego, acompanhado de uma mulher que imagino ser Cassie, sua esposa, além dos dois meninos e um bebê que ela traz no colo. Cassie e Saskia não se conhecem, comentam educadamente como está friozinho, um dia perfeito para uma lareira.

– Acho que tem uma no saguão principal – comenta Saskia.

Cassie sugere que a gente tome um café juntos antes de sair. Assim que nos sentamos, Mike e John começam a conversar sobre a reforma do consultório deles. John reclama que a sala de espera não tem privacidade, pode ser vista da rua.

– Sim, não é ideal, podíamos pensar em colocar persianas ou algum tipo de tela – concorda Mike.

A palavra: tela. Como a que vão colocar no tribunal na semana que vem separando nós duas.

Os dois meninos mais velhos se sentam no chão, perto das portas francesas, à direita da lareira. Um cesto de brinquedos que logo tratam de virar, gritos de *vrum-vrum* enquanto brincam com carrinhos, um barulho de tiro meio falho quando um deles encontra uma pistola d'água. Um raiozinho de sol do inverno chega de mansinho, abre caminho pelas camadas de nuvens no céu, cai com perfeição em torno dos meninos, o dourado dos cabelos, o azul dos olhos. Anjinhos. Mais uma vez, sinto vontade de me juntar a eles, ou de chorar, tão lindos. No fim das contas, não faço nada, fico onde estou, sem saber direito se me juntar a eles na brincadeira ou chorar seria aceitável, ou mesmo normal. Quando me viro outra vez, Mike me observa, uma expressão estranha no rosto, tenta sorrir quando vê que notei. Cassie começa uma conversa com Saskia sobre Wetherbridge.

– É claro que ainda faltam anos – diz ela, olhando para a neném nos seus braços. – Mas é sempre bom ouvir o ponto de vista de alguém de dentro.

Saskia está hipnotizada pela bebê, desvia o olhar, mas ele acaba de volta ao mesmo lugar. Cassie nota, pergunta se ela gostaria de segurar.

– Não, obrigada, não sou muito boa com bebês.

– E você, quer segurar? – ela me pergunta.

– Quero, sim, por favor.

As palavras simplesmente voam da minha boca, ela se levanta, coloca a bebê nos meus braços. A pele corada, os olhos fechados, uma doce cortina de cílios tão longos que quase tocam a bochecha. Não tem nada na boca, nem chupeta nem mamadeira, mas ela suga sem parar com a boquinha de uma cor pêssego perfeita, lábios para dentro, depois para fora. Um botãozinho de flor.

Coisas lindas e puras me fazem sentir feia. Manchada. Lembro que perguntei a você quando tinha três anos, talvez quatro, de onde eu tinha vindo. Fiquei esperando você me pegar no colo, esfregar o nariz no meu num beijo de esquimó e responder: você veio de mim, o seu lugar é comigo, eu te amo. Igual vi a mãe de outra garotinha fazer quando ela fez a mesma pergunta na escola; mas você não respondeu, saiu da cozinha, me deixou ali plantada sozinha.

Cassie diz para Mike: sua filha tem um talento natural, e só por um instante, por um centésimo de segundo, eu sinto como é ser tomada por filha deles.

– Na verdade, adotamos a Milly temporariamente. Phoebe, nossa filha, está num passeio com o time de hóquei – responde Mike.

– Eu contei isso para você ontem à noite – acrescenta John.

– Desculpe, memória de quem acabou de parir. Mas que bacana, eu admiro vocês para caramba por acolherem...

Alguém como eu.

Ela não consegue terminar a frase, a bebê solta um berro zangado. Os olhos abertos, me encarando. Assustada. Ela sentiu. Seja lá o que for que existe dentro de mim. Sentiu que eu a apertava um pouquinho demais. E mais ainda quando Mike disse que eu não era filha deles. Devolvo a bebê para a mãe. Mãos seguras. Ou assim se espera.

Vamos de carro até o jardim botânico e, quando chegamos, está cheio. Casais, famílias, umas poucas pessoas sozinhas. Arbustos exóticos e avenidas com fileiras de árvores meticulosamente bem cuidadas, as cores de outono, laranja e amarelos queimados, um intenso reflexo carmim dado pelas folhas vermelhas ainda presas nas árvores. Caminhamos em silêncio a maior parte do tempo. Acho que quer dizer que nos sentimos à vontade, um pensamento agradável. Feliz. Mike comenta que não tem muitas crianças da minha idade aqui.

– Acho que está fora de moda sair de férias com os pais.

– Eu não me importo – digo. – Estou curtindo sermos só nós três.

Mike sorri, relaxado. E, embora jamais vá admitir em voz alta, sei que concorda, é um alívio não ter de intervir nas birras entre Saskia e Phoebe. Tudo fica melhor assim.

Mais tarde, depois do jantar, compro um globo de neve para a Morgan na lojinha de lembranças do hotel. Pinheiros, duas crianças de mãos dadas, um boneco de neve ao lado delas. Mando outra mensagem, conto que comprei um presente para ela. Nenhuma resposta.

A princípio acho que estou imaginando coisas ou que é só o barulho da TV do outro lado da parede, mas, quando chego perto da porta que separa os dois quartos e encosto a orelha contra ela, ouço os dois. Discutindo. Saskia estava bêbada no jantar, praticamente muda, a não ser pelos soluços que seguiram a sobremesa que ela, é claro, já estava cheia demais para comer. Mike diz alguma coisa sobre ela precisar se controlar melhor, ainda mais com o julgamento já na semana que vem. Estou tentando, ela diz. Tente mais, ele retruca. Alguma coisa é atirada, um copo, talvez, bate na parede. As vozes ficam mais baixas, ela começa a chorar. Imagino Mike a abraçando, dizendo a ela que está tudo bem. Depois de um tempo as vozes se calam, outros barulhos no lugar. Os gemidos da Saskia me fazem sentir estranha. Incluída. Quando param, eu tiro a roupa, subo e desço com os dedos as escadas de cicatrizes brancas dos dois lados das minhas costelas, então entro no chuveiro.

Esfrego a pele até esfolar.

23

Faltam cinco dias.

Vou até a porta da sacada, abro as cortinas, tem um tordo ali, no parapeito. Seu peito, vermelho. Estufado na friagem. Quando me vê, ele voa. Não se sente mais seguro. Não o culpo.

Quando voltamos das Cotswolds na quarta-feira, fui ao tribunal com Mike para rever o vídeo do meu depoimento. Não foi fácil assistir. A garota na tela falando da mãe. Era eu.

Queria poder retratar o meu depoimento, poder dizer:

Isso não aconteceu.

Mas aconteceu.

Enquanto eu estava lá, os advogados fizeram um interrogatório simulado comigo.

Você conhecia Daniel Carrington?

Sim.

Como o conheceu?

Era uma das crianças do trabalho da minha mãe.

Você estava em casa quando ela o levou para lá?

Sim.

Os advogados avisaram que a defesa vai fazer de tudo e mais um pouco para eu me atrapalhar, parecer uma testemunha pouco confiável. Como você se sente quanto a isso?, perguntou Gorducho. Eu disse que tudo bem.

Menti.

June me mostrou a sala do tribunal, o banco de testemunhas onde vou me sentar e onde vai ficar a tela para me proteger de você. A realidade de estar outra vez perto de você provocou uma reposta pavloviana em mim, um excesso de saliva dentro da minha boca, a tal ponto que achei que ia vomitar. O julgamento começa na segunda-feira, mas me disseram agora que vou depor na quinta e na sexta-feira. Tive de corrigir o número no armário do banheiro – a contagem nunca foi para o julgamento, e sim para quando vou poder estar com você.

É feriado municipal hoje. Mike disse que, se eu assistisse da minha sacada, veria uma família que mora algumas ruas depois da nossa soltando fogos de artifício do quintal, é assim todo ano. Costuma começar por volta das sete, disse ele. Morgan ainda não entrou em contato comigo, então mando outra mensagem para ela, falo sobre os fogos e a convido para vir aqui. Posso colocar você para dentro, escrevo.

Mike e eu nos encontramos ontem para trabalhar na minha respiração. O que fazer se eu entrar em pânico no banco de testemunhas. Ele me perguntou se alguma coisa estava me deixando insegura, se eu queria repassar algo antes de encarar a defesa na semana que vem. Não, eu acho que não, disse a ele, o que aconteceu está claro na minha cabeça. Ele me pediu para escolher uma palavra que me fizesse sentir bem. Demorei um pouco, mas acabei escolhendo liberdade. Disse a ele que invejava você, vivendo às claras, enquanto eu vivo às escuras, escondida de todo mundo salvo meia dúzia de gente. Tudo tirado de mim, até o meu nome. Ele me disse para encarar a escuridão como um lugar de descanso; no futuro vai virar luz. E se eu for igual a ela, perguntei a ele, e se eu herdar aquilo? *Monoamina oxidase A*. A enzima da violência. Se ela tem isso, é provável que eu também tenha, mas ele disse que eu não tenho nada a ver com você, que tem certeza disso.

Não sei se acredito na sinceridade dele ou mesmo se ele próprio acredita no que disse.

Não me esqueci daquela manhã na cozinha quando o vi esconder as anotações de mim, então quando ele e a Saskia estavam fora na quinta-feira, fui até o escritório dele. Não demorei muito para encontrar, gaveta inferior esquerda, embaixo de um livro didático.

O cabeçalho da primeira página: **MILLY (ideias para livro)**.

Só consegui tirar cópias da metade, a porta da frente abrindo e fechando, Sevita chegando em casa. Sorriu quando me viu no corredor, os originais onde encontrei, as cópias enfiadas no cós dos meus jeans. Aparentemente o Mike está escrevendo um livro sobre mim, sobre como tenho sobrevivido com a ajuda dele. Ele fala do sonho que contei para ele. Você, presa num quarto em chamas. Quando ele me perguntou o que aconteceu no sonho, eu contei a verdade. Salvei você. Todas as vezes, eu salvo você. Escrito com caneta vermelha embaixo: "ainda demonstra grande lealdade à mãe, conversar sobre culpa".

Algumas das outras notas de rodapé detalham o meu sentimento de culpa, como uma vítima de maus-tratos perde a perspectiva de neutralidade – todo mundo é a favor ou contra ela. Uma seta vermelha, então a frase: MENINA BOA vs. MENINA MÁ, sublinhada e com um círculo em volta.

Estou tentando entender como me sinto quanto a Mike escrever um livro sobre mim. Ele não me pediu permissão, eu nunca assinei nenhum documento. Será que sou um projeto para ele? Uma oportunidade para atingir a fama na profissão. Uma história de sucesso. É o que ele pensa. O que espera. Se isso quer dizer que posso ficar aqui mais tempo, tudo bem. Aí o acesso à minha mente é uma moeda que me disponho a pagar.

Vejo Saskia na hora do almoço, pergunto a ela se está com saudades da Phoebe, ainda viajando com o time. Ela sorri, diz: é claro, sinto saudades dela e do Mike quando estão fora, é bom ter você aqui. Mas a linguagem corporal, a forma como ela transfere o peso do corpo de um pé para o outro, o jeito como ela brinca com o cabelo me contam outra história. Me contam que, quando somos só eu e ela, Saskia ainda fica pouco à vontade. Nervosa.

Passo o resto do dia lendo sobre você. Você é destaque em todos os sites de notícias. Do lado de fora do tribunal, um repórter relata o que vai acontecer quando o julgamento começar. Ele lista os seus crimes, o número nove usado três vezes. Nove crianças. Nove corpos. Nove acusações de homicídio.

Quando termino de ler tudo o que consigo encontrar, já está anoitecendo, não falta muito para os fogos. Vou ao banheiro e quando saio percebo um movimento na sacada. O tordo não voltou, mas Morgan, sim.

Fecho o notebook, destranco a porta, meu coração batendo forte no peito. O capuz está puxado e cobre quase todo o seu rosto.

– Me desculpa, Morgan. Me desculpa, de verdade.

Ela dá de ombros, olha para os pés. Pego sua mão e a trago para dentro, mostro o globo de neve para ela.

– Balance.

E, quando ela balança, sei que vamos ficar bem.

Indulgente, ela é, e solitária. Uma pessoa é capaz de perdoar um montão de coisas se precisa de companhia.

Quando os fogos começam, vamos para a sacada. Foguetes de um colorido vivo e explosões pintam o céu.

– Nunca mais faça nada parecido com aquilo – diz ela quando acaba o espetáculo. – Você me machucou.

– Eu sei, não vou fazer. Você contou para alguém?

Ela balança a cabeça, parece decepcionada por eu ter perguntado aquilo, então vai embora, levando o globo de neve junto.

Ouço você chegando, serpenteando pelo tapete espesso do meu quarto.

Tem uma mensagem para mim, algo que gostaria de dizer.

VEJO VOCÊ NO TRIBUNAL, ANNIE.

Subo oito. Depois, outros
quatro. A porta à direita.

Você quis cortar meu cabelo, tão comprido que batia na cintura,
curto como o de um menino.
Mas não cortou, ia chamar atenção na escola.
Mesmo assim você se divertia.
Me vestia de menino, enchia minha calcinha com meias.
Mas eu não bastava para você.
O quarto que ficou meses vazio na nossa casa.
O quarto em frente ao meu.
Você anunciou para mim durante o jantar uma noite.
O playground, é assim que vou chamar, você disse.
Insaciável.
Eu sabia que você nunca ia parar, então me
arrisquei a deixar você também.

24

Primeiro dia do seu julgamento. Digo que não quando Mike sugere que eu não vá à escola essa semana. Está tentando me proteger. A imprensa. Explodiu. Você transbordando de todas as notícias e manchetes que li na internet antes do café da manhã. O site da BBC mostra a multidão se formando do lado de fora do tribunal. Uma turba. Furiosa. Se pudessem, destruiriam o furgão enquanto você passa. Cuspiriam nele. Atirariam granadas de tinta, na cor vermelha. Assassina. Assassina.

O silêncio dentro de casa é ensurdecedor, o rádio da cozinha desligado da tomada. Mike brinca com a gente: acho que devíamos tentar passar uma semana, talvez duas, sem TV. Phoebe diz que não liga, que vê Netflix no computador. Esta manhã, antes de eu sair, Mike me puxa para um canto e diz para eu vir direto para casa se sentir que a escola é demais para mim. Mas e se tudo for demais para mim?, quis perguntar.

Se eu tivesse parado para pensar, se tivesse sido esperta, teria ficado em casa, faltado à aula de natação esta manhã. Estupidez. Cabeça, nebulosa. Me troco numa cabine, grata pelo fato de as cicatrizes e os cortes das costelas ficarem escondidos pelo maiô. Se eu pudesse, contaria que abro a pele para sangrar o mal, para deixar o bem entrar. Mas não iam entender, iam perguntar: mas, como assim, que mal?

Tem uma fileira de canoas na nossa frente, treinamento de resgate fundamental para o prêmio Duque de Edimburgo. Nos dividem em grupos de quatro, com quem estiver ao nosso lado. Devia ter prestado mais atenção.

– Vamos lá, meninas – diz a Sra. Havel, nos apressando. – Todo mundo tem um grupo? Maravilha. Façam fila na beira da piscina.

Clondine tenta ser boazinha.

– Ah, para, Phoebs, ela não é tão ruim assim.

Desafiada em público por uma das suas. Ela diz a Clondine:

– Cala a boca, você nem conhece ela.

Tem razão.

– Não, mas conheço você – devolve Clondine, mostrando a queimadura de cigarro nas costas da mão, ainda cicatrizando.

Estamos do lado oposto do instrutor na piscina. Os cochichos vêm e vão, altos o bastante para eu ouvir. Phoebe e Izzy comentam sobre como o meu maiô fica no meu corpo, como os pelos do meu braço são escuros. Uma velha cicatriz causa interesse às duas, roxa e grande, no meu antebraço direito.

– Aposto que foi ela mesma que fez.

– É, aposto que foi, deve ser sadomasoquista.

Uma explosão de risadinhas.

– Quietas, vocês aí no fundo.

A cratera roxa do meu braço. Não. Não fui eu que fiz, não foi assim que aconteceu. Enquanto fazia aquilo, mamãe, você disse: é para você nunca esquecer. Marcada. Apertou meu braço com a chapinha quente enquanto fazia o meu cabelo. Você sempre vai ser minha, disse. Nosso amor tatuado a fogo na minha pele.

O instrutor entra na piscina, demonstra como virar uma canoa emborcada. A diferença entre a vida e a morte, diz ele, quando ressurge de dentro do azul. Relaxem. Confiem na água e na sua parceira. Aconteça o que acontecer, não entrem em pânico.

Eu o observo, a boca se mexe, mas o som sai distorcido. Câmera lenta. Levo um instante para me dar conta de que estou caindo. Empurrada para dentro da piscina. Primeiro os sussurros, algo como: vai logo, empurra ela, vai. Bato na água com força, os azulejos no fundo machucam minhas pernas. Eu os uso para dar impulso e nadar até o topo para respirar. Uma fileira de cabeças em linha reta me encara quando rompo a superfície. Soldadas de Lycra preta, os braços não paralelos ao corpo, e sim cruzados por cima de seios em desenvolvimento. Risos, uma salva de palmas.

Nado até a beirada, o instrutor faz uma piadinha sobre eu ser apressada. Phoebe me oferece a mão quando me aproximo da beirada. Sei o que ela está planejando fazer, consigo enxergar dentro da sua mente e o que encontro lá não é muito diferente do que existe dentro da minha. Aceito a mão, um dos pés na lateral na piscina, o corpo já metade para fora, e ela me solta. Dessa vez caio de costas, o impacto da água machuca a minha pele. Mais gritos e gargalhadas.

– Ah, pelo amor de Deus, Phoebe, vê se cresce, isso foi estúpido e perigoso, sem contar que está desperdiçando o tempo da turma toda. Você e Milly vão fazer dupla para a manobra com a canoa, quem sabe assim não tomam jeito e, Milly, por favor, seja mais rápida, ou vou ter que pegar uma vara e pescar você para fora?

– Não, Sra. Havel.

Nado até a escada, satisfeita com a expressão no rosto da Phoebe. O jogo virou, parceira.

– Na verdade, Sra. Havel, preciso mesmo de uma voluntária e já que você já está na água... – O instrutor aponta para mim.

– Excelente ideia, nade até aqui, por favor, Milly.

Quando chego até ele, o instrutor me pede para entrar na canoa enquanto a segura no lugar. É tudo comunicação, diz ele, e confiança.

– Pronta?

Faço que sim com a cabeça, me agarrando às laterais.

– Virando em três, está bem? Um, dois, três e virou.

Um borrão azul, de volta à superfície em um segundo.

– Como foi?

– Tudo bem.

– Viram, meninas, fácil, fácil. Façam duplas para esta próxima parte, por favor, quem estiver sem canoa pode praticar técnicas de salvamento. É só pedir à sua parceira que boie de barriga para cima, fingindo estar desmaiada. A sua tarefa é nadar com ela até a beirada, mantendo o nariz e a boca da pessoa acima da água o tempo todo.

– Sra. Havel, posso fazer dupla com a Izzy ou com a Clondine?

– Não, você e a Milly vão ficar juntas. Se não tivesse feito tanta besteira mais cedo, talvez tivesse o luxo de escolher, mas não tem mais. Sua vez de virar.

O barulho na piscina, esguichos e gritos, um nervosismo no ar, ninguém gosta da ideia de dar cambalhotas debaixo d'água. Marie reclama do cloro, do estrago que faz ao seu cabelo. Nado até onde a Phoebe está, seguro a canoa. É a vez dela de virar. Talvez ela também enxergue dentro da minha cabeça, os pensamentos que estou tendo, porque diz:

– Não tente nada de engraçadinho, ouviu?

Meu silêncio a deixa inquieta, é infalível.

– Estou falando sério, senão você me paga.

Faço que sim, dedos cruzados por trás das costas.

Quando ela vai entrando, fico tentada a perguntar sobre Sam. O notebook, deixado no quarto dela durante as férias. Fiquei surpresa, porém satisfeita em descobrir que podia ser acessado sem senha. Configurar uma senha foi a primeira coisa que fiz quando ganhei o meu. Não é preciso, acredita ela. Mike é o tipo de pai que nunca olharia nada sem pedir primeiro. Acredita por completo no respeito à privacidade, em nos deixar sermos adolescentes.

Olho atrás de mim. O instrutor está ocupado. A Sra. Havel, do outro lado da piscina. Meninas sendo meninas, concentradas em si mesmas. Digo a Phoebe que vou contar até três e virar.

– Vai logo, porra – diz ela.

Então eu vou. Um, dois, três e viro, um giro inteiro.

Não.

Exatamente.

Paro na metade. Um e meio. Dois e meio.

Três.

Ela se dá conta no três. As mãos descruzam de cima do peito, socam as laterais da canoa. Sinto seu corpo se mexer, dando pancadas, se debatendo de um lado para o outro.

Seis e meio.

Sete.

O barulho da piscina ecoa nos azulejos, risos e tossidos enquanto a água é cuspida. Ninguém olha, ninguém nota. Quanto tempo uma pessoa normal consegue segurar o ar debaixo d'água? Trinta segundos? Sessenta?

Nove e meio.

Dez.

Ela enterra as unhas na minha mão, uma espiral rosa imperceptível dentro d'água. Machucados em forma de meia-lua, esculpidos por unhas lixadas com perfeição, seu maior orgulho. O instrutor se aproxima, a Sra. Havel, também. Viro a canoa, a cabeça dela se levanta, está fora d'água. Emoções. Um arco-íris atravessa o seu rosto. Pânico. Medo em seguida. Alívio por estar viva e fúria, a última a aparecer. Eu celebro cada tom. Ela ofega, o peito sobe e desce pesado, olha para mim.

– Sua puta – diz. – Sra. Havel! Senhora!

O instrutor sopra o apito, nos manda trocar, quem fez a virada da canoa vai agora praticar salvamento e vice-versa.

– Sra. Havel!

– Pelo amor de Deus, Phoebe, não dá para esperar?

Clondine e Izzy vêm nadando em nossa direção, logo percebem o rosto da Phoebe. Pálido. Pânico. Um disco arranhado. A sensação de que os pulmões estão prestes a explodir. Presa.

– O que foi que aconteceu? – pergunta Izzy.

– Eu quase me afoguei nessa porra – responde ela, olhando fixo para mim. O branco dos olhos está ligeiramente vermelho, do cloro.

– Dramática – debocha Izzy.

– Vai se foder, Iz, vão se foder todas vocês.

Ela sai da canoa, nada até a escada mais próxima da Sra. Havel e sai da água. Arrepios visíveis na pele. Eles aparecem quando a gente sente frio, também por outros motivos. As mãos sobem até a garganta, quer ter certeza de que ainda está respirando. Não sei o que a Phoebe diz à Sra. Havel, mas seja lá o que for, ela a deixa sair da piscina e não voltar para a última parte da aula.

Nas mensagens para Sam, ela fala de mim: tem alguma coisa nela que eu não gosto, escreveu. Como assim?, ele perguntou. Não sei, ela é meio estranha, deve ter algum problema.

Alguns, Phoebe.

No fim da aula, enquanto nado com a canoa de volta para a parte rasa, sinto a mão direita arder. Quatro cavidades no formato do medo dela. Por trás da privacidade da porta da cabine, uso meu celular para tirar uma foto da minha mão. Uma lembrança.

25

No dia seguinte, na escola, permaneci em estado de alerta máximo, sabendo que a Phoebe não demoraria para se vingar de mim. Olho por olho. Uma brincadeira de gato e rato. Questão de tempo.

Não era para eu ir, mas fui ver a SK e, enquanto subia até a sala dela, senti os meus olhos. Secos. Estalando quando piscava. Não tenho dormido direito, saber que vou estar no banco de testemunhas daqui a dois dias me deixa inquieta. Não sei o que tem acontecido no tribunal, Mike disse que ele e June têm contato diário, mas que eu devia me concentrar em mim mesma, em dormir o máximo possível antes de quinta-feira. Eu também gostaria, mas, toda vez que fecho os olhos, vejo nove anjinhos, chorando, apontando para mim, pedindo ajuda.

Disse à SK o que Mike e eu combinamos, que vou faltar à aula na quinta e na sexta-feira para uma pequena cirurgia.

– Nada de sério, espero? – perguntou ela.

Não, só o corte de um cordão umbilical.

Devia ter sido cortado há anos. Tóxico.

Enquanto tiro a roupa para tomar banho antes de dormir, fico ouvindo a sua voz, imaginando você à minha espera do lado de fora do tribunal, atirando uma moeda para cima. Cara ou coroa. A moeda oval que você mandou fazer quando visitamos uma cidadezinha na costa do País de Gales no ano passado, não de férias, você queria explorar um novo território, foi o que disse. Um novo território para caçar, foi o que quis dizer. Quando fui ao banheiro, você pediu ao homem da oficina que imprimisse os dois lados da moeda iguais. Cara nós jogamos, coroa não jogamos, você disse quando chegamos em casa. Eu levei meses para me tocar: os dois lados eram caras. Você sempre ganhava. Só que não é mais você quem toma as decisões, e sim um homem de peruca. Mais outras doze pessoas. Não é você quem decide desta vez. São eles.

Nem a escutei abrir a porta do banheiro, ocupada demais fazendo espuma com o xampu na cabeça, tentando silenciar a sua voz. Ela puxa a cortina do boxe para o lado. Só tenho tempo de cobrir as costelas com os braços, esconder as cicatrizes, mas não os peitos ou a virilha. O flash do celular, ela consegue o que precisa.

– Isso é por tentar me afogar, sua vadia.

Enrolo a cortina do boxe no corpo, com medo de ela puxar para baixo, mas ela não faz isso. Pergunta se tenho ido a algum lugar interessante. Quando não respondo, ela diz:

– Não pense que não sei sobre a sua amiguinha do conjunto habitacional.

Esconda. Não deixe transparecer. O vapor dificultando a minha respiração. Quente.

– Acertei, não foi? Izzy me disse que viu você com a merdinha que fica sentada aqui do lado de fora. O que foi, não consegue arranjar amigos da sua idade? Talvez eu conte ao meu pai, aí ele pode te perguntar sobre isso nessas reuniõezinhas de vocês. Queria saber o que ele ia achar se soubesse que você fica para cima e para baixo com uma dessas ratas do conjunto, ainda mais uma menina muito mais nova.

Ela tem doze anos, quase treze. É pequena para a idade. E eu sei o que o seu pai ia achar. Ia ficar preocupado.

– Patética. É o que você é. Aposto que adorou estar nas Cotswolds sem mim, brincando de família feliz com os meus pais.

Adorei mesmo.

– Não que eu me importe, não vai demorar muito até você ir embora mesmo. É provável que nem fique para o Natal.

Olho para o rosto zangado dela. Eu devia estender o braço, oferecer a mão e dizer: vamos fazer um acordo. Uma trégua. Vamos fazer isso juntas, pense só no quanto a gente podia se divertir. Pense só nas encrencas que podíamos arranjar. Mas a tentação de me defender e de brigar é tão maior. Culpa dela, Phoebe é que fica alimentando o lobo errado, deixando que ele fique no comando. Assim, em vez de tentar fazer as pazes, eu digo a ela:

– Ouço você durante a noite, às vezes.

– O quê? Do que você está falando?

– Eu ouço você.

Um alvo no corpo dela, bem no meio do peito, ela fica parada onde está. Sabe o que quero dizer, que a ouço chorar. Eu posso estar nua, mas ela acaba de ser exposta por inteiro.

Meu celular vibra poucos minutos depois que ela sai, pegou meu número novo do quadro negro que fica ao lado da porta da frente, Mike insiste que o de todo mundo esteja ali. Eu me desenrolo da cortina do boxe, me enrolo na toalha, vou até a escrivaninha e pego o celular. Uma mensagem compartilhando uma imagem. Cabelos cobertos de espuma, pele brilhando, braços dobrados por cima das costelas. Mamilos duros, uma moita escura lá embaixo.

Dá para ver que ela mandou para várias pessoas. Meninas e meninos, talvez até para Joe. Volto para o banheiro, deixo a toalha cair. Corto. Uma vez. Duas vezes. Vermelho. Uma foto mais interessante, era só ela ter pedido.

26

Antes de eu sair para a escola esta manhã, Saskia me deu uma bolsinha de veludo. É um presente, ela disse, da loja de cristais da Portobello Road. Quando abri, tirei o cristal de dentro, rolei na palma da mão, as beiradas ásperas, em estado bruto, as partes de cima e de baixo lisas e pretas, ela me disse que era uma turmalina preta. Um talismã de proteção. Achei que você podia ficar com ela no bolso enquanto estiver no tribunal, achei que talvez ajudasse, ela disse. Eu agradeci, mas o gesto, apesar de gentil, me fez sentir pior, me lembrou que preciso de proteção.

Não me sinto pronta para amanhã. Um hematoma escuro. Berinjela. Índigo. Bem lá no fundo. Pulsa. Repasso as perguntas dos advogados dentro da cabeça enquanto caminho para a escola – conte para o tribunal o que a sua mãe fez, conte ao tribunal o que você viu –, mas não lembro as respostas.

Apenas conte a verdade, diz Mike.

Falar é fácil.

Nos encontramos no auditório para um ensaio rápido da peça inteira. O texto, seu significado, é muito familiar para mim. Crânios brancos cintilantes, o fim da inocência, meninas vestidas de menino. Phoebe teve sorte de não ser a narradora da última vez, quando a Srta. James assistiu, mas hoje ela esquece as falas, precisa de uma deixa por minuto. A Srta. Mehmet perde a paciência, diz: já chega, Phoebe, você está fora, Milly assume como narradora. A expressão na cara dela. Mesmo o placar não estando empatado – ela está bem à frente depois da foto de ontem à noite –, eu fico logo atrás dela.

O castigo por roubar o papel chega rápido. Ela posta minha foto na página da nossa turma, alguns retoques aqui e ali, pelos nos meus seios e coxas. A noiva do Frankenstein. Troca a senha da página para "estranha", uma tática para afastar professores bisbilhoteiros. Faz uma publicação avisando as mudanças. Essas escolas de elite, uma raça de adolescentes inteligente, mas suja. Pegadinhas e brincadeiras de mau gosto.

Um comentário de LadyLucie2000 sugere: vamos criar uma página no Facebook chamada Milly, a Estranha. Phoebe acrescentou embaixo: "Boa ideia!!!! Mandei pelo Snapchat para o Tommy, da Bentleys, ele vai passar para todas as escolas de meninos de Londres."

Na hora do almoço, sinto olhos grudados em mim quando passo pelas mesas em direção ao bufê. A maioria baixa a vista quando volto com minha bandeja, incluindo a Clondine, mas não a Phoebe nem a Izzy. Celulares a postos, sorrisos cruéis nos lábios. Não vai demorar muito até me deixarem ter uma conta no Facebook. Assim que o julgamento terminar, disse June. Um monte de coisas normais para eu colocar em dia. Me sento numa mesa o mais longe possível delas, e, quando saem do refeitório, uma menina chamada Harriet se aproxima de mim. Pergunta se estou bem, diz: nem todas nós somos como a Phoebe, tente ignorar as provocações dela que ela acaba deixando você em paz. Compaixão. Um componente importante da minha armadura. Minha própria camuflagem.

Dói, não me entenda mal, eu não sou feita de aço, mas o cabeçalho da minha foto – **Milly, a ESTRANHA, ela pode até fugir, mas não pode se esconder** – me faz sentir melhor. Phoebe continua sem entender.

Não tenho a menor intenção de fugir.

De me esconder.

Sim.

De fugir.

Não.

– Quero que imagine que está no banco de testemunhas, que está em segurança, a tela a esconde do perigo. As pessoas que podem ver você, o júri, os advogados e o juiz, não estão lá para a machucar, e sim para escutar você. Escolha um objeto na sala do tribunal e se concentre nele, alguma coisa que a tranquilize. Quero que olhe para ele se qualquer uma das perguntas deixar você perturbada.

– E se eu não souber responder?

– Diga aos advogados que não entendeu que eles reformulam a pergunta, perguntam de outra maneira até você entender.

Mike termina a sessão me dando instruções para de manhã, me diz para eu ficar no meu quarto até a Phoebe sair para a escola. Ele contou a ela sobre o meu pequeno "procedimento" e disse que vou passar o resto da semana em casa. Agradeço a ele e é de coração.

O ar no meu quarto parece mais abafado do que de costume, os aquecedores da casa ligados bem alto. Fica difícil respirar. Sinto uma dor de cabeça pesando no meio da testa, fica difícil enxergar. Me concentro em escolher a roupa que vou usar amanhã. Só quando estão penduradas no encosto da cadeira é que me dou conta do que escolhi. Roupas para impressionar você. Uma calça, em vez de uma saia, uma camisa branca que vou enfiar para dentro como um menino. Você não vai poder me ver, mas sei que aprovaria. Eu não devia fazer isso. Ainda tento agradar você.

Não vou conseguir depor amanhã se vir você esta noite, se você vier ao meu quarto, então me sento na cama com as luzes acesas, leio *Peter Pan* enquanto as horas se arrastam. É o meu livro preferido, tem sido desde que eu era pequena. A ideia de luzinhas noturnas como os olhos de uma mãe cuidando dos filhos. Costumava rezar por uma luzinha noturna dessas – eu acreditava num Deus nessa época –, mas em vez disso ganhei você.

Um fim de semana, no abrigo de mulheres, assisti ao filme com as crianças. Quando Peter diz para Wendy: "Venha comigo onde você nunca, nunca vai ter de se preocupar com coisas de adulto outra vez", eu me lembro de ter pensado: queria ir para lá.

Por favor.

27

Passo a noite toda acordada e, quando chega a manhã, abro a porta do armário do banheiro e apago o número. O número um se transforma em agora. Chegou a hora.

Quando estou vestida, fico na frente do espelho, de olhos fechados. Abro só para olhar a roupa, não ergo a vista até o meu rosto. Por fora eu pareço bem-ajeitada: blusa e calças passadas a ferro por Sevita, sapatilhas pretas, estilo bailarina. Mas por dentro. Um bazar de órgãos desordenados. De ponta-cabeça, de trás para a frente, tem coração demais para o meu peito. E não o bastante.

Tiro de dentro da bolsinha o cristal que a Saskia me deu, seguro na mão. As sensações opostas criadas pelas beiradas, áspera e lisa, me acalmam. Não sei direito se acredito naquilo, mas o coloco no bolso da calça mesmo assim.

E espero.

Mike chega mais ou menos vinte minutos depois, bate na minha porta, me avisa que estamos prontos, Phoebe já saiu.

– Você devia comer alguma coisa – sugere ele.

– Não consigo.

– Precisa comer, vai ser uma longa manhã, mesmo se for só uma fruta ou uma barra de cereais.

– Depois, talvez.

– Vou pegar umas coisas do armário, você pode comer no carro se mudar de ideia.

Saskia está à nossa espera no hall de entrada e quando me aproximo ela começa a brincar com o zíper do casaco, para lá e para cá. Para cima e para baixo. Um barulho frenético, descontrolado. Ela para quando a encaro, tenta sorrir. Mike sai da cozinha trazendo um saco plástico com comida que não vou conseguir comer. Pegamos o Range Rover de vidros fumê, aposto que quando comprou o carro e mandou trocar os vidros não imaginou que seriam úteis da maneira que estão sendo hoje. Para me proteger de olhos que talvez queiram ver demais, que talvez saibam que estou chegando.

A jornada até você é um inferno, um inferno particular. Ninguém diz nada, todos olham para a frente, sinais de trânsito e ônibus, um caminhão de lixo no caminho. O universo dizendo: não vá, mantenha a distância. Mike coloca um CD para tocar, o rádio é arriscado demais. Uma cirurgia da noite para o dia, feita em mim. Um peixe koi, vermelho e inquieto, colocado na boca do meu estômago. Se move no ritmo da música, me deixa enjoada durante cada um dos cinquenta minutos que levamos para chegar lá. Não quero ouvir a voz do Mike quando diz:

– Chegamos.

Saskia olha para trás, me oferece uma bala de menta. Eu viro o rosto, olhar fixo pelo vidro escuro. Entramos com o carro, conforme as instruções de June. Fecho os olhos quando passamos pela frente do prédio, abro outra vez quando já estamos no subsolo. Sei que cara tem a multidão, vi no jornal. Mike nunca pensou em tirar o notebook e o celular de mim. As mulheres que você enganou na clandestinidade agora se mostram em plena luz do dia, unidas pelo ódio. Elas confiaram em você. Uma faixa erguida no meio da multidão, olho por olho. Imprensa e fotógrafos também não são admitidos lá dentro, um único repórter oficial indicado pelo tribunal, um privilégio. Ou fardo.

June está à nossa espera ao lado do elevador do estacionamento, me garante que não vou ver você – está sendo mantida nas celas que ficam do outro lado do prédio. A cicatriz roxa no meu braço lateja enquanto subimos no elevador, um alô secreto, sua forma de me dizer que está perto. Entramos numa sala, parece recém-pintada. Creme. O que vão fazer com a nossa casa, mamãe? Uma demão de tinta não vai ser o bastante. Saskia pergunta onde fica o banheiro, Mike e eu nos sentamos. Quatro cadeiras na sala, tecido macio, um tom de verde escuro. Me empoleiro na beirada da minha, não quero sentir nada encostado em mim. Por trás de mim. Sinto um pico de energia por dentro, circulando pelo meu corpo como se a voltagem tivesse sido aumentada quando entrei no prédio. A minha.

June me oferece um gole d'água, sugere que eu vá ao banheiro enquanto posso, mas não sei se confio nas minhas próprias pernas para andar até lá. Respire, só respire. Uma mulher que nunca vi enfia a cabeça pela porta.

– Cinco minutos, só estamos esperando o juiz.

Esfrego as mãos nas calças, sinto o caroço duro do cristal da Saskia contra a coxa. Queria estar sozinha, eu poderia contar as minhas cicatrizes. Mike me diz que vou ficar bem, que vai dar tudo certo. Queria acreditar nele, mas o peixe na minha barriga dá outro salto, prevê o contrário. Me concentro, tento ir para o meu lugar seguro dentro do buraco na árvore, mas, quando chego lá, ela sumiu. Foi derrubada, levada como prova. Saskia retorna, a mulher de antes também.

– June, o juiz está pronto.

– Ótimo. Certo. Milly, chegou a hora.

Mike se levanta, eu também, mesmo não estando pronta. É de se esperar que eu estaria, contei os dias para este momento, mas alguma coisa, talvez você, deve ter entrado na sala e amarrado sacos de areia em volta dos meus tornozelos. ACHOU QUE EU IA FACILITAR AS COISAS PARA VOCÊ, ANNIE? Não vou escutar você, não posso. A única coisa que tenho de fazer é responder às perguntas. Responder. Sigo June até a porta. Tanto Saskia quanto Mike apertam meu braço quando passo por eles, um de cada lado. Paro, tiro o cristal do bolso, mostro a eles. Saskia se vira, chorosa. Mike diz:

– Vamos estar aqui quando você terminar, Milly.

A caminhada da sala de espera até o tribunal é curta. Minha narina direita assovia, um sangramento a caminho. Eu devia pedir lenços de papel, ainda temos tempo, mas não consigo falar uma palavra. Economizando a voz para o tribunal. Paramos do lado de fora de uma enorme porta de madeira.

– Vão abrir quando estiverem prontos – diz June.

Coloco o cristal no bolso, ela tenta puxar conversa.

– Seu aniversário é daqui a algumas semanas, não é?

Dezesseis anos. Mas não quero pensar nisso, então ignoro June, fecho os olhos e abro outra vez quando ouço movimento na porta. Um oficial do tribunal sai, faz um aceno com a cabeça para nós duas.

– Você vai se sair bem, Milly, respire bem fundo. Pronta? Vamos – diz June.

Os murmúrios na sala do tribunal não ajudam a abafar os nossos passos. Óbvios. Expostos. June me acompanha até um assento à direita de uma grande tela branca. A cadeira fica de frente para o juiz e para o júri, não vejo nenhum carrasco. Assim que me sento, June se afasta, vai se sentar perto da porta por onde entramos. Meu nariz para de assoviar, o coração acelera. Fica agitado, faz uma bagunça doida dentro do meu peito. Vejo o juiz, ele usa uma peruca branca, está sentado num pódio à minha direita, muito envolvido numa conversa com um homem de toga, possivelmente um dos advogados de defesa. O homem cochicha, o juiz ouve e faz que sim com a cabeça. Diretamente à minha frente, está o júri: conto sete homens e cinco mulheres. Doze pares de olhos em cima de mim, os murmúrios agora mais baixos. Não tem problema olhar, me disse Magrelo, mas não sorria, você pode ser acusada de tentar influenciar o júri. Influenciar o júri? Só estou aqui para responder às perguntas dos advogados, mais nada.

Cada integrante do júri tem um bloco de papel e uma caneta em cima da prateleira de madeira que se encontra à sua frente. Um deles, a mulher bem no meio da fileira de trás, rabisca alguma coisa, vai ver que também está escrevendo um livro sobre mim ou então brincando de forca. De quem será a cabeça na corda?

Olho para a esquerda, vejo os promotores, corpos virados uns para os outros, conversando. À esquerda deles, na bancada seguinte, tem outro homem de toga sentado, a cadeira ao seu lado vazia, os olhos fixos no homem que conversa com o juiz. Eu esperava ver um estenógrafo, dedos rápidos voando por cima das teclas, capturando cada palavra dita, mas June me contou que eles foram sendo eliminados pouco a pouco e substituídos por um sistema de gravação de áudio operado pelo escrivão.

A única pessoa que sobra é você.

Pelo que me explicaram da estrutura do tribunal, sei mais ou menos onde você está: um pouco além da defesa, na extremidade esquerda. Não fecho os olhos, seria estranho, mas presto atenção, sintonizo qualquer barulho que talvez venha de você. Procuro a sua respiração, conheço bem o som. Os cigarros que você fuma, mentolados, uma coisa meio rouca na sua garganta. Mas, não, não ouço você. O insistente baralhar de documentos e os pés das pessoas arrastando para lá e para cá abafam você. Estou tão perto.

O homem do pódio se afasta, senta ao lado do outro advogado de defesa. O juiz olha os documentos que estão à sua frente, olha para mim, ergue a mão e diz com uma voz alta e autoritária:

– Está aberta a sessão.

O baralhar e o arrastar silenciam, mas ainda assim não ouço você. Só a minha respiração. Entrecortada. Rápida demais.

– Peço à testemunha que se levante, por favor.

O vídeo do meu depoimento foi exibido antes de eu entrar. Me pergunto se sou o que esperavam, se sou diferente em carne e osso. O oficial do tribunal se aproxima de mim para tomar o meu juramento. Escolho a afirmação em vez do juramento, eu não acredito numa força superior.

– Declaro e afirmo, solene e sinceramente, que as provas que hei de apresentar são a verdade, somente a verdade...

Lembre-se de respirar.

– ... e nada mais que a verdade.

OLÁ, ANNIE.

Não consigo respirar.

Tento ignorar a mão que sinto em volta da garganta e me concentro no Magrelo. Quando ele se levanta, fica de frente para o júri, eu sei o que esperar. Fui treinada e orientada para responder às perguntas que vão fazer. Vai acabar em um piscar de olhos, ele me disse da última vez que o vi.

– Senhoras e senhores do júri, todos assistimos ao vídeo do depoimento dado pela testemunha. Agora, eu gostaria de ouvir diretamente dela.

Ele se vira para mim.

– Nas suas próprias palavras, conte a este tribunal como era morar com a sua mãe.

Uma pergunta subjetiva. Os advogados explicaram que vão usar perguntas que precisam de uma frase ou, melhor, de uma "história" como resposta. Quanto mais detalhes, melhor, disse Gorducho, sem censura. Então fiz o que me foi pedido e ensaiei uma história para contar ao tribunal. Essa é verdadeira.

– Morar com a minha mãe era apavorante. Em um minuto ela estava normal, fazendo alguma coisa como preparar o jantar, no seguinte ela...

Tenho de respirar antes de dizer aquilo em voz alta. Vai ser a primeira vez que você vai me ouvir falar sobre você. A vergonha inunda o meu corpo.

– Tudo bem – diz Magrelo –, leve o tempo que precisar.

Tento outra vez.

– Em um minuto ela estava normal, no seguinte ela me atacava. Me machucava, muito.

A primeira resposta vai ser a pior, disse Gorducho. Uma vez que você começar, vai ficar bem. Encontro um objeto, me concentro nele. A placa na parede acima de onde o júri está sentado. Magrelo me pede para descrever a primeira vez que vi você machucar uma criança.

Digo a eles que vi você bater nele, no primeiro menino que raptou. Não conto ao júri o que respondeu quando eu disse que você era cruel por bater no corpinho dele. Você disse: não é crueldade, é amor. O tipo errado de amor, respondi. Você me castigou mais tarde.

Não existe.

Chicotada.

Essa coisa.

Chicotada.

De tipo errado de amor.

Chicotada.

Cuspe, seu, sangue, meu, misturados no ar.

Não conto ao júri que você disse que era amor porque meus advogados me pediram para não falar, que assim você realizaria o seu desejo de obter uma sentença com base em culpabilidade diminuída. Afinal, só mesmo uma pessoa louca, insana, acreditaria que o que você fazia era amor.

Em seguida, Magrelo me pergunta se eu quis ajudar as crianças que você machucou. Faço uma pausa, me concentro outra vez na placa, lembranças como mísseis, bombardeando e devastando a minha mente.

Jayden. Ben. Olivia. Stuart. Kian. Alex. Sarah. Max. Daniel.

Jayden. Ben. Olivia. Stuart. Kian. Alex. Sarah. Max. Daniel.

Você não gostava de usar o nome deles, dava um número para cada um. Mal podia esperar pelo número dez, me disse a caminho da escola na manhã depois da morte de Daniel. Mas eu nunca me esqueci do nome de nenhum deles. Ou de mim mesma, olhando pelo buraco, a mão na maçaneta, tentando chegar até eles, para a impedir. Você rindo alto. A criança lá dentro com você, chorando mais alto ainda.

– A testemunha precisa de um intervalo? – pergunta o juiz.

RÁPIDO ASSIM? CRUZES. PENSEI TER SIDO MELHOR PROFESSORA, ANNIE.

E foi.

Respondo:

– Não, obrigada.

– Vou repetir a pergunta: você quis ajudar as crianças que sua mãe machucou?

Doze pares de olhos me encarando. Esperando.

– Quis, muito.

– Mas não tinha como, tinha? – continua Magrelo. – Porque não só você também era uma vítima como o quarto usado pela ré para violar e assassinar crianças ficava trancado. Não é verdade?

– Sim.

– Por favor, diga ao tribunal quem guardava a chave.

– Minha mãe.

– Protesto, meritíssimo, temos provas de que a testemunha também tinha acesso ao quarto.

– Que provas vocês têm? – devolve o juiz.

Um dos advogados de defesa se levanta e diz:

– Peço ao júri que vire para a página cinco do relatório que detalha as provas coletadas no endereço ocupado pela minha cliente e pela testemunha. Nele estão listados vários brinquedos encontrados nesse quarto supostamente "trancado". Brinquedos que pertencem à testemunha: um ursinho de pelúcia com seu nome costurado na orelha e uma boneca que integra um conjunto encontrado no quarto da testemunha. A nossa posição com relação à questão é de que a própria testemunha colocou esses brinquedos no quarto "supostamente" trancado.

– Meritíssimo, posso perguntar que prova a defesa tem para apoiar tal posição? – argumenta Magrelo. – A mãe poderia ter colocado esses objetos lá sem o conhecimento da testemunha.

– A defesa poderia responder, por favor?

Prendo a respiração quando o advogado de defesa começa a falar. Apavorada com o que ele talvez diga. Uma variedade de trunfos guardados na manga daquela toga.

– Eu acho absolutamente inexequível a crença da acusação de que este tribunal possa acreditar que outra pessoa que não a testemunha tenha colocado esses brinquedos no quarto. A promotoria está pedindo que o tribunal acredite que minha cliente, até aqui retratada como sendo má e fria, tenha colocado esses objetos recreativos para as crianças nesse quarto trancado como um gesto de que, de bondade? Eu duvido muito. Assim, ofereço a testemunha como alternativa. Motivada pelo desejo de ajudar, ela colocou os brinquedos ali, provando que também tinha acesso ao quarto.

Solto o ar. Ele reagiu como esperávamos, como meus advogados previram que ele reagiria. Sei o que Magrelo vai me perguntar em seguida.

E sei o que responder.

MUITO ESPERTA, ANNIE. ESPERO QUE ISSO DURE.

– Permitam-me satisfazer o desejo da defesa – continua Magrelo.

Ele se vira de frente para mim.

– Foi você quem colocou os brinquedos listados no relatório de evidências dentro do quarto? Você realmente tinha acesso a esse quarto?

– Eu coloquei os brinquedos no quarto, sim, mas só quando ele estava vazio e destrancado. Achei que podia ajudar quem minha mãe trouxesse para casa em seguida. E, não, quando tinha alguém no quarto, eu não tinha acesso a ele, só tinha uma chave. Ficava no mesmo chaveiro que as chaves do carro e ela o levava para o trabalho todos os dias.

O advogado de defesa que ainda não disse nada anota alguma coisa num papel e sublinha. O outro advogado olha, faz que sim com a cabeça. Ele pega o papel, inclina o corpo para a direita, minha esquerda, até estar quase fora do assento. Direita dele, minha esquerda. Você. Ele espera um segundo ou dois, faz que sim olhando na sua direção, se acomoda outra vez no assento, o papel já não está com ele. Seja o que for que ele escreveu, deixou com você. Não estou mais me sentindo tão bem, não queria ter visto aquilo, a transação entre ele e você. Não logo antes de passarmos para a próxima parte. A parte que mais me perturba.

— Você conheceu um menino chamado Daniel Carrington? — pergunta Magrelo.

— Sim, conheci o Daniel no abrigo de mulheres onde minha mãe trabalhava.

Olho para o júri; é sem querer. Os doze estão segurando as canetas no ar. Prontas.

— Conte ao tribunal sobre a noite em que sua mãe o levou para casa, foi uma noite de quarta-feira.

Eu sei, eu me lembro.

— Ela chegou com ele enquanto eu estava dormindo; era o que costumava fazer, trazia as crianças à noite, para ninguém ver. Às vezes dava drogas para elas, para ficarem quietos.

— Então você não viu Daniel nessa noite específica.

— Vi, sim. Ela me acordou.

— Por favor, explique para o tribunal o que aconteceu depois que ela a acordou.

— Ela me fez ir até o buraco na parede para ver quem era.

— Ela quis chocar você, porque você conhecia Daniel, já havia estado com ele no abrigo?

— Sim.

— O que aconteceu depois disso?

— Ela entrou no quarto, trancou a porta e me fez olhar.

— Fez você olhar o quê?

— Ela fazer coisas com ele. Coisas ruins.

— Então, só para esclarecer: sua mãe a acordou para fazer você assistir enquanto ela machucava um garotinho que trouxe para casa, o garoto em questão sendo Daniel Carrington?

— Sim.

— O que mais aconteceu essa noite? — pergunta Magrelo.

CONTINUO AQUI, ANNIE. ESCUTANDO. TODOS ESTAMOS.

O júri, canetas agora em movimento. Não olhe para eles. Vá para o seu lugar seguro.

– Ela ficou zangada com o Daniel e começou a bater nele.

– Deve ter sido muito difícil para você ver aquilo. Você conhecia o Daniel, gostava dele.

– Eu não olhei, fechei os olhos.

– O que aconteceu, então?

– Ela saiu do quarto, trancou a porta e foi dormir.

– Então sua mãe deixou Daniel trancado no quarto?

– Sim.

– Diga ao tribunal, por favor, como você sabia quando uma criança era levada para a sua casa e colocada no quarto em frente ao seu.

– Quando a porta ficava fechada. Só ficava fechada e trancada se tivesse alguém lá dentro.

– E suponho que você tenha ido à escola no dia seguinte?

– Sim, minha mãe me levou de carro, eu costumava ir e voltar com ela todos os dias.

Um dos advogados de defesa olha para a direita, um pequeno aceno com a cabeça na sua direção. Confirmação de alguma coisa. Mas de quê?

– Quando foi que você viu o Daniel de novo, então?

– Quinta-feira à noite.

– E o viu pelo buraco, foi isso?

– Sim.

– Você, em algum momento, teve contato físico com o Daniel enquanto ele estava trancado no quarto? Você teve a oportunidade de dar um abraço nele ou de reconfortá-lo em algum momento?

– Não, a porta ficou trancada o tempo todo. Mas teria, se não tivesse ido à delegacia na sexta-feira, no dia seguinte ao que minha mãe o matou.

Um dos advogados de defesa se levanta e diz:

– Protesto, meritíssimo, é nossa intenção provar que nossa cliente é inocente dessa acusação. O relatório da autópsia afirma, claramente, que a causa da morte de Daniel Carrington foi asfixia. Ele foi encontrado com o rosto afundado em um colchão e, como parte de nossa inquirição da testemunha, amanhã exploraremos outra possibilidade.

– Negado, a testemunha está meramente se referindo ao seu depoimento original, como o tribunal espera dela.

Outra possibilidade. O que isso quer dizer? O que foi que você andou dizendo para os seus advogados? Se estivesse brincando de forca, seria a minha cabeça na corda.

– Por que você teria contato com o Daniel se não tivesse ido à delegacia no dia seguinte? – pergunta Magrelo.

– Eu tinha a tarefa de...

Faço uma pausa, ele me mandou fazer uma quando ensaiamos. Deixe o júri vir até você, instruiu Magrelo.

– Leve o tempo que for necessário, beba um pouco d'água se precisar – estimula ele.

Faço o que ele diz. Ele me pede que conte ao tribunal qual era a minha tarefa.

– Eu tinha a tarefa de limpar depois.

– Depois do quê?

– Depois que ela os matava.

Nove dos doze jurados, todas as mulheres e quatro dos homens, se remexem nas cadeiras. Esfregam as testas, limpam as gargantas. Acabam de levar uma espetada no olho, dessas que cegam. Meses de noites mal dormidas os esperam muito depois de o julgamento terminar. Transformados para sempre por você. Todos nós.

ESTÁ INDO BEM ATÉ AQUI, ANNIE, CATIVANDO A PLATEIA. MAS SERÁ QUE VAI CONSEGUIR CATIVAR OS MEUS ADVOGADOS TAMBÉM? COMO VAI SER AMANHÃ?

Tomo outro gole d'água, tento me concentrar na placa acima do júri, mas ela fica mudando de lugar. Embaçando e desembaçando. Não me passa metade da tranquilidade que estava me passando antes.

– No vídeo do seu depoimento, você afirmou que sua mãe matou o Daniel. Como sabe disso se não tinha acesso ao quarto? – continua Magrelo.

– Eu vi pelo buraco na parede.

– Protesto, meritíssimo.

– Negado, deixe a testemunha continuar.

– O que foi que você viu, exatamente? – pergunta Magrelo.

– Na quinta-feira à noite, no dia seguinte ao que levou o Daniel para casa, ela subiu para o quarto.

– O quarto que ela chamava de playground?

– Sim. Ela não me pediu para ir com ela e olhar como costumava fazer, então depois de um tempo eu subi.

– Por quê?

– Fiquei preocupada com o Daniel, queria ajudar o menino, então subi e olhei pelo buraco.

– Por favor, conte ao tribunal o que você viu.

Não consigo pronunciar as palavras.

A sala começa a girar um pouco, assim como os contornos dos rostos que estão na minha frente. Mãos segurando canetas. Esmaltes de unha. Quero que parem de escrever. Sobre o que estão escrevendo? Sobre mim? Não é sobre mim que deviam escrever.

– Quer que eu repita a pergunta? – insiste Magrelo.

– Sim, por favor – respondo.

– O que você viu a sua mãe fazer quando olhou pelo buraco na parede, na quinta-feira à noite, a noite seguinte à que ela levou Daniel para casa?

– Vi minha mãe segurando um travesseiro por cima do rosto dele. Tentei entrar no quarto, mas estava trancado por dentro.

Sinto as lágrimas querendo chegar, eu o vejo. Daniel. Chamando a mãe. Minúsculo, na cama.

– A testemunha está nitidamente transtornada, talvez você se sentisse melhor fazendo um intervalo agora? – pergunta o juiz.

– Eu quero acabar logo com isso.

– Tenho certeza disso, mas você consegue continuar? – pergunta ele, baixando a cabeça e olhando para mim por cima dos óculos.

Respondo que sim, porque devo isso ao Daniel e aos outros.

– Por favor, diga ao tribunal quanto tempo a sua mãe segurou o travesseiro por cima do rosto do Daniel.

– Um bom tempo. O bastante para matar.

– Protesto, meritíssimo, a testemunha não é especialista em medicina e, portanto, não pode julgar quanto tempo leva para um indivíduo morrer por asfixia.

– Mantido, peço ao júri que, por favor, desconsidere o último comentário feito pela testemunha.

– Pode contar ao tribunal sobre a última vez que viu Daniel na quinta-feira à noite? Onde ele estava e o que fazia? – pergunta Magrelo.

– Deitado na cama, sem se mexer. Minha mãe tinha descido para a sala. Tentei chamar o Daniel pelo buraco, mas ele não respondeu, não se mexeu mais, foi assim que soube que estava morto.

– E logo no dia seguinte você foi à polícia e entregou a sua mãe.

– Sim, o Daniel foi demais para mim. Eu queria que aquilo parasse, queria que tudo aquilo acabasse.

Ouço alguém à minha esquerda soltar o ar. Você. Talvez tentando me tirar do sério, movendo mais uma peça no tabuleiro de xadrez. Um bispo ou um rei.

Magrelo continua, perguntas sobre como você me controlava, como me metia medo. A lanterna que apontava para o meu rosto enquanto sussurrava ameaças; a privação de sono; a tortura psicológica por meio dos jogos que jogava comigo; os ataques físicos. Os episódios noturnos, também. Os integrantes do júri se encolhem e piscam os olhos com força ao ouvirem a extensão daquilo tudo. Eu sabia que Magrelo ia fazer isso, ele me disse que era para ilustrar para o tribunal que você é de fato sã, capaz de manter os mesmos métodos por anos enquanto conservava um emprego de respeito. Quando conto ao tribunal onde você me fazia colocar os corpos, no porão, todos os doze jurados se remexem na cadeira. Perturbador. Perturbados.

Sei que estou me saindo bem porque estamos chegando às últimas perguntas e ainda não hesitei nem uma vez. Sua voz está silenciosa. Estou aguentando bem.

Magrelo olha para o júri e diz:

– Não esqueçamos que a testemunha que vocês estão vendo nesse banco é uma criança que foi maltratada e sexualizada desde muito cedo, numa casa onde um dos filhos, um menino, já havia sido colocado sob os cuidados do estado.

ELE FOI LEVADO.

Ele quis ser levado.

NUNCA MAIS DIGA ISSO, ANNIE. NUNCA MAIS.

– Protesto, meritíssimo, onde ele está querendo chegar com isso?

– Sim, concordo, será que a promotoria poderia permanecer no assunto em questão, por favor?

– A testemunha poderia lembrar ao tribunal quantos anos tem? – pergunta Magrelo.

– Quinze.

– Quinze anos, senhoras e senhores. E você poderia contar ao tribunal quantos anos tinha quando sua mãe começou a abusar sexualmente de você?

– Protesto, meritíssimo.

– Mantido, isso não tem relevância com o caso.

Eu tinha cinco anos. Foi na noite da minha festa de cinco anos.

– Não temos mais perguntas, meritíssimo.

– Nesse caso, a testemunha está dispensada.

June diz a Mike e a Saskia que eu fui "ótima", que fui muito bem. Os dois parecem aliviados e combinam de me trazer de volta amanhã às nove. Quando saímos no carro eu fecho os olhos outra vez, só abro algumas ruas mais adiante. Almoçamos quando chegamos em casa, depois digo a eles que vou me deitar, eles fazem que sim. Durma o tempo que precisar, acordamos você se ainda não tiver descido para jantar, diz Mike. Quando olhei meu celular no carro, vi que tinha uma mensagem da Morgan, matou aula, será que podia vir me ver à noitinha? Respondi que ela podia vir mais cedo, que eu ligaria avisando quando. Ligo assim que entro no quarto, sabendo que Mike e Saskia estão na frente de casa. Falo para ela vir rápido. Ela chega na sacada dali a minutos, sem ar, faz uma piada sobre estar tão fora de forma quanto a avó. Nos deitamos na minha cama, pé de uma com a cabeça da outra, ela se mexe sem parar, os pés na minha cara. Eu faço cosquinhas neles, ameaço arrancar os dedos do pé dela com os dentes se ela não parar. Ela ri e diz que gostaria de me ver tentar.

Eu não, penso, me sentando na cama.

– Por que você também não foi para a escola hoje? – pergunta ela.

– Tive de ir ao tribunal responder umas perguntas sobre a minha mãe.

– Por quê? Pensei que você não via sua mãe há um tempão.

Mais uma mentira. É exaustivo tentar lembrar quem sabe o quê.

– Queriam saber como ela era quando eu era pequena.

– E como ela era?

– Não quero falar sobre isso.

– Como que ninguém sabia o que ela estava fazendo?

– Ela era esperta. Genial.

– De que maneira?

– As pessoas gostavam dela, confiavam nela. Ela sabia enganar as pessoas.

– Você lembra disso tudo de quando era pequena?

– É, pelo visto, sim, e também pelas notícias.

– Quando o seu pai morreu, você deve ter se sentido muito sozinha sem irmãos.

Faço que sim, é verdade. Me senti sozinha quando Luke foi embora. Ainda bem que não vão me perguntar a respeito dele no tribunal, o júri ia querer saber por que ele encontrou uma forma de escapar mais cedo e eu, não. As brigas nas quais ele se metia, os roubos. Ele fez de tudo para ser levado embora, ser punido num lugar mais gentil do que a nossa casa. Qualquer coisa, menos contar a verdade sobre você, a vergonha que ele sentia, as coisas que você fez com ele durante anos.

– Como era o lugar onde você morava? – pergunta Morgan.

– Por quê?

– Era muito diferente daqui?

– Eu morava no campo, cercada de árvores. Tinha pássaros por todos os lados, passava horas olhando para eles.

– Que tipos de pássaros?

– Estorninhos.

Um murmúrio de estorninhos.

– Eles se moviam em perfeita harmonia, como um enxame, mergulhando e voltando para cima como se fossem um. Uma linguagem secreta, a inclinação de uma asa, o movimento rápido de uma pena. Voavam para cima, voavam para baixo, voavam para todos os lados, não paravam nunca.

– Uma linguagem secreta? Como grasnados e tal?

– Não, uma coisa mais bonita, mais sutil.

– Por que estavam sempre se movimentando assim, para cima e para baixo?

– Para os pássaros maiores não os pegarem.

– Você acha que foi por isso que sua mãe foi pega, porque não se mudou de um lugar para outro?

– Talvez.

– Você não se sente culpada às vezes, tipo, eu sei que nada daquilo foi culpa sua, mas ainda assim ela é sua mãe, né?

– Eles me visitam à noite.

– Quem?

– Me pedem para ajudar, mas eu não posso.

– De quem você está falando? Você está esquisita, não estou gostando nada disso. Está me assustando.

Só estou sendo eu mesma.

– Vamos falar de outra coisa, Mil. Me conta outra história, mais uma sobre os pássaros de onde você morava.

O rosto da Morgan me acalma: suas sardas, claras em vez de marrons, me dão uma sensação de paz quando olho para ela. Passo para a cabeceira da cama, agora estamos deitadas lado a lado.

– Pronta? – pergunto.

– Pronta.

– Era tarde da noite. Eu estava lavando as mãos na pia que tinha no meu quarto. Ouvi um barulho atrás de mim, alguma coisa arranhando a janela.

– Você se assustou?

– Não, eu me virei e ela estava lá.

– O quê?

– Ela me encarava, os olhos mais do que arregalados, duas bolas de gude cercadas de branco.

– O quê?

– Uma coruja, pela janela. Ela fez um giro inteiro com a cabeça para me avisar.

– Avisar o quê?

– Que tinha visto o que eu fiz.

– Como assim? O que foi que você fez?

– O que me mandaram fazer.

– Quem mandou?

– Não importa.

– O que aconteceu, então?

– Ela voou. As coisas que ela viu, as coisas que eu fiz, eram horríveis demais para ela ficar.

Ela cai na gargalhada, me diz que eu só falo besteira, que devia ser atriz.

– Ainda não terminei a história.

– O que foi, agora vai me dizer que ela voltou?

– Não, ela nunca mais voltou, mas eu penso nela com frequência, no formato do rosto, um coração. Ela olhou para dentro da minha janela, então foi embora, voou para longe.

O que ela viu era feio demais para ser amado.

28

Não me lembro bem de como fui ao tribunal hoje, a viagem de carro até lá. A sala pintada de bege. Estou de volta ao banco de testemunhas, um dos advogados da defesa de frente para mim. Belzebu. Olho com mais cuidado, mas não tem nada ali para ver: um rosto sério, uma toga, um terno e só; o dedo da aliança sem nada. Solteiro? Divorciado? Duvido que tenha um filho aninhadinho em casa, num berço. Como poderia ter se está defendendo você?

O que ele faz é sutil, ele é melhor do que meus advogados acharam que era, bem melhor, a progressão é lenta. Eu nem noto até ele chegar lá.

Garganta.

Minha.

– Você gosta de crianças, gosta de brincar com elas?

– Sim.

– Foi assim que conheceu Daniel Carrington, não foi?

– Não sei se estou entendendo.

– Você brincou com ele no trabalho da sua mãe, não foi?

– Uma ou duas vezes, sim.

– Uma ou duas vezes? Tenho depoimentos aqui, dados pela mãe de Daniel e pela mulher que morava no quarto vizinho ao dela no abrigo de mulheres. As duas dizem que você brincou com Daniel inúmeras vezes, por semanas, que você gostava muito dele e que costumava levar pequenos agrados para ele. É verdade?

O julgamento não é meu, pelo menos não publicamente, ainda assim eu escuto um eco na minha cabeça.

Corredor da morte.

Suas perguntas são familiares, eu as ensaiei, mas hoje, depois de passar outra noite acordada me escondendo de você, não consigo lembrar como é para eu responder.

– Será que a testemunha poderia responder, por favor? Você brincou ou não brincou com o Daniel inúmeras vezes durante semanas? Um simples sim ou não serve.

– Sim.

Agora fiquei com cara de mentirosa, o júri rabisca alguma coisa nos blocos. Um pontinho dentro de mim parece abrir, descosturar. Um pouco do enchimento escorrega para fora. Bem mais quando ele muda o rumo das perguntas de repente. Sai de curso. Tática. Suja.

– Quando o seu irmão mais velho foi colocado sob os cuidados do Estado, por que você não contou à assistente social que a entrevistou que ele estava sendo abusado pela sua mãe? Por que você mentiu?

Magrelo fica de pé imediatamente, desafia a defesa.

– Protesto, meritíssimo, uma afirmação ultrajante, a testemunha tinha quatro anos quando foi entrevistada.

– Mantido. Isso não tem a menor relevância para o caso e é um lembrete oportuno para a defesa de que está interrogando uma menor.

Durante semanas a fio, nós duas fomos ver você no abrigo de crianças e adolescentes, Luke, mas você surtava, se recusava a sair do quarto, não deixava nem eu nem a mamãe chegarmos perto. Mais corajoso do que eu. Me desculpa por não ter contado a eles, Luke, mas você também não contou. Eu fiquei com medo, ela me convenceu de que jogava jogos legais com você, que você gostava deles. Você foi diagnosticado com transtorno de conduta, ela tentou convencer os profissionais a deixarem você voltar para casa, que não era culpa sua, provavelmente uma resposta tardia ao nosso pai ter ido embora. Você destruiu a área comum do abrigo à noite, depois que nós fomos embora, e os profissionais disseram que não, que era mais seguro para todo mundo se você ficasse no abrigo. Eu queria ter contado a eles, queria ter sido capaz de contar, porque as coisas lá em casa ficaram bem mais assustadoras depois disso. Daí em diante, era para eu ser a pequena ajudante da mamãe, mas eu não bastava para ela. Não era menino.

O advogado de defesa olha para o juiz e pergunta:

– Eu gostaria de perguntar à testemunha sobre a afirmação de que ela viu a mãe matar Daniel Carrington.

O juiz olha para mim, pergunta se estou pronta. Tenho de dizer que sim, a única saída é enfrentar, as palavras de Mike ecoando dentro da minha cabeça.

– Sim, estou pronta – respondo ao juiz. Ele faz que sim e diz à defesa que continue.

– Você disse que viu sua mãe matar Daniel.

– Sim, eu vi, acho que vi. Ele não se mexeu depois que ela saiu do quarto.

– Agora você "acha". Você disse no vídeo do seu depoimento que viu a sua mãe matar todas as nove crianças. Agora está dizendo que não tem como ter certeza se ela matou Daniel ou não?

– Eu tenho certeza, sim, só é difícil explicar.

É MESMO, NÃO É, ANNIE?

Até aqui você esteve quieta, enquanto Luke era mencionado, mas agora, não. Chega o corpo para a frente na cadeira, espera.

– O que é difícil explicar? – pergunta o advogado de defesa.

Mais um ponto descostura, mais enchimento é cuspido para fora. Minha boca. Seca. Pego o copo d'água de cima da mesa à minha direita, derramo, minha mão treme. Nervosa.

– Ele não estava se mexendo, então ela só pode ter matado ele – respondo.

– Mas você não tem como ter certeza, não é? A morte de Daniel foi registrada como tendo sido por asfixia, será que não pode ter sido acidental, depois de ele ter sido deixado no colchão, machucado demais para se mexer? Portanto, não diretamente causada pela minha cliente.

– Não, eu acho que não. Não tenho certeza.

– Pelo visto você não tem certeza de um monte de coisas. O que você diria se eu lhe perguntasse sobre a chave sobressalente do quarto onde as crianças eram mantidas, a chave à qual minha cliente afirma que você tinha acesso?

– Protesto, meritíssimo, mais uma vez, a testemunha não está sendo julgada – argumenta Gorducho.

– Mantido, será que a defesa poderia se concentrar em interrogar a testemunha em vez de fazer ruminações em voz alta ou de oferecer comentários irrelevantes para o tribunal?

O advogado faz que sim, vem em minha direção.

– Quando viu Daniel pela última vez, onde ele estava?

– Na cama, no quarto que ela chamava de playground.

– Pode descrever a posição na qual ele se encontrava, por favor?

– Deitado de barriga para cima, quer dizer, para baixo, de barriga para baixo. Com o rosto encostado no colchão.

Os olhos do júri me atravessam. Rabisca, rabisca. Mentirosa, mentirosa, estão pensando. Olhem só o nariz dela crescendo.

– Qual dos dois? Barriga para cima ou barriga para baixo?

Seguro o cristal que a Saskia me deu com tanta força que meus dedos estalam quando fecho o punho. Só consigo pensar que June teve razão em brincar de advogada do diabo: e se ela não aguentar? E se a realidade de estar no banco de testemunhas for demais para ela?

O juiz volta a falar, pergunta como fez ontem: a testemunha precisa de um intervalo?

Que tal um pouco de sorte, por favor?

– Não, obrigada.

O advogado continua o interrogatório.

– Só para deixar claro, em que posição Daniel estava deitado?

Tem oito anjinhos presos no porão. E se o nono anjinho também morrer? De quem vai ser a culpa?

– De barriga para baixo, com o rosto virado para baixo – respondo.

– E você tem certeza dessa vez?

Faço que sim com a cabeça.

– A testemunha poderia responder à pergunta em voz alta?

– Sim, eu tenho certeza.

Da mesma maneira que o meu silêncio perturba a Phoebe, o seu me perturba. Confiante. É como você se sente. Você espera que eu faça besteira, mas lá no fundo imagino que gostaria que eu não fizesse. Uma prova de que me ensinou direitinho, me fez capaz de manter a calma enquanto advogados experientes tentam me desestabilizar. Tentam soltar os meus dedos da beirada do prédio de onde estou pendurada. A queda é grande daqui de cima.

– Minha cliente afirma que, no dia seguinte ao que levou Daniel para casa, uma quinta-feira, foi trabalhar e, inesperadamente, ficou no trabalho até mais tarde. – Ele se vira para mim. – Você voltou para casa no ônibus escolar, o motorista confirmou isso. Ele se lembrou porque, como você disse ontem, sua mãe costumava levar e buscar você de carro, o que quer dizer que você ficou sozinha em casa por duas horas até a sua mãe voltar. É verdade?

O aceno com a cabeça, ontem, na sua direção, quando eu disse que costumava ir e voltar com você. A chapa está esquentando. Não consigo respirar. Muito bem. Você. Eu. Duas testemunhas, ambas estávamos lá. Eu vi você. Meu peito aperta. Cabeça cheia. Peço a ele que repita a pergunta.

Uma mulher na segunda fileira do júri circula alguma coisa no bloco, ergue a vista, os olhos cravados em mim. Desvio o olhar, tento me concentrar no que ele provavelmente vai me perguntar em seguida, mas não importa, essas são perguntas que não ensaiamos. Nunca disse aos meus advogados que fiquei sozinha em casa, eles nunca perguntaram, não sou eu que estou sendo julgada, não tinha motivo para verificarem se ela me levou para casa de carro naquele dia ou se eu peguei o ônibus. Os rostos dos meus advogados parecem pedra, nem um pouco relaxados. Não estou me saindo tão bem hoje, e sinto dizer que as coisas podem piorar, e muito, se eu contar a verdade. Se soltar o pombo correio que está preso no meu peito, deixar que ele faça o seu trabalho. Entregar a mensagem que vem trazendo.

O advogado de defesa me pergunta mais uma vez se eu fiquei em casa sozinha com o Daniel na tarde de quinta-feira, quando ele ainda estava vivo e dentro do quarto.

– Sim – respondo.

Magrelo e Gorducho olham um para o outro, sei o que estão pensando: isso é novidade para nós, uma novidade de merda e agora não é hora de descobrir coisa nenhuma. O advogado de defesa sente o cheiro em mim; o cheiro da urgência, da necessidade de contar tudo. Já viu isso antes, vai massageando as costas, mas o alvo é a garganta. Ele baixa e suaviza a voz, me tranquiliza, tenta me fazer morder a isca.

– Você tentou abrir a porta do quarto onde Daniel estava?

Estou quase dizendo: sim, sim, eu tentei, mas alguém tosse. Você. Eu conheço todos os seus barulhos. Mas por que você tossiu? Está preocupada com a minha possível resposta, preocupada com a possibilidade de o jogo terminar em minutos se eu não conseguir mais me segurar, se eu me despedaçar inteira sob a pressão? Você ficaria tão desapontada. Um anticlímax. Além de ser um indicativo sobre você, minha professora. Não se preocupe, eu não vou, não, mas estaria mentindo se dissesse que não me passou pela cabeça. A tentação de contar a verdade, que gosto teria? Que sensação traria? Será que valeria a pena ou será que eu ainda teria de conviver com a serpente e com os fantasmas de nove anjinhos brincando aos meus pés, não importa o que eu faça?

– A testemunha parece distraída, vou repetir a pergunta. Você tentou abrir a porta?

– Tentei, sim, mas estava trancada.

– Então você não entrou no quarto onde Daniel se encontrava em nenhum momento?

– Não.

– Você nunca entrou no quarto, nunca tocou em Daniel, nunca tentou reconfortar o menino?

– Eu fiz isso, sim.

– Fez o quê? Entrou no quarto ou tentou reconfortar Daniel?

– Eu tentei reconfortar o Daniel.

– De que forma?

OLÁ, ANNIE.

O cristal cai da minha mão, vai parar debaixo da mesa onde fica o copo d'água, o som faz um eco na madeira do estrado. Olhos demais para contar agora, todos concentrados em mim. Olho para June, ela faz sinal para eu deixar onde está, mas sinto vontade de me abaixar e pegar o cristal do chão para poder me esconder ali e não aparecer nunca mais.

– De que forma você reconfortou Daniel?

Um pitbull, esse advogado. Dentes fincados na carne. Em qualquer coisa que consiga morder.

– Eu falei com ele pelo buraco.

– Então ele estava vivo a essa altura, quando você falou com ele pelo buraco?

– Sim.

– O que disse a ele?

– Que eu sentia muito e que aquilo logo acabaria e que tudo ficaria bem.

Verdade.

– Que o que logo acabaria? Como você poderia saber, você não é a sua mãe, é? Não tinha a menor ideia de quanto tempo ele seria mantido ali.

– Eu queria que ele se sentisse melhor.

Verdade.

– O que Daniel estava fazendo nesse momento?

– Chorando, chamando a mãe.

Verdade.

– E em nenhum momento, enquanto Daniel esteve na casa, você o tocou?

– Não.

– E se eu lhe dissesse que o perito que consultamos encontrou o seu DNA na roupa de Daniel, o que você diria sobre isso?

– Protesto, meritíssimo, a testemunha havia tido contato anterior com a vítima, no abrigo para mulheres. O DNA pode, facilmente, ter se transferido para a roupa dele na ocasião.

– Concordo, mantido.

Sem assovio e sem calor, meu nariz começa a sangrar. Uma gota vermelha começa a descer pelos meus lábios, pelo meu queixo, e cai na madeira do estrado. Todo mundo está olhando: olhem, lá está ela, a filha de uma assassina coberta de sangue. Levem-na embora, acabem com ela, é o que poderiam dizer. Ouço Gorducho pedir um recesso.

– A testemunha precisa de um recesso? – pergunta o juiz.

Cubro o nariz, um oficial me passa uma caixa de lenços de papel, eu fico tonta. Não lembro o que estava dizendo. A verdade. Não. Sim. Eu quero contar a verdade.

– Meritíssimo, será que o tribunal não percebe a aflição da testemunha? – Gorducho se levanta e diz.

– Sim, mas também estou ciente de que essas perguntas precisam ser feitas e que, quanto mais cedo forem feitas, mais cedo a testemunha poderá ser dispensada e ir para casa – diz o juiz.

Eu quero ir para casa agora.

VOCÊ NÃO TEM MAIS CASA, VOCÊ MESMA SE CERTIFICOU DISSO, ANNIE.

Levo um bolo de lenços de papel ao nariz, respiro fundo e espero a pergunta seguinte.

– Certo, então Daniel está no quarto chorando, chamando a mãe. E aí o que aconteceu?

– Ouvi o carro da minha mãe entrar na pista de acesso à garagem, então desci.

– Você e sua mãe chegaram a se falar?

– Não. Quando ela entrou em casa, passou direto por mim, subiu as escadas e entrou no quarto onde o Daniel estava.

– Ela destrancou a porta primeiro ou já estava destrancada?

– Estava. Estava trancada, é o que quero dizer, ela destrancou. Estava com as chaves na mão quando passou por mim.

– E o que você fez, então?

– Depois de um tempo, eu subi.

– E pelo buraco você afirma ter visto a minha cliente segurar um travesseiro por cima do rosto de Daniel, é isso?

– Sim, e ele não se mexeu mais depois disso.

– Por quanto tempo você ficou olhando pelo buraco?

– Não sei direito.

– Mais ou menos. Minutos? Horas? A noite inteira?

– Não, só alguns minutos, talvez. Quando ela saiu do quarto, nós descemos para jantar.

Verdade.

– E você voltou mais tarde? Para o buraco?

– Sim, eu fui ver se conseguia consolar o Daniel de alguma forma.

Verdade.

– Mas ele estava morto, você disse que viu a sua mãe matá-lo. Por que você voltaria se ele já estava morto?

– Eu não sei.

– Você não tinha certeza se ele estava morto, é isso que está dizendo, não é?

– Não. Ele estava morto, não estava se mexendo.

Vejo o segundo advogado de defesa receber um pedaço de papel vindo da esquerda. De você. Minhas entranhas se desatam, um balão de ar quente forçando as amarras. Ele lê o papel e pergunta ao juiz se pode passar para o colega. Se tiver relevância às perguntas sendo feitas, pode, responde o juiz. O advogado que está na minha frente se afasta, pega o papel, lê, faz um aceno com a cabeça. Olho para o júri, o fantasma do Daniel está em pé ao lado deles. Está sacudindo a cabeça, então a deixa cair e começa a chorar. Nós duas, farinha do mesmo saco, você disse certa noite, mamãe. Tão parecidas. Paus e pedras podem quebrar meus ossos, mas palavras jamais me atingirão.

Errado.

O advogado volta para onde estou, agora com o papel passado por você nas mãos, e diz:

– O perito concluiu que a morte de Daniel pode ter ocorrido durante o período que você passou sozinha em casa com ele, não necessariamente depois que minha cliente voltou para casa, como pensávamos anteriormente. O que você diria a respeito disso?

– Protesto, meritíssimo.

– Negado, deixe a testemunha responder.

O sangramento no meu nariz parou, mas uma gotinha de sangue deve ter pingado antes de me darem os lenços. Uma mancha na frente da minha blusa igual a tinta em papel para cromatografia. Uma das mulheres do júri parece estar prestes a chorar. É mãe, aposto. Eu sinto muito, sinto, mesmo.

– Não sei. Não tenho certeza.

O advogado faz uma pausa, baixa a vista para o bilhete que está nas mãos. Ergue a vista para mim, me faz esperar. Vai estar pronto quando resolver que está, a tortura é sempre mais gostosa servida devagarinho. Ele vem chegando mais perto, sapatos marrons iguais aos do professor West, dá para ver o terno risca de giz azul-marinho por baixo da toga. Ele vai fazendo que sim com a cabeça enquanto caminha, para bem na minha frente e diz:

– Consigo perceber por que você talvez não tenha certeza. Complicado, não é? Temos a questão da chave sobressalente, à qual sua mãe afirma que você tinha acesso, o seu DNA, encontrado nas roupas de Daniel, e agora o horário da morte dele pode coincidir com o período que vocês passaram sozinhos em casa. Acredito, considerando os fatos que acabo de enumerar, que eu tenha o direito, talvez até mesmo a obrigação, de lhe perguntar...

Magrelo interrompe com:

– Protesto, meritíssimo, a defesa está sendo inflamatória.

– Negado. Mas estou advertindo a defesa de que proceda com cautela.

O advogado faz que sim, mas alguma coisa no modo como ele se posiciona, as pernas bem afastadas e os ombros jogados para trás, indica que a última coisa que passa pela cabeça dele é proceder com cautela. É a glória o que ele quer. Sou eu quem ele quer. Seus olhos ficam pequeninos quando ele olha para mim, respira fundo, estufa o peito. Seu momento Ulisses. Então ele a faz, a pergunta que está querendo fazer esse tempo todo.

– Não foi a minha cliente quem matou Daniel, foi? Conte ao tribunal o que realmente aconteceu na noite da morte dele, conte a verdade.

Ninguém ouve a minha resposta, abafada por uma explosão de "protestos", tanto do Magrelo quanto do Gorducho. Gritos de "protesto, meritíssimo, ele está intimidando a testemunha". Os dois estão em pé, os dois estão dizendo: ela é menor, ela não está sendo julgada. O júri parece confuso, as canetas já não estão a postos, e sim sendo mastigadas, um homem na primeira fileira está com as mãos erguidas num gesto de "sei lá". June também está de pé, sem a sua cara confiante de costume. Eu só não consigo ver você. Está sorrindo, aposto, adorando o caos que conseguiu causar, orquestrar.

Eu menti.

Foi essa a minha resposta.

Digo outra vez:

– Eu menti.

É preciso que eu diga mais duas vezes: eu menti, eu menti, para o juiz erguer a mão, calar o tribunal.

– Deixem a testemunha falar – diz ele.

Chegou a hora, mãe, o momento que você tanto esperava, o momento em que eu entrego os pontos. Que você ganha.

– Eu menti.

Ninguém além do advogado de defesa move um músculo. Ninguém bate os pés, ninguém cruza ou descruza as pernas, ninguém rabisca anotações. O advogado vem outra vez na minha direção, pousa a mão na madeira na minha frente, um gesto simpático, mas ele não é meu amigo, ele tem fome. Quer comer. Macarrão de letrinhas formando as mentiras que ele vem arrancando devagarinho de mim, a testemunha-chave. Consigo ver aquela noite com tanta clareza, eu estava lá. Sei o que aconteceu.

– Sobre o que você mentiu? – pergunta ele.

Faço que sim com a cabeça, eu posso contar a eles, tudo bem. Tentei ajudar Daniel, fiz tudo o que pude. Quis que ele ficasse seguro, fora de perigo. Verdade. Digo a eles que sinto muito. Sinto muito, mesmo. Verdade. O rosto dos jurados, imóveis. June. Meus advogados. O juiz.

– Sobre o que você mentiu? – pergunta ele outra vez.

– Eu menti para Daniel quando disse pelo buraco que ia ficar tudo bem, eu sabia que não ia ficar, mas disse isso a ele mesmo assim. Eu o traí. Foi assim que menti.

Começo a chorar, lágrimas salgadas vão manchando de vermelho quando meu nariz começa a escorrer. Dá para perceber a decepção do advogado de defesa, seu rosto dá uma pequena enrugada. Ainda não é hora de jantar, sabia?

Agora, vá se foder.

Ele tira a mão, continua a me olhar. Pode olhar o quanto quiser, mas não tem como provar nadinha e o tempo dele se esgotou, e se insistir vai se ferrar feio por hostilizar uma menor de idade, e sabe muito bem disso. Ele se afasta, senta outra vez e diz as palavras que eu estive esperando ouvir.

– Não tenho mais perguntas, meritíssimo.

– Nesse caso, a testemunha pode deixar o banco.

Uma onda. Fria. Uma tristeza despenca sobre mim quando sou liberada. Não me mexo, olho para a tela. Quero correr para você, me enfiar dentro de você e voltar para o seu útero. Reescrever uma história na qual você me amasse de maneira normal. Novinha em folha. O juiz fala outra vez, June faz sinal para eu ir até ela.

– Você está liberada, Milly – diz ele.

Ele também está cansado. Sua peruca, crina de cavalo, pesada. Quente. Ele diz o meu nome, meu novo nome, em voz alta.

Contra as regras. Ela voa em cima daquilo, como um cão de caça em cima de uma raposa.

– O nome dela é Annie.

Todas as cabeças se voltam para você. Você não parece desequilibrada, como o monstro que esperavam. Parece uma mãe preocupada com a filha. Preciso de toda a força de vontade, e mais um pouco, para não correr para você. O tribunal fica sem saber como lidar com o erro do juiz, murmúrios se transformam em exclamações, as vozes aumentam em volume.

– Silêncio no tribunal – diz ele.

Leva mais tempo do que antes para a sala se aquietar, o poder dele, sua credibilidade, diminuído. Ao contrário do seu, cinco palavrinhas saídas de você – é só o que é preciso. Sua voz, um nimbo pairando baixo no ar, ameaçando chover granizo. Uma tempestade.

June toma o meu braço, eu paro para pegar o cristal, então ela me conduz para fora da sala. Não ouço mais eco nenhum na cabeça, em vez disso a sua voz dizendo o meu nome. ANNIE.

Estou de volta à sala pintada de bege, você me segue até lá. Mike e Saskia veem meu rosto e minha blusa.

– Meu nariz sangrou, só isso – eu digo. – Vou ao banheiro me limpar.

– Quer que eu vá com você? – oferece Saskia.

– Não, está tudo bem, obrigada.

– Esperamos você aqui – acrescenta Mike.

Faço que sim.

A porta do banheiro fecha com um trinco, desliza para a direita. Enfio a mão no bolso, a turmalina preta. Não posso fazer nas costelas, a camisa é branca. Baixo as calças. Na coxa, então. Tenho de apertar com força, o lado áspero, não o liso, arranhar a pele. Risco um A. É como o barato de uma droga, de um chicote. A dor me leva até lá, até você.

A DE ANNIE.

Sim, eu sempre vou ser Annie para você, mas para os outros sou Milly. Gêmeas siamesas dentro de mim, em guerra.

Menina boa.

Menina má.

Está orgulhosa de mim, não está? Eu joguei o jogo, talvez até tenha ganhado, mamãe.

Quando volto para a sala de espera, June diz que vai conversar com o tribunal sobre como eu fui tratada pela defesa. Mike os chama de babacas, independentemente de essa ser ou não a função deles. Tudo bem, digo a ele, acabou. Saskia parece aliviada. June nos acompanha até o estacionamento e diz que as coisas devem acontecer rápido, o veredicto pode sair até mesmo na semana que vem.

Aguente firme.

* * *

Mais tarde, em casa, vou até o escritório do Mike; ele quer me ver antes de o fim de semana começar, ter certeza de que estou bem depois do julgamento. Phoebe está em casa quando chego, ainda está de castigo por ter chegado depois do horário, a punição pela festa adiada até depois da viagem com o time de hóquei. Está negociando com o Mike, vendo se ele a deixa sair.

– Ah, por favor, é sexta-feira – reclama ela –, todo mundo vai ao cinema.

– Não – devolve ele –, você está de castigo até segunda-feira.

– Você está sendo tão idiota, pai.

– Para mim, quem fez idiotice foi você.

– E você nunca errou?

– Eu não vou começar essa discussão outra vez, Phoebe, segunda-feira e fim de papo. Agora, meu anjo, se você não se importa, preciso colocar uns assuntos em dia com a Milly.

– Legal. Boa, pai. Valeu, mesmo.

Mais um olhar assassino quando ela passa por mim.

Ele fecha a porta, diz: acho que não sou muito querido no momento, então sorri e diz para eu me sentar.

– Não vou prender você por muito tempo, já foi um dia longo e você parece exausta. Como está se sentindo agora que acabou?

– Não sei direito, ainda não parece real.

– É compreensível. Eu queria dizer o quanto estou orgulhoso de você e que sinto muito pelo fato de a defesa ter tratado você do jeito que tratou. Para ser sincero, eu me sinto um pouco responsável.

– Por quê? A culpa não foi sua.

– Não, mas talvez pudéssemos ter preparado você melhor do que preparamos. Talvez devêssemos ter sido mais francos com você.

— Francos sobre o quê?

— June me ligou um fim de semana para me contar que a sua mãe vinha dizendo umas coisas sobre a noite em que Daniel foi morto.

A conversa que entreouvi quando estava no corredor.

— Não achamos que devíamos contar a você, não era para os advogados abordarem o assunto daquele jeito.

— Que tipo de coisas ela andou falando?

— Absurdos completos, o juiz rejeitou as acusações dela imediatamente. Eu só queria que você não tivesse tido de passar pelo que passou hoje.

— Eu estou bem, sério. Você me ajudou muito, Mike.

— Espero que sim, e pelo menos agora a gente pode se concentrar em você, no trabalho que precisa ser feito para ajudar você a ficar bem.

— Você vai fazer isso comigo?

— Vou fazer o máximo que eu puder, sim.

— O máximo que você puder?

— Não se preocupe com isso hoje, Milly. A única coisa com a qual você precisa se preocupar é em ter uma boa noite de sono, você merece.

Mereço?

Caio rápido no sono, duas noites sem dormir fazem isso, forçam os olhos da gente a fecharem, levam a gente a lugares aonde não se quer ir. Um garotinho no pé da minha cama, olhos grandes e assustados. Estou sem ar, ele diz, estou sem ar.

Subo oito. Depois, outros
quatro. A porta à direita.

Eu juro dizer a verdade, somente a verdade.
E nada mais que a verdade.
Esse, mais o aniversário que você tinha planejado para mim,
É o outro motivo de eu ter ido embora quando fui.
Você estava no trabalho, eu estava sozinha em casa,
não olhando pelo buraco, mas dentro do quarto.
Uma chave sobressalente, eu sabia onde você a escondia.
O corpinho minúsculo enroladinho na cama, no canto.
Ele se mexeu quando entrei, fechei a porta.
Pálido, falta de ar fresco. Olheiras,
ele chamou pela mãe. Sim. Você vai ver sua mãe logo, disse a ele.
Os olhos castanhos, marejados de alívio.
Dei um abraço nele, aqueci seu sangue.
Sua voz na minha cabeça, as coisas que você disse à mãe dele
para que ela o entregasse a você.
E se o seu marido vier atrás de você, Susie? E se ele
machucar o seu filho? Ou coisa pior. Conheço uma pessoa
nos Estados Unidos que trabalha com adoção.
Uma família carinhosa, uma vida melhor para o Daniel.
Não conte a ninguém.
Dei a ele um ursinho para segurar, um dos meus,
com meu nome costurado na orelha.
Feche os olhos, disse a ele, faça um pedido. Eu o segurei com força
durante o pior momento, enquanto o ar deixava os seus pulmões.
Enquanto eu o asfixiava.

Você estava do lado de fora do quarto quando
abri a porta, em casa mais cedo
do que o esperado, sua vez de olhar pelo buraco.
Você me olhou de uma maneira que eu nunca tinha visto.
Essa é a minha menina, você disse. Orgulhosa.
Eu nunca disse a você, mamãe, que fiz aquilo para salvar o Daniel.
Não para agradar você.
Quando eu disse que tinha contado tudo para a polícia, quase tudo.
Estava falando sério.

29

Foi o jeito de ela falar ontem, quando terminamos o brunch de domingo com o Mike e a Saskia e subíamos juntas para os nossos quartos. Então, como foi o seu pequeno procedimento, ela perguntou, o que foi mesmo? Foi bem, obrigada, mas prefiro não falar sobre isso. Ela sorriu, fez que sim com a cabeça e disse: deve ser difícil para você não poder falar sobre as coisas, sobre *várias* coisas. A ênfase em "várias". Uma inquietação, uma semente plantada no meu estômago. A caixa de Pandora sendo aberta. Ela sabe. O que será que ela sabe? Como pode saber? Mike e eu temos tido tanto cuidado, não temos?

Hoje é o último dia para entregarmos os portfólios para o concurso de Artes, a vencedora vai ser anunciada na semana que vem. A primeira coisa que faço quando chego à escola esta manhã é mandar um e-mail para a SK. Combinamos de nos encontrar no fim do dia e quando chego ela diz que estou um pouco atrasada.

– As outras participantes terminaram na semana passada, enquanto você estava... fora.

Não quero ser paranoica, mas aquela pausa, aquela lacuna que ela deixou antes de terminar a frase, como se não soubesse direito por onde eu andei, o que estive fazendo. Devo estar imaginando coisas, como estou fazendo com a Phoebe. Deve ser.

– Por que não expõe todos os seus desenhos na ordem em que os fez e nós escolhemos os cinco melhores?

Enquanto vou abrindo os desenhos que fiz de você, penso no julgamento, que ainda está acontecendo, você sentada numa cadeira, algemada, encarando a possibilidade de prisão perpétua, nenhum contato comigo. Você não lida bem com perdas. Perder Luke mudou tudo, seus desejos ficaram mais sombrios, mais fatais. Você se cansou de sermos só eu e você, raptou o Jayden, o primeiro menino, menos de um ano depois que Luke se foi. O amor é um lubrificante e, embora fosse errado, você o recebia da gente. De quem vai receber agora? Talvez você faça a mulher da cela ao lado da sua engolir a própria língua. Sempre existem possibilidades, você dizia, oportunidades para fazer o mal.

A voz da SK interrompe os meus pensamentos.

– Uau, expostos desse jeito é que dá para ver bem.

– Ver bem o quê? – pergunto.

– A jornada, como se cada um fosse uma peça de um quebra-cabeça.

Então ela me pergunta uma coisa estranha:

– Você está se sentindo mais segura agora que está morando com os Newmonts?

Os desenhos estão bem disfarçados, o rosto borrado, olhos de uma cor diferente dos seus. Não é possível reconhecer o tema, tenho certeza.

– Como assim?

Ela balança a cabeça e diz:

– Deixe para lá. Eu escolheria esses dois, definitivamente, aquele outro lá da ponta e você escolhe os outros dois, talvez alguns que demonstrem bem o uso de sombreamento.

Alguém dá boa-noite quando passa pela porta. A SK diz: espera aí, Janet, é você? Mas a porta do corredor abre e fecha outra vez, ela não deve ter ouvido.

– Me dá só um segundo – diz a SK. – Preciso falar com ela sobre um negócio.

A sala fica vazia, menos agradável quando ela sai. Escolho os dois últimos desenhos, me pego caminhando em direção à mesa dela, a agenda está aberta. Uma anotação num post-it: *pedir mais argila*.

A letra dela é linda, cheia de curvinhas. Fofa. O *g* de argila é longo e se enrosca nas outras letras, um abraço feito de tinta. Tem um pedaço de papel-cartão grosso saindo da última página da agenda. Bege. Caligrafia dourada na frente. Eu o puxo para fora. Um convite de casamento, nomes que não conheço, mas não são os nomes que me interessam, e sim outra coisa, o envelope por trás do convite. Eu o viro, um endereço, o endereço da SK. Sei onde fica a rua, já andei por ela com a Morgan. Coloco o convite e o envelope de volta, ouço a porta do fim do corredor abrir e caminho de volta para os meus desenhos.

– Desculpa. Já decidiu?

– Já, esses cinco.

– Ótima escolha, vai ser difícil ter desenhos melhores, pode apostar. Janet acaba de me lembrar que a galeria Muse, na Portobello Road, está com uma exposição fantástica de desenhos em carvão. É uma pena que seja a última noite, acho que você teria gostado.

– Ainda dá para a gente ir, não dá? Hoje à noite? Eu teria de pedir ao Mike, mas ele não se importaria se fosse pela escola.

– Na verdade, eu estava falando de você, você devia ir. Não era para irmos juntas.

– Ah, sim, desculpa, é só que parece ótimo, mas não acho que o Mike me deixaria ir sozinha.

Ansioso, um pouco superprotetor desde o julgamento, ele me quer em casa toda noite até o veredicto ser anunciado.

– Gostaria muito de ir, Srta. Kemp, especialmente depois do procedimento pelo qual passei na semana passada.

– Sim, e como foi, falando nisso?

– Foi bem, acabou.

– Um alívio, tenho certeza. Não vou prometer nada, já tenho planos para hoje à noite, mas talvez eu tente dar um pulo na galeria, lá por volta das sete. Não seria nada mau dar uma olhadinha. Por que você não vai com o Mike e se a gente se encontrar lá, ótimo.

– Sim, claro, vou pedir a ele. Você vai estar lá às sete, então?

– Vou tentar.

Mike se oferece para me acompanhar até a galeria, eu digo que não, dá para ir a pé. Deixei de fora a parte sobre encontrar a SK, disse a ele que todas as concorrentes do concurso iam. Ele hesitou no início, mas eu o convenci, sou boa nisso. Considerando tudo o que está acontecendo, digo. Ele faz que sim. Compreende.

Antes de eu sair, ele se certifica de que estou levando o celular, me diz que estou uma graça, crescida, até. Espero ter acertado na escolha do vestido. Fico esperando do lado de fora da galeria, acho que ia ser bacana entrarmos juntas. Algumas pessoas entram e saem, eu cheguei um pouco cedo, então quando são sete e dez já estou lá fora há quase vinte minutos, mal consigo sentir os pés, me enrolo bem no casaco da escola. Olho o celular, o que não faz o menor sentido, porque ela não tem o meu número e nem eu o dela.

Quando são sete e vinte, tento continuar calma, me tranquilizo dizendo que ela só se atrasou um pouco, que seu caos artístico vai me envolver quando ela chegar e deixar tudo melhor. Usar bem o tempo e ter disciplina são as chaves do sucesso, você costumava dizer, mas não quero pensar em você.

– A SK não tem nada a ver com você.

– Como? – vem uma resposta.

Eu me dou conta de que disse isso em voz alta quando um trio de mulheres sai da galeria e passa por mim. Murmuro um pedido de desculpas, digo alguma coisa sobre estar treinando falas para uma peça. Elas sorriem, recordando os tempos da escola, há tanto tempo, uma boa época, a julgar pelos sorrisos. Ou talvez porque o tempo dilui as más recordações, e espero que faça isso com as minhas também.

Olho o celular: quinze para as oito, ela não vem, sei disso agora. Quando chego em casa, vou direto para o quarto, abraço uma almofada. Quero a do escritório do Mike, a azul, tão macia.

Você sussurra no meu ouvido, me lembra de que é minha mãe e diz que o que a SK fez foi errado. Cubro a cabeça com o edredom, mas as suas palavras me alcançam ainda assim e depois de um tempo eu começo a escutar o que você tem a dizer, começo a concordar. Você tem razão, sei que tem, o que a SK fez não foi legal.

Ouço quando você responde, a animação na sua voz.

ESSA É A MINHA MENINA, ANNIE. O QUE VOCÊ VAI FAZER? ME DIGA, O QUE VOCÊ VAI FAZER?

30

O veredicto sai na quarta-feira, pouco menos de uma semana depois de eu ir ao tribunal. Olho o celular, como sempre, voltando da escola: três chamadas perdidas do Mike na última meia hora. Entro na página da BBC News, sua foto. A palavra: condenada.

Culpada.

Culpada.

Culpada vezes doze.

Você foi condenada pelos nove homicídios, o juiz deu a sentença imediatamente. Prisão perpétua, sem possibilidade de condicional. Mike está à minha espera ao lado da porta da frente, abre assim que chego. Faço um aceno com a cabeça para que ele saiba que já vi a notícia. Ele diz: venha aqui, shh, está tudo bem.

Achei que ia ficar feliz, aliviada. Que depois do julgamento ia conseguir deixar para trás o que fiz com o Daniel. Fiz o que fiz para ser boa, para o salvar de você, mas ainda assim isso me torna má. Me torna igual a você.

Saskia entra no corredor, afaga as minhas costas.

– Sinto muito, Milly. Mas pelo menos acabou, podemos começar a planejar o seu aniversário – diz.

Quando ergo a vista, vejo Mike fazer que não com os olhos. Cedo demais, ele quer dizer. Ela entende, se mostra aborrecida por ter dito a coisa errada. Mais uma vez.

– Quando você estiver pronta, Milly – diz ela, se afastando.

Mike pergunta se eu gostaria de colocar os assuntos em dia, está ansioso; quer escrever o próximo capítulo do livro, aposto. O dia do veredicto. Digo a ele que não, que eu gostaria de ficar sozinha.

Me sento no chão, encostada no pé da cama. Fico ali pensando em você. Em todo o tempo que passamos juntas. Nas vezes que você ficava ali, sentada na sua poltrona, sem calcinha. Um programa sobre assassinos, colegas, você comentou, embora eu seja melhor do que eles, não vou ser pega. Como vão me pegar? Você apontava as deficiências deles, suas falhas. É porque são homens, você disse, ser mulher me oferece proteção, e você também, a pequena ajudante da mamãe.

Você já deve saber o nome que a imprensa deu a você, já deve ter visto seu rosto na primeira página dos jornais. O seu apelido, meu livro favorito, em negrito:

A ASSASSINA PETER PAN

Acho que você vai gostar, eles captaram bem o espírito da coisa. De qualquer maneira, está fora do seu controle, considerando que está presa e algemada. Os detalhes a mais que proporcionei para a polícia devem ter vazado para a imprensa. As palavras que você sussurrava para cada corpo sem vida deitado naquele quarto, adormecido. Para sempre. É o que você merece por ter deixado a sua mãe. Sua voz, por entre dentes cerrados, enquanto você sibilava nos ouvidos de cada um, mesmo que não pudessem mais ouvir você. Eu tentava dizer que a escolha não tinha sido deles, que suas mães é que os tinham dado. Não, não, não, você gritava comigo, eu não dei o meu filho, ele foi levado. Eles não são o Luke, eu dizia, você não pode substituir um filho. Você me surrava até eu ficar roxa por mencionar o nome dele.

Você me surrava.

Mais inquietante do que a dor é o amor quando ele é errado. Você os embalava nos braços, os pousava devagarinho na cama como se pudessem quebrar, mais ainda ou de novo. Seis meninos. Daniel foi o sétimo, mas não foi você. Seis pequenos príncipes, embrulhados em mantas, pijaminhas novos toda vez. Duas garotinhas. Você não dava a mínima para as meninas. Não me perturbe até eu terminar, você costumava dizer. Terminar o quê?

De se despedir.

Todas as vezes, era nisso que a coisa se resumia. Nos rituais, em vestir os garotinhos com pijamas. Luke estava de pijama na noite em que foi embora, quando descobriram que ele ateou fogo à agência dos correios do nosso vilarejo; por sorte o apartamento que ficava em cima estava vazio na hora. Ele tinha onze anos.

"Ois" são importantes, é com eles que começamos, mas roubar um adeus, não dar a você a oportunidade de segurar Luke nos braços uma última vez antes de ele ser levado? Para você isso foi o maior dos pecados.

Perco o fio da meada quando a porta do meu quarto abre e a Phoebe entra. Ela não diz nada, fica ali em pé, baixa a vista para me olhar e fica me encarando.

– O que você está olhando? – pergunto.

Ela não responde. Piranhas minúsculas começam a me rasgar por dentro.

Todos os cavalos e homens do Rei a arfar.

Ela me encara mais um pouco, então sai devagarinho sem se dar ao trabalho de fechar a porta.

* * *

Me reúno com Mike depois do jantar, ele me pergunta como me sinto quanto ao veredicto. Mal, digo a ele, nada como esperava me sentir. Ele conversou com June, queria detalhes do que tinha acontecido no tribunal, me pergunta por que eu nunca contei a ninguém que tinha ficado em casa sozinha com Daniel. Tive medo, respondo, eu sabia que minha mãe talvez tentasse me culpar. E você, você ainda se culpa?, ele me pergunta. Sim, digo a ele, eu sempre vou me culpar. Por quê?, ele insiste. Por que não?, devolvo. Ele me olha de um jeito estranho, me examina um pouco demais, mas deixa para lá.

Mais tarde eu pego os outros desenhos que fiz de você, os que não inscrevi no concurso. Não sei explicar por que é tão reconfortante olhar para você. Mas é. O que não é reconfortante é a sensação dos olhos da Phoebe em cima de mim. Entrando no meu quarto, me encarando.

Me dói fazer isso, mas rasgo os desenhos até você não ser nada mais do que uma pilha de olhos, lábios e orelhas. Quero seguir em frente, quero uma casa normal, cheia de coisas normais. Mike me perguntou certa vez o que eu queria da vida. Aceitar. Essa foi a minha resposta. Aceitar de onde eu vim e quem sou, ser capaz de acreditar e de provar que o formato estranho no qual você moldou o meu coração pode ser moldado de outra forma. E vai ser, Milly, ele respondeu, espere só para ver. Mas ele não tem ideia da estranheza do formato. Junto os desenhos rasgados, jogo na lata de lixo do banheiro. Mais ou menos uma hora depois, tiro de lá, colo tudo outra vez com durex.

A mensagem da Morgan chega depois da meia-noite, você está acordada?, ela pergunta, preciso ver você. Digo a ela para vir até a sacada e quando ela chega parece menor do que antes, como se tivesse encolhido um ou dois tamanhos de roupa. Abro a porta. O ar frio chega invadindo tudo, o emissário brincalhão do inverno enche cada canto, dança. Zomba de nós. A boca da Morgan está ensanguentada e inchada, a pele do lado esquerdo da testa está esfolada, como se tivesse sido esfregada num tapete. Eu a pego pela mão, trago para dentro do quarto, fecho a porta e tranco. Verifico duas vezes.

– O que foi que aconteceu?

Ela balança a cabeça, movimentos curtos e rígidos, os olhos colados no chão.

– Eu não sabia aonde ir – responde ela.

Os dedos dela circulam no ar, atando e desatando nós imaginários. Vou até o abajur da mesa de cabeceira e o acendo. Seus jeans estão manchados e um cheiro ao mesmo tempo salgado e azedo sai do seu corpo. Um leve cheiro de bebida no seu hálito.

– Está machucada em mais algum lugar?

Ela limpa o nariz com a manga, mas ele volta a escorrer na mesma hora, um líquido transparente saindo da boca. Seu queixo começa a tremer. Sem lágrimas. O choque do que aconteceu não as deixa cair. Pego a caixa de lenços de papel que está no chão, ao lado da cama.

– Tome.

Ergo o braço para jogar a caixa para ela, ela se assusta, se encolhe um pouco. Baixo a mão, sinto vontade de dizer: sou eu, não tenha medo, mas aí lembro que já a machuquei uma vez.

– Pode dormir aqui essa noite.

Ela faz que não com a cabeça.

– Pode, sim, eu ajudo você, vai ficar tudo bem.

– E se alguém entrar?

– Não vai entrar, estão todos dormindo.

Tiro um pijama da gaveta, de algodão macio. Você me castigaria por cuidar dela, não é um menino, você diria, meninas não precisam de carinho. Não, eu responderia, ela não é um menino, mas é importante para mim.

A luz do abajur é fraca, mas, quando a ajudo a tirar a blusa, vejo os hematomas começarem a se formar. Uma marca de sapato do lado das costelas. Pouso as mãos dela nos meus ombros enquanto me abaixo e levanto suas pernas, uma de cada vez, para colocar no pijama. Fico de pé, suas mãos continuam nos meus ombros. Ficamos assim um tempo, uma de frente para a outra. Acabo me afastando, junto suas roupas numa pilha e coloco na cadeira que fica ao lado da porta da sacada.

– Senta na cama, vou pegar uma toalha para o seu rosto.

Ela faz uma careta de dor enquanto limpo o sangue do inchaço ao redor da boca.

– Quem fez isso?

– Eu queria que ele estivesse morto – responde ela.

– Quem?

– Meu tio.

Ela começa a chorar, eu a abraço, nos embalo para a frente e para trás, começo a cantarolar: *Que cor é a flor maravilha, verde e azul...* A respiração dela se acalma, as lágrimas param de cair.

– Eu adoro essa música – diz ela.

– Eu sei. Deite, você precisa descansar.

Ela se deita sem reclamar, vira de lado para mim, puxa os joelhos até o peito. Eu a cubro com o edredom e com mais um cobertor. Seus olhos se fecham. Ela empurra um dos travesseiros de debaixo da cabeça para o chão.

– Só tenho um em casa – diz.

Me sento ao seu lado na cama, observo seu rosto contrair e relaxar enquanto ela tenta esquecer o que aconteceu. Você vai ficar segura, fora de perigo, Morgan. Não posso fazer nada a respeito do tio dela, mas com ela é outra história. Fora de perigo, isso eu posso fazer. Pego o travesseiro, penso no quanto ela gostaria da Terra do Nunca, um lugar onde os sonhos nascem e onde nunca se planeja o tempo, mas ela se mexe, esfrega os olhos, os punhos cerrados igual a uma criança pequena quando está cansada. Ela abre os olhos, olha para mim, para o travesseiro na minha mão, me pergunta o que estou fazendo.

– Nada, só colocando de volta na cama.

– Eu estou segura aqui, não estou, Mil?

– Está.

– Que bom – diz ela, com uma vozinha fraca.

Quando acordo de manhã, ela se foi. O pijama ao pé da cama, numa pilha minúscula.

31

Não vi Phoebe em casa esta manhã, mas ela e a Izzy são as primeiras pessoas que vejo quando entro na reunião da escola na quinta-feira. Sento na fileira atrás da delas, algumas poltronas para a esquerda. Presto atenção nas conversas à minha volta, atrás de qualquer pista de que as pessoas já sabem, mas é o mesmo de sempre. Penteados e garotos, planos para o Natal, quem ainda precisa de entradas para a peça. O órgão começa, nós nos levantamos enquanto os professores sobem ao palco. Uma menina mais nova, do primeiro ano, acho, faz uma apresentação sobre "Favores em Cadeia", as coisas que podemos fazer pelos necessitados durante as festas de fim de ano. Ela recebe muitos aplausos. A Srta. James se levanta para fazer os seus anúncios semanais, fala da reforma proposta para a sala de reuniões das alunas do último ano, se alguém tiver interesse em fazer captação de recursos, favor se dirigir à Sra. McDowell, na secretaria. Mais dois outros itens relacionados à ordem das apresentações da nossa peça e o último comunicado é:

– A vencedora do concurso de Artes Sula Norman deste ano é Milly Barnes, do terceiro ano.

As palmas são poucas; melhor que nenhuma. A Srta. James continua e diz que meu nome será gravado em tinta dourada no quadro de prêmios da escadaria que leva ao auditório e pede que eu me encontre com a Srta. Kemp para maiores detalhes. Me sinto incomodada, não por causa do elogio público, mas porque não vejo a SK desde o dia em que ela devia ter ido me encontrar na galeria. E porque sinto os olhos da Phoebe em mim. Quando olho para ela, desvia o olhar imediatamente.

A SK me encontra na biblioteca na hora do almoço, tentando escrever um trabalho de história. Já li e reli a mesma frase mil vezes. Ela sorri ao se aproximar.

– Parabéns, achei mesmo que você ia ganhar. Os pais da Sula e o dono da galeria adoraram os seus desenhos, foi uma decisão unânime.

– Obrigada.

– Você devia ficar muito orgulhosa, ainda mais considerando tudo o que...

Ela para, mas é tarde demais; a expressão em seu rosto, o nervosismo ao tentar ajeitar cada camada de contas ao redor do pescoço, depois os anéis – são sinais claros.

– Considerando tudo o quê?

Ela senta ao meu lado. Minhas suspeitas estavam certas quando estive com ela na segunda-feira.

– Por isso você não foi.

– Não fui aonde? – pergunta ela.

– À galeria. Você disse que me encontraria às sete, eu esperei mais de meia hora.

– Está falando de segunda-feira? Ah, Milly, eu disse que ia tentar, mas que não podia prometer nada.

– Tudo bem, eu entendo.

– Não é o que parece, minha amiga chegou mais cedo do que o combinado, nós saímos. Eu esqueci. Desculpa.

Ela inspira pelo nariz, vai soltando o ar devagarinho, as bochechas inflam. Inclina o corpo na minha direção, o cheiro de lavanda.

– Eu sentia que tinha alguma coisa acontecendo, Milly. Os desenhos; os e-mails; o presente que você tentou me dar; as suas faltas. Conversei com a Srta. James outra vez e ela acabou me contando sobre, bem, de onde você veio.

Conto os livros na prateleira acima da cabeça dela. Chego a onze quando ela diz:

– Sei sobre a sua mãe, Milly.

– É por isso que você não quer mais ser minha orientadora.

– Esse não é o motivo, de forma alguma, mas talvez tivesse ajudado se eu soubesse.

– Você assinou os seus e-mails como SK.

– Desculpe, não estou entendendo.

– Pensei que gostasse de mim.

– E gosto, mas assino todos os meus e-mails como SK, faço isso há anos. Desculpe se lhe passei a impressão errada. Eu teria sido mais cuidadosa se tivesse sabido.

Um banner aparece no canto superior direito da tela do meu notebook avisando a chegada de um e-mail: "Nova publicação na página do terceiro ano". Clico no link, leva um tempo para abrir, uma imagem sendo baixada.

A imagem é uma foto de você.

O título: "[ENQUETE] A bruxa má que DEVIA estar morta".

Embaixo, dois ícones de polegares. Um virado para cima, outro virado para baixo. Vote se você concorda. Dezessete votos até agora. Um polegar para baixo.

Bato a tampa do notebook, levanto, minha cadeira vira, cai no chão com um estrondo. Não. Consigo. Me. Mexer. Não. Consigo. Andar.

A SK se levanta e pergunta:

– Milly, o que foi?

Bruxa má. DEVIA estar morta. Você. Você devia estar morta, é isso que estão votando e eu sei quem é a próxima.

A bibliotecária se aproxima e pergunta se está tudo bem.

– Não sei. Milly? Está tudo bem?

– Eu preciso ir.

– Ir aonde? O que foi que aconteceu?

– Não posso falar, desculpa – digo, juntando minhas coisas e me afastando.

– Desculpas pelo quê? Aonde você vai? Ainda não falei com você sobre o prêmio.

Vou direto para a enfermaria. Uma máquina de escrever escondida dentro da minha cabeça vai datilografando as palavras enquanto ando: Phoebe sabe. Phoebe sabe.

E logo todo mundo vai saber, se é que já não sabe.

– Não estou me sentindo muito bem, Srta. Jones, será que posso ir para casa, por favor?

– Está mesmo um pouco pálida. Alguma ideia do que pode ser?

– Acho que é uma enxaqueca.

– É mesmo, me lembro de ter visto no seu formulário médico que você sofre disso. Preciso ligar para os Newmonts. São os seus responsáveis, não são?

– Sim.

O relógio da parede faz um tique-taque baixinho, um ritmo hipnótico como o do meu quarto na noite que a polícia veio. Estou sentindo a mesma coisa que senti naquele dia, a espera, o desejo de que aquilo acabasse logo. Só que desta vez não sei dizer o que é "aquilo".

– Tudo bem, conversei com o Sr. Newmont. Ou ele ou a esposa vão estar em casa daqui a uma ou duas horas, a empregada está lá agora. Consegue ir sozinha?

Faço que sim.

– Ótimo, bem, melhoras, descanse e tome muito líquido.

Sevita está à minha espera quando chego.

– Olá, Milly, quer almoçar?

– Não, obrigada, vou direto para a cama, não estou me sentindo muito bem.

– Tudo bem, vou estar na lavanderia.

Vejo a mão dela cruzar o peito enquanto se afasta: está se benzendo. Uma prece por mim ou por ela. Sozinha em casa. Comigo.

Caminho de um lado para o outro do quarto por um tempo, preciso pensar com clareza. Será que a Phoebe sabe? A publicação na página foi direcionada a mim ou foi só uma brincadeira doentia ligada ao veredicto? Encurralada. Eu. Sem saída. Lutar, fugir. Para onde eu iria se fugisse? Alguém como eu não tem para onde ir.

Tenho de descobrir o que a Phoebe sabe e se mais alguém também sabe. Para quem ela teria contado? Clondine? Izzy? Todas as meninas da minha série, talvez, mas eu vi algumas delas na saída da escola e nada aconteceu. Teriam dito alguma coisa se soubessem. Sento na cama e tento silenciar a mente, o tempo todo vendo a areia deslizar na ampulheta. Eu me levanto e volto a andar de um lado para o outro. Pense, droga, pense. Tenho uma ideia brilhante quando vejo meu notebook saindo da bolsa da escola.

A porta que eu abro, não devia abrir, não é a minha. Uma das regras da casa, quartos são privados, é proibido entrar no de outra pessoa sem permissão. Mike. Essa é a ideia dele de utopia doméstica, mas não tem ninguém aqui a quem eu possa pedir, então eu mesma me dou permissão. O quarto dela é um clichê; eu já tinha vindo aqui durante as férias. Pôsteres e cor-de-rosa, um perfume doce no ar. Algodão doce. Caramelo. Açúcar e especiarias. Tiras de fotos instantâneas dela com as amigas coladas na parede acima da escrivaninha.

Luzinhas de Natal no formato de corações, penduradas no pé da cama. Uma gruta. Um trenó de princesa, uma rainha de gelo. Tubos grudentos de brilho labial em cima da mesa de cabeceira, parecendo as pedras do Stonehenge. Nunca se sabe quem a gente vai encontrar nos sonhos. Eu sei.

Encontro o que procuro na gaveta do meio da escrivaninha. Estou com sorte. Poderia estar na escola com ela, mas sei que raramente o leva, prefere o celular, é nele que tudo acontece. Tiro o notebook lá de dentro, ligo, a conta do e-mail já na tela, uma mensagem nova. Não posso me arriscar a ler – ela saberia que foi aberta –, mas leio as mensagens mais recentes trocadas entre ela e o Sam, nas quais ela conta que se sente sozinha, que odeia a própria vida, que queria poder morar na Itália com ele. O último e-mail que mandou foi ontem, tarde da noite, mencionando umas anotações que viu no escritório do Mike a meu respeito. Acha que eu talvez tenha alguma relação com a Assassina Peter Pan, que é esquisito para cacete porque eu sou a cara dela.

A mensagem que ainda não foi lida é a resposta dele. O que será que ele disse? O que será que ela vai fazer?

Coloco o notebook de volta onde o encontrei, saio, fecho a porta, desço o corredor em direção ao meu quarto. Deito na minha cama até ficar escuro lá fora. Até a enxaqueca me dar uma trégua e não fazer mais pressão na minha nuca ou beliscar o topo da minha espinha. Viro de lado, abro os olhos, a cabeça dói menos agora, mas, quando examino o quarto, começa a doer mais ainda. O que será que a Phoebe vai fazer? O que vai acontecer comigo? Para onde eu vou?

Não aguento mais ficar deitada, então desço. A Saskia e o Mike estão conversando com a Phoebe na sala de TV. Procuro algum sinal de que ela tenha contado a eles o que acha que sabe, mas não parece ter nada errado.

– Viu só, Mike, ela está bem, não tem motivo para ficar preocupado de sairmos – diz Saskia.

Phoebe não me olha nos olhos, deixa a sala logo depois que eu entro.

– Aonde vocês vão? – pergunto.

– Sas e eu fomos convidados para jantar na casa dos Bowens hoje à noite, mas, considerando que você não está bem, achei que devíamos ficar em casa.

– Estou melhor depois que descansei.

Talvez se eles saírem eu consiga conversar com a Phoebe, fazer com que a gente se entenda e a convencer de que sou diferente de você.

– Não sei se devíamos ir, você passou por muita coisa recentemente – diz Mike.

– Estou bem, sério, e preciso colocar uns deveres de casa em dia.

– Eu quero acreditar que você nos contaria se não estivesse bem, Milly, é para isso que estamos aqui.

– Mike, ela disse que está bem, não disse? De qualquer forma, nós cancelamos da última vez, devíamos ir hoje.

Mike faz que sim, percebe que foi vencido. Quando já estão prontos, ele atrasa a saída, usa uma série de táticas para perder tempo: folheia as correspondências na prateleira ao lado da porta, usa o pé para rearrumar as pilhas de sapatos do chão. Comenta que o piso da varanda podia ser trocado.

– O que acha de eu medir agora, rapidinho? – pergunta ele.

– Não, já estamos atrasados, vamos embora – diz Saskia.

Não é maternal, o instinto dele, mas ele sente algum tipo de tensão na casa. Faz uma última tentativa.

– E Rosie? Ela precisa sair para passear.

– Uma das meninas pode fazer isso – devolve Saskia.

– Tem certeza de que não se importa se a gente for, Milly?

– Está tudo bem.

– O telefone dos Bowens está no quadro negro, ligue para a gente se precisar de qualquer coisa, qualquer coisa mesmo – diz ele antes de saírem.

Não sei o que fazer. Se devo subir até o quarto da Phoebe e bater na porta. Perguntar se posso conversar uma coisa com ela, mas não sei direito o que dizer. Eu me sento num dos sofás da sala de TV para pensar, Rosie aos meus pés. Seus ouvidos sensíveis ouvem primeiro, um movimento no andar de cima. Ela senta, inclina a cabeça, ouve os passos da Phoebe descendo a escada. Ela chama Rosie, mas a cachorra não se mexe. Chama outra vez, dessa vez com mais impaciência. Mais firmeza.

– Está aqui dentro, comigo – aviso.

Ela não responde na hora, deve ter pensado que eu estava em algum outro lugar da casa. Então, diz sem entrar na sala:

– Ela precisa sair para passear, minha mãe acabou de me mandar uma mensagem.

Rosie se levanta quando ouve o verbo passear, sai em direção ao corredor atrás da Phoebe.

– Caralho, deixa que eu levo, então.

Quando entra na sala de TV, me ignora, vai até a porta do quintal e abre. Rosie a segue, mas não sai, senta no vão da porta aberta.

– Fora, já.

Ainda assim, ela não se mexe, então Phoebe agarra a cachorra pela coleira e a arrasta até o quintal. As luzes de segurança acendem. Mesmo sem casaco, ela fica com a cachorra e, pelo ar que está entrando, sei que está gelado lá fora. Quando Rosie termina, Phoebe a traz para dentro, fecha a porta, os olhos grudados no celular. Os meus nela. É agora ou nunca.

– Posso conversar com você sobre uma coisa, Phoebe?

Ela ergue a vista do celular, mas não consegue olhar diretamente para mim, os olhos desviam para todos os lados.

– Depende.

– Sei que a gente não tem se dado muito bem, mas eu queria que isso mudasse.

– Não faz sentido.

– Por quê?

– Você não vai ficar aqui muito mais tempo.

– Eu gostaria de ficar o máximo de tempo que puder.

– Não depende de você, depende?

Eu me levanto, ela olha para mim e pergunta:

– O que está fazendo? Um amigo meu está vindo para cá, vai chegar daqui a um minuto.

Ela tem medo. Não quero que tenha. Quero dizer que juntas podíamos ser as donas do mundo, um time de matar, com perdão do trocadilho. Ela passa direto por mim, chega até a porta e, antes de sair, diz:

– Antes de você se dar conta, meu pai já vai ter colocado alguma outra desgraçada no seu quarto. Vai ser como se você nunca tivesse existido.

32

No dia seguinte, quando estou saindo do pátio da escola, Phoebe está lá com Clondine e Izzy. Clondine sorri, mas as outras duas me dão as costas. Quanto tempo será que tenho até os sorrisos e o "gelo" se transformarem em encaradas e dedos apontados? É aquela ali, dá para acreditar? A filha da Assassina Peter Pan.

Quando chego em casa, Mike e Saskia estão à minha espera. Bem na hora, diz ele, queríamos conversar com você antes do fim de semana. Saskia não me olha nos olhos quando me sento, Mike se oferece para fazer chá, nenhuma de nós duas responde.

– Queríamos lhe dizer, Sas e eu, que estamos muito orgulhosos de você, do que conseguiu fazer. Não existem muitas outras adolescentes que conheço que teriam sido capazes de lidar com uma pressão tão grande, e com tanta maturidade, mas, agora que o julgamento terminou, precisamos seguir em frente e discutir o que o futuro reserva.

Só faz dois dias que saiu o veredicto. Mal. Podem. Esperar. Para se livrarem de mim.

– June e a equipe do serviço social vêm procurando um lar permanente para você. Acham que talvez tenham encontrado uma família em potencial no interior, perto de Oxford; parece que tem muito espaço e campos ao ar livre e dois cachorros. Ainda não está confirmado. É claro que vocês precisam se conhecer antes e ver se vocês se dão bem, mas parece bastante promissor. O que acha da ideia?

– Pelo visto não tenho muita escolha.

– Não queremos que se sinta assim, só estamos tentando ver o que é melhor para você.

– Quando vou embora?

– Milly, por favor, não seja assim – pede Mike.

Cruzo os braços, procuro os contornos das minhas cicatrizes. Viro o rosto para longe dos dois.

– Gostaríamos muito de comemorar o seu aniversário com você, que terminasse o semestre na escola e vamos ter de bolar alguma coisa para a exposição do concurso de Artes.

Tarde demais, a essa altura todo mundo já vai saber. Segredo. Revelado.

– Eu me sinto tão idiota.

– Como assim? – pergunta Mike.

– Pensei que vocês gostassem de mim.

– E gostamos – responde Saskia. – Muito.

– Sas tem razão – concorda Mike. – Mas a sua estadia aqui nunca teve a intenção de ser algo definitivo, conversamos sobre isso no hospital, lembra?

Nunca teve a intenção de ser definitiva por causa da Phoebe. Açúcar, especiarias e tudo o mais.

– Como falamos, nada foi confirmado ainda, mas estamos combinando uma visita preliminar com a família de Oxford, talvez até mesmo no fim de semana que vem.

Quanto mais cedo, melhor, todos eles acham.

É de manhã cedinho e minha mente está clara, pela primeira vez em muito tempo. Nenhuma batalha sendo travada dentro de mim, me puxando de um lado para o outro. Acho que já sei há algum tempo que meu lugar não é aqui. Que não me encaixo. Também sei há algum tempo que talvez não exista lugar para uma pessoa como eu. Se eu tivesse sabido disso antes de deixar você, talvez tivesse ficado, aninhada num peito que, mesmo não me dando exatamente o que se pode chamar de amor, era um lugar que eu conhecia. Pássaros de um mesmo bando.

Tiro a meia da gaveta das calcinhas, viro nas mãos os comprimidos que venho escondendo, meses enganando Mike. Vou para o banheiro e os coloco no chão, levo o notebook comigo, passo o trinco na porta; não pode ser aberta por fora. Olho para os comprimidos, estou certa de que tem o suficiente ali. Eu me sento, notebook em cima dos joelhos, uma pasta oculta em Documentos com o nome:

Você.

Pego uns comprimidos, engulo bebendo meia garrafa de água que deixei ao lado da pia. Assisto aos vídeos de você chegando numa van. Vidros fumê iguais aos do carro do Mike quando eu, também, fui ao tribunal. O vídeo seguinte é do último dia do julgamento. Veredicto. Doze vezes culpada. A multidão avança enquanto a van que transporta você vai deixando o Palácio da Justiça, a imprensa com suas máquinas fotográficas lá no alto. Encho a boca de comprimidos, uma mistura de pílulas azuis e brancas, algumas cor-de-rosa, também. Pauso quando você aparece na tela. O banheiro fica um pouco embaçado depois de mais ou menos uma hora, meu corpo, cheio de areia, escorrega um pouco pela parede. Sinto vontade de rir, estou dopada, mas não lembro como nem a última vez que ri.

Tomo o resto dos comprimidos, um bom punhado. A maioria deles rosa, não com o efeito feliz e açucarado do quarto da Phoebe, e sim o de me fazer não pensar em mais nada até o fim. Tomo um gole d'água, a boca seca, uma lesma feita de giz serpenteia garganta abaixo. Fecho a tampa do notebook, me levanto usando a lateral da pia como apoio.

Desta vez quero me olhar no espelho, quero ver você antes de partir, mas minhas mãos escorregam da pia, o espelho derrete. Pontinhos de luz brilhantes dentro dos meus olhos. Estrelas cadentes. Fazer um pedido, para quê? Estou cansada, tão cansada.

Me deito na cama, não, acho que é a banheira. As cortinas do boxe se movem nas minhas mãos, tenho de me cobrir rápido, o celular a postos, ela tira fotos de mim, lembra? Quatorze azulejos no pé da banheira, eu contei na noite antes de o seu julgamento começar, quando não conseguia dormir. Minha cabeça cai sobre o peito, um local para descansar, a barriga cheia de comprimidos.

Sou puxada. Minhas pernas.

Arrastada para o inferno.

Subo oito. Depois, outros quatro. A porta à direita.

Agora que estou morta, vão encontrar as coisas que escondo.
Os desenhos de você colados com fita adesiva.
Doente, é o que vão dizer de mim. Doente como a mãe.
Além das outras coisas.
O primeiro foi sem querer; eu, de quatro, limpando o quarto.
Um cubinho de açúcar no chão. Não. O dente de leite de um dos meninos.
Foi parar dentro do meu bolso.
Depois disso, eu olhei, procurei. Um pedacinho
aqui e outro ali, roupas, objetos
de todos os nove, uma obsessão minha, contrabandeada
para fora de casa na minha mala
na noite que você foi presa.
Por que guardei essas coisas?
Não são tesouros para as fadas, não ficam debaixo do meu travesseiro.
A resposta: foi a minha forma de cuidar deles.
Jayden. Ben. Olivia. Stuart. Kian. Alex. Sarah. Max. Daniel.
Nove anjinhos que eu quis ajudar.
Você nunca soube que estavam comigo.
Ninguém sabia.

33

Tubos.

Dentro de mim.

Luzes.

Acima de mim.

Garganta seca, engasgando. Uma agulha no dorso da mão, um formato de borboleta. Meu rosto úmido, um pequeno rio. Lágrimas. Não quero chorar, não tem por quê. Sentir. Medo. Nada a temer. Temer nada. Temer tudo.

Tem alguém aí?

Mãos frias colidem com a minha pele. Cutucam. Viram. Dedos abrindo os meus olhos à força. Um feixe de luz, uma lanterna do tamanho de uma caneta ataca uma pupila de cada vez. Uma voz com sotaque conta a história de uma overdose adolescente, uma lavagem gástrica. Tentativa de suicídio. Inúmeros comprimidos. Sorte.

Se é assim que prefere chamar.

Uma linguagem de números e letras, sangue e coisas. Coisas e sangue. Discutidos. Um jaleco branco, uma prancheta nos braços, ela olha para uma ficha. Faz uma pausa.

Aumente a sedação, diz o jaleco branco.

Sinto minhas pernas serem puxadas mais uma vez.

Quando acordo, Mike está ao meu lado. O ar escapa do meu coração, um balão desinfla. Ele está despedaçado, o corpo curvado por cima da cama. Não consigo falar, perdi a voz, perdi mais que isso. Aperto a mão dele, ele olha para mim.

– Milly, você está acordada. Graças a Deus que está acordada.

Tento responder, dizer que sinto muito por ele não ter conseguido me consertar, eu me odeio, sou má por dentro.

– Não tente falar, você precisa descansar – diz ele.

Ele aperta um botão acima da minha cabeça. Pontos de interrogação reluzindo nas minhas pupilas, ele consegue ler, me conta uma história. Minha história.

– Você teve uma overdose, não desceu para tomar café, então fui atrás de você, a porta do banheiro estava trancada, tivemos de arrombar. Você passou por uma lavagem gástrica e ainda está muito sedada, é capaz de tudo ficar um pouco confuso por um tempo, mas você vai ficar bem.

A porta do meu quarto abre, eu faço força para enxergar, mas o cabelo loiro a entrega.

– Ela está acordada.

– Está, sim, ainda grogue por causa dos remédios, mas acordada.

Saskia não vem até a minha cabeceira, fica para trás, mas diz: que bom, eu fico feliz, devemos chamar alguém?

– Já chamei, uma das enfermeiras deve chegar a qualquer instante. Tudo bem, Milly?

Faço que sim, mas não sei se vou durar muito mais tempo. Pálpebras, pesadas. Mike, uma mancha. Borrada. O quarto é um barco. Enjoada. Uma sombra, brilhosa e imensa, uma baleia nada por baixo, vem à tona ao meu lado, a boca escancarada. Olho lá dentro. Um erro. Cometi tantos. Eles me olham de volta, seus rostos assustados, as mãos estendidas para mim. Inclino o corpo para fora do barco o máximo que posso, quero salvar os anjinhos. Uma voz diz "Não". Nunca o ouvi falar, mas acho que é Deus, aquele em quem eu não acredito. Ele ri. Sem parar, sem piedade. O mar fica bravo, não consigo mais alcançar as crianças. Nove, se eu contar. Deixam a cabeça pender, sabem o que os aguarda, a baleia fecha a boca, mergulha para longe. Sou puxada de volta para o branco, o quarto claro demais. A enfermeira conversa com Mike e Saskia, venham comigo, por favor, June está aqui. Da próxima vez que abro os olhos, Phoebe está aqui. Está? Sorria para a câmera, estrupício. Não, por favor, não faça isso, minha voz é um sussurro, uma estrangeira para mim. Tarde demais. Um flash nos meus olhos. Você é a cara da sua mãe. Fecho os olhos, abro logo em seguida, mas ela não está aqui, nunca esteve, minha mente está brincando comigo.

Tem uma TV na parede, ligada, mas sem volume, legendas no pé da tela. Manchetes sobre uma barca que afundou e só por um segundo eu pensei ter visto o seu rosto. Um aparelho à minha esquerda, até então emitindo um som de ritmo sonolento e constante, agora faz mais barulho, ligado ao meu coração, registra uma reação a você. Tento acalmar a respiração, mas os bipes ficam mais rápidos, fecho os olhos, me puxem outra vez, por favor. Volto a olhar para a TV, o jornal terminou, se é que realmente tinha passado, em vez dele um jogo, os participantes inventam palavras.

Tento me sentar, não tenho força nos braços. A conversa entre June, Saskia e Mike. Para onde eu vou? Agora a família nova não vai mais me querer. Não sabemos se podemos ficar com esse tipo de pessoa na nossa casa, vão dizer, não é melhor para ela ficar onde está? Sim, é, eu me dou conta agora. Quero ficar. Espaço para nós duas, para a Phoebe e para mim. Por favor.

Presto atenção à TV outra vez, seu rosto enche a tela. Embaixo, uma palavra pisca. Ampliada:

FORAGIDA

Você faz um aceno com a cabeça e sorri, me avisa que está vindo atrás de mim. Ouço alguém gritar e me dou conta de que sou eu. Me debato na cama, a borboleta na minha mão sai voando, outros tubos e fios voam junto. O aparelho que monitora o meu coração soa um alarme, um som monótono e contínuo, o fio soltou, não consegue encontrar meus batimentos. Sem coração. Não. Encontra. Meu. Coração. Um médico entra correndo, calma, calma, diz, empurrando os meus ombros para baixo, na cama. Mike e Saskia entram no quarto em seguida. O médico berra para alguém pegar 5mg de Olanzapina, intramuscular.

– Ela vem atrás de mim – eu me ouço dizer.

– Ninguém vem atrás de você, Milly, você está segura.

Os nove anjinhos observam do canto do quarto, cabeças baixas, olhos marejados, bocas arqueadas para baixo.

Um jaleco branco.

Uma agulha.

Sono.

34

Sou transferida da ala médica para a unidade de psiquiatria adolescente. Não vai ser por muito tempo, imagina Mike, uma internação curta e focada na revisão da sua medicação. Não mais que uma semana. Não conseguiu me olhar nos olhos quando disse medicação, como se a culpa fosse dele. Foi desatento demais quanto à administração dos remédios, pensa.

Uma enfermeira monitora cada movimento meu; chamam isso de observação constante. Cara a cara. Tem uma prancheta pendurada na parede do lado de fora do meu quarto, de hora em hora, na hora exata, um tique na página.

Banheiro. Tique. Almoço. Tique. Viva. Tique.

Posso ser deixada sozinha? Não.

Posso usar a internet? Não.

Posso ir embora?

Um lento balançar da cabeça.

Dessa vez eu obedeço às regras, até mesmo tomo os comprimidos que me dão, talvez ajudem, já que durmo por horas e não vejo você nem uma vez. June veio aqui duas vezes, disse que minha permanência na casa dos Newmonts foi estendida até depois do Natal, mas que depois disso vou ser transferida para outra família. Pergunto se a Phoebe sabe o que aconteceu. Não. Acha que você teve apendicite, Mike disse a ela que houve complicações, mas que você logo vai voltar para casa.

Como será que ela vai fazer?, eu me pergunto. Como vai fazer para contar para todo mundo quem sou?

A menina do quarto vizinho também me visita algumas vezes. Sempre abraçada com uma coelhinha de pelúcia. Fluoxetina, essa é a Milly. Milly, esse é a Fluoxetina.

Por que o nome dela é Fluoxetina?, perguntei. Ela riu e respondeu numa vozinha cantada: meu psiquiatra me pergunta a mesma coisa. Ontem ela veio ao meu quarto, ficou ao lado da minha cama acariciando as partezinhas cor-de-rosa de dentro das orelhas da coelhinha, e disse: eu digo para o psiquiatra que chamo a coelhinha de Fluoxetina porque ela me faz sentir melhor.

Josie, saia do quarto da Milly, disse uma das enfermeiras.

Rápido, disse a menina, me dê a sua mão. Guiou o meu dedo por um buraco nos pelos da coelhinha: mais uma barriga cheia de comprimidos. Mas na verdade é porque a coelhinha também gosta de Fluoxetina, disse ela, piscando para mim e dando piruetas para fora do quarto.

Comprimidinhos azuis, presentes dos deuses ou dos psiquiatras que os receitam e acham que são deuses. Quero dizer a ela para os tomar, para fazer o que mandam, mas eu já fui como ela, escondendo os meus. Tome, não tome, placebo escrito ao contrário é Obecalp. 10mg de Obecalp para a menina no quarto cinco, por favor. Aprendi rápido no primeiro abrigo onde me colocaram, entendi logo a linguagem que usavam para tentar enganar a gente. Pensando bem, talvez eu é que estivesse me enganando, porque depois de quase uma semana aqui, tomando meus comprimidos e conversando com as enfermeiras, me sinto melhor.

Quase bem.

A junta médica que decidiu a minha alta foi hoje. Mike, Saskia e June estavam presentes. Na psiquiatria, sentamos em círculo durante a avaliação, então você se sente incluída, não como uma entrevistada. E ninguém usa uniformes. Todos iguais. Quem decide quem é louco? – palavras suas, mas eu não as quis ouvir, então me concentrei em dizer à equipe que me sentia segura. Quando me perguntaram: numa escala de zero a dez, quanto você se sente segura? Respondi: nove, ainda estou trabalhando no dez. Sorrisos ao redor da mesa, o otimismo é bem-vindo.

A overdose foi atribuída ao estresse causado pelo julgamento e pela falta de sono. Não fiquem pensando nisso, vamos em frente, disse a enfermeira-chefe para Mike, não foi culpa de ninguém. Alta dada, eu posso ir para casa, sexta-feira, 25 de novembro, uma semana antes dos meus dezesseis anos. Vou para o quarto e arrumo as minhas coisas, nenhuma enfermeira na porta, estou viva, não é mais preciso fazer tiques na prancheta. Um menino que vi poucas vezes entra no quarto, corre para mim, me encosta na parede. A boca está grudenta de cuspe, um efeito colateral dos remédios que toma, uma sensação não muito bacana quando se está tentando ficar bem. Ele me diz que eles também estão atrás de mim, os homens que vão ao quarto dele à noite. Ele sussurra, olha para trás, não deixe eles entrarem, diz. Mesmo com aquela nojeira toda nos lábios e a expressão de loucura nos olhos, fantasio dar um beijo nele, depois dizer que estou morrendo. De quê?, ele perguntaria, eles fizeram alguma coisa com você? Não sei, eu responderia, acho que foi alguma coisa que aconteceu há muito tempo. Quero dizer a ele que não são homens que vão vir me buscar durante a noite.

Vai ser você.

O quanto se sente segura agora, Milly?

Um de dez, talvez dois.

35

Mike cancelou os pacientes de sábado e tirou o dia de folga ontem. Fez panquecas com bacon e xarope de bordo no café da manhã para nós, comemos todos juntos e, pelo menos uma vez, correu tudo bem. Phoebe parecia feliz, sorridente. Uma fagulha de esperança dentro de mim, talvez tenha desistido da ideia de que eu possa ter algo a ver com você; ou talvez ela até saiba, mas tem pena de mim, quer que fique tudo bem entre nós. Ela e Saskia saíram esta manhã para fazer compras, Mike pareceu tão contente. As coisas simples da vida.

Agora ele tem supervisionado minha medicação com cuidado. A equipe do hospital o aconselhou a me dar os comprimidos com uma bebida morna e me manter por perto tempo o suficiente para o calor do líquido dissolver a droga na minha corrente sanguínea. E é o que ele faz, e tudo bem. Quero que ele saiba que pode confiar em mim. Quero ficar.

Depois que a Saskia e a Phoebe saíram, nos reunimos para uma sessão e ele me perguntou sobre o que eu gostaria de conversar. Quis dizer a ele que passei a maior parte da semana no hospital pensando no que a Phoebe sabe e no que vai fazer a respeito, mas em vez disso contei que quando estava no quarto do hospital achei que minha cama era um barco e sobre a baleia que nadou por baixo. Contei que imaginei você na TV, a palavra "foragida" na tela. Ele explicou que era efeito dos sedativos que me deram, que podem causar alucinações. Também disse que gostaria que eu o procurasse se alguma vez me sentisse em perigo. Que eu tinha de parar de guardar as coisas só para mim. Não queremos que você vá parar de volta no hospital, está bem?

No fim da sessão, ele me entregou um envelope. Abri: um cartão da Srta. James desejando melhoras. Mike contou que tinha dito a todo mundo, não só a Phoebe, que eu tinha tido apendicite; não achou necessário informar à escola exatamente o que tinha acontecido, considerando que o semestre estava quase acabando. Perguntou se eu achava que estava pronta para voltar na segunda-feira. Estou, respondi, gosto muito da Wetherbridge, é a melhor escola onde já estudei. Também estou ciente de que a Srta. Kemp já sabe, a Srta. James me enviou um e-mail contando, mas você não precisa se preocupar, ela não vai contar a ninguém. Não, pensei, mas sua filha talvez conte.

Hoje, Mike e eu decidimos caminhar até a feira. No caminho, ele me conta que mandou um convite por e-mail para o meu aniversário; vão fazer um chá na nossa casa no sábado que vem, e várias pessoas devem comparecer. Eu agradeço, mas me pego distraída pensando em como seria o meu aniversário de dezesseis anos se eu estivesse com você.

Compramos chocolate quente em uma das barracas e a senhora que nos serve pergunta se estou animada para o Natal. Sim, respondo, mas antes é meu aniversário. Ela olha para Mike, tenta adivinhar a minha idade. Olhando para o seu pai, eu diria que você tem dezessete anos. Eu sorrio, quase acertou, vou fazer dezesseis. Não liguei de ela ter errado porque quando disse "olhando para o seu pai", Mike não a corrigiu. Quando vou sorrir para ele, está olhando para o outro lado, não ouviu o que ela disse.

Quando chegamos em casa, mando uma mensagem para a Morgan para saber se ainda vem me ver mais tarde. Não me deixaram usar o celular no hospital, então quando tive alta tinha um monte de mensagens dela. Ela também acha que foi o meu apêndice, e espero que não peça para ver a cicatriz. Estou ansiosa para o nosso encontro, ter certeza de que ela está bem. A casa fica silenciosa pelo restante da tarde. Phoebe está fora, provavelmente na casa da Izzy, e Saskia está descansando. Mike está no escritório pondo o trabalho em dia. Escrevendo sobre mim, talvez.

Tento desenhar, mas não consigo me concentrar. Não consigo parar de pensar na Phoebe. Não faz parte da natureza dela deixar as coisas para lá, ser compreensiva. Queria poder ir ao quarto dela, ler seus e-mails, mas é arriscado demais com Mike em casa. Ela estava feliz ontem, no café da manhã, sorridente. Não porque voltei para casa, é claro, mas porque bolou algum plano.

Estou com medo. Sinto falta da enfermeira preenchendo o formulário na prancheta, de Josie dando piruetas pelo meu quarto. Não quero ficar sozinha. Chão. Instável. Quero contar a Mike que estou com medo de a Phoebe ter descoberto, mas não sei direito como contar. Não quero que ele saiba que desobedeci às regras da casa, que entrei no quarto dela.

Não sei o que dizer, mas vou ao escritório dele mesmo assim; ele disse que era para eu o procurar quando fosse preciso. Estou prestes a bater na porta, a mão no meio do caminho, já quase na madeira, quando o ouço conversar com alguém ao telefone. Deixo o braço cair, viro a cabeça para encostar a orelha na porta, estão falando amenidades. Planos para o Natal e para o Ano-Novo. Então ele fala de mim.

– Acho que você tem razão, June, é hora de colocar Phoebe em primeiro lugar, sem dúvida. Sinto muito se mudamos de ideia, mas, agora que a Milly voltou, eu me dou conta de que é demais ter as duas aqui e, para ser sincero, as sessões com ela, o julgamento e o que aconteceu recentemente, foi tudo pesado demais para mim. Para todos nós. Seria bom termos um pouco de normalidade outra vez.

Ele faz uma pausa enquanto June responde.

– Claro, concordo, é cedo demais para conversar com ela, cedo demais depois da overdose, mas tenho certeza de que vai ficar bem quando eu contar. Vou ser cuidadoso.

Eu me afasto da porta. Não estou mais com vontade de dizer a ele que estou com medo. Ele disse para eu parar de guardar as coisas para mim, mas como vou me abrir com uma pessoa que eu sei que não me quer aqui?

Morgan chega na minha sacada e só de a ver eu me emociono. Um lar é um lugar ou uma pessoa? Nos sentamos na cama, ela me pergunta como estou me sentindo, mas não pede para ver a cicatriz. Também pergunto como ela está, estava machucada da última vez que a vi, o inchaço na boca sumiu, o arranhado na testa sarou.

– O seu livro preferido é *Peter Pan*, não é, Mil?

– É...

– Bem, também é o filme preferido da minha irmã. Nós vimos o DVD na semana passada e sabe quando o Peter dá um presente para a Wendy como forma de agradecer? Bem, eu trouxe uma coisa para você.

Ela tira do bolso, me dá. É um pequeno medalhão dourado parecido com os que tenho visto nas barracas de antiguidades da feira. Abro, não tem foto nenhuma dentro.

– Achei que um dia você poderia colocar a minha foto de um lado e a sua do outro.

Nós duas sorrimos e eu me dou conta do quanto ela significa para mim e de que não preciso machucar a Morgan para ela ficar em segurança. Está bem como está. Ela se deita na cama, eu pergunto se posso fazer um retrato dela. Quero começar uma nova coleção, uma na qual eu não precise borrar os rostos.

36

Achei os primeiros dias de volta à escola difíceis, os barulhos da cantina mais altos, os esbarrões no corredor mais violentos. O medo perpétuo de a Phoebe espalhar a história. Tenho feito de tudo para ficar fora do caminho dela, esperando que, por alguma mágica, ela esqueça quem sou. Quem acha que sou. A espera é pior – não saber por que ela ainda não contou a ninguém.

Quando a aula de hoje termina, desço até o vestiário para pegar as minhas coisas e ela está lá com a Marie, que a convida para irem ao Starbucks. Phoebe diz que não, tem umas coisas para fazer em casa.

– Mas ando com você até lá se me der um minuto, só preciso ler um e-mail.

Ela sorri e olha para a tela do celular.

– De quem é? – pergunta Marie.

– De ninguém – responde ela, olhando para mim. – É sobre uma coisa que planejei para amanhã.

Não conseguiram de novo lá para cima o içar.

A caminho do auditório, mando uma mensagem para o Mike lembrando que vou ficar ajudando com os cenários para a peça até as sete. Ele responde para eu não me preocupar, que ele e a Saskia vão estar no consultório dele comemorando o fim da reforma e que vão chegar mais ou menos na mesma hora que eu. Me manter ocupada é a solução, então me concentro em pintar e em construir, e no meio da tarde me ofereço para ir à lojinha que fica perto da escola para comprar um lanche para todo mundo, uma dose de açúcar muito bem-vinda. Quando terminamos, um pouco depois das sete, já com boa parte do cenário pronta, me dou conta de que foi gostoso, uma boa distração.

Saio com a SK, conto a ela que comecei uma nova coleção de retratos. Ela fica satisfeita, é hora de seguir em frente, diz. Sim, concordo. É mesmo.

– Vai chegar em casa direitinho?

– Vou, sim, obrigada. Moro aqui pertinho.

– Muito bem. Até amanhã, Milly.

– Tchau.

Estou na metade do caminho quando meu celular toca. O nome de Mike pisca na tela e quando atendo ele diz:

– Onde diabos você está?

– Estou indo para casa, eu estava...

– Não é para você vir para casa, está me ouvindo?

A voz dele está forçada, tensa. Muito diferente do normal.

– Vá para a casa da vizinha, da Valerie, e fique lá até eu mandar.

– Mike, você está me assustando, o que foi?

– Faça o que estou mandando. Não venha para casa, está me ouvindo?

– Estou.

Quando me aproximo de casa, tudo parece normal. Não quero ir para a casa da Valerie, mas ela está à minha espera na rua, se apressa em me colocar para dentro da casa dela.

– O que está acontecendo? – pergunto. – Mike me deixou assustada.

– Ainda não sabemos direito, mas vai ficar tudo bem. Vamos entrar, sair da friagem.

Todas as vezes que ouvi essas palavras – vai ficar tudo bem –, nada ficou.

Não demora muito. Ouço as sirenes primeiro, berrando até pararem na frente da nossa casa. Valerie me leva para uma sala que dá para o quintal em vez de para a rua, me pergunta se quero alguma coisa para comer ou beber.

– Eu quero ir para casa, quero saber o que aconteceu.

– Agora não, meu anjo.

Não me deixam ir para casa por quase duas horas. Valerie liga a TV, faz o que pode para parecer calma. Relaxada. Mas, quando David, seu marido, chega em casa, dá para perceber pelos olhares que trocam. As notícias são ruins. Bem ruins. A campainha toca, David vai atender, eu o ouço conversar com o Mike, ele o traz até a sala. Quando o vejo, desabo em lágrimas porque a frente da sua camisa está toda manchada e eu sei bem que tipo de mancha tem aquela cor. Ele olha para baixo e diz numa voz monótona:

– Eu devia ter me trocado, nem parei para pensar.

A fala é lenta, o rosto apavorado. Envelhecido. Vai passar a enxergar vermelho também, sócio do mesmo clube que eu.

– Valerie, que tal a gente dar um minuto para os dois? – sugere David.

– É claro, levem o tempo que precisarem.

Fecham a porta quando saem, o ar está pesado. Tenso. Mike senta ao meu lado. Noto que suas mãos estão tremendo. Normalidade, era a sua esperança na conversa com June.

– Estou assustada, Mike, o que está acontecendo? Por favor, me fale.

Ele não consegue pronunciar as palavras, começa e para. A boca. Hesita em soltar a feiura do que tem de contar. Finalmente, ele diz:

– Um acidente, um acidente horrível.

Ele enterra o rosto nas mãos, os dedos todos manchados. Quero me aproximar e tocar nele, mas não quero nada daquilo na minha pele.

– Como assim?

Não responde de início, sacode a cabeça, olha para o tapete sob os nossos pés. Descrença. Já vi isso no detetive para quem dei o meu primeiro depoimento. Mike afasta as mãos do rosto, mas leva uma delas de volta para cobrir a boca depois que diz o nome dela. Está hiperventilando. Acha fácil acalmar os outros, é o seu trabalho, mas, quando ele próprio precisa manter a calma, fica perdido.

– Que tipo de acidente? Ela está bem?

A respiração está difícil, a mão sobe para a gravata que está usando. Tenta afrouxar. Não vai adiantar, quero dizer, nada vai.

– Não, ela não está bem – responde.

Não diz que está morta, mas é tanto vermelho na camisa dele. Tanto vermelho.

– Como assim, ela não está bem? Posso ver como ela está? Quero ver se ela está bem.

Ele puxa o cabelo, puxa a camisa, as mãos não ficam paradas, ainda sentem o formato do corpo dela. Começa a embalar o corpo, murmura para si mesmo.

– Mike, por favor, fale comigo.

– Ela se foi, os paramédicos a levaram embora, a polícia está na nossa casa.

– Para onde ela foi?

Ele se vira para me olhar, segura os meus joelhos. As mãos são como garras. Para o inferno com a regra de "não tocar em Milly". Eu quero me afastar, fechar os olhos. Não quero ver a expressão nos olhos dele quando disser o que acho que vai dizer em seguida.

– Ela está morta, Milly, minha Phoebs está morta.

Então começa a chorar, tira as mãos de cima das minhas pernas, aperta os braços em volta do corpo. Com os braços por cima do peito, começa a embalar o corpo outra vez.

– Não estou entendendo, eu a vi na escola logo depois que o sinal tocou.

Ele fica em pé de repente. O movimento ajuda a afastar os sentimentos ruins que correm por dentro da gente, funciona para mim, também. Às vezes. Ele caminha até a lareira, volta.

Resmunga e sussurra enquanto anda. Fica de um lado para o outro pelo que parece ser uma eternidade, então para e olha para mim como se acabasse de lembrar que tem outra pessoa na sala. Se aproxima, se ajoelha na minha frente e vai entrando devagarinho no papel de psicólogo outra vez. Terra firme. Sabe fazer esse papel, é mais fácil, mais confortável do que estar do lado errado da dor.

– Perdão, Milly – diz –, perdão.

– Por que está se desculpando?

– Você já teve de lidar com tanta coisa.

Então ele desaba, chora de soluçar sem parar, cada respiração um esforço gigantesco. Começo a chorar junto, a dor dele inundando o espaço à minha volta. Tento dizer que vai ficar tudo bem, que de alguma maneira vai ficar tudo bem. Chego mais perto, coloco a mão na cabeça dele. Acho que ajuda, porque ele para de chorar com tanto desespero, senta nos calcanhares e começa a massagear as têmporas; penteia os cabelos com os dedos, duas, três vezes. Respira fundo: inspira pelo nariz, expira pela boca.

– O que foi que aconteceu? – pergunto.

– Achamos que ela caiu, a polícia está investigando agora.

– Caiu?

– Não quero falar dos detalhes, Milly, por favor. Agora, não.

– Onde está Saskia?

No inferno, acho que seria a resposta se ele conseguisse dizer aquilo em voz alta. Sinto o cheiro de uísque em seu hálito quando ele fala. Disse que não queria falar dos detalhes, mas não consegue evitar, ficam repassando em loop, um disco arranhado dentro da cabeça. O celular estava no chão ao lado dela, fica repetindo. Eu disse para ela não se sentar ali, que ia acabar caindo. Mas ela nunca escutava, não é? Nunca escutava, merda. Começa a chorar outra vez, cobre o rosto.

– A culpa não é sua, Mike.

Ouço a campainha tocar, vozes outra vez. Uma batida suave na porta. Valerie entra na sala, diz: eu sinto muito, mas a polícia quer falar com você, estão dizendo que já podem voltar para casa se quiserem. Mike faz que sim com a cabeça, apoia as duas mãos no sofá para se levantar, não confia nas pernas. Valerie sai, diz que vai esperar no corredor.

– Temos que ir – diz ele.

– Estou com medo, o que vou ver?

– Não vai ver nada. Tem uma lona por cima do lugar onde ela...

Ele vai até a janela, encosta a mão no vidro, olha para a rua, se recompõe. Tenta. Se vira para me olhar, diz: temos que ir. Quando saímos da sala, Valerie e David estão esperando do lado de fora, dizem o quanto lamentam e que se puderem ajudar em alguma coisa, é só ligar, não importa a hora do dia. Mike faz que sim.

A primeira coisa que vejo na pista de acesso são dois carros da polícia, nenhuma ambulância; já foi, diz Mike. Quando chegamos à porta da frente, eu não quero entrar.

– Não sei se consigo, Mike.

– Temos que entrar. Vou estar com você o tempo todo.

Tem um grupo de policiais uniformizados no corredor da entrada. Mike me apresenta como sua filha adotiva. Um deles faz que sim e diz: Steve está na cozinha esperando. O chão vai precisar de um piso novo. Eu me apoio em Mike quando passamos.

– Está tudo bem – diz, a mão nas minhas costas. Pergunto outra vez onde está Saskia.

– A equipe da ambulância deu uma injeção nela, alguma coisa calmante, ela está no nosso quarto.

Tem outro policial sentado à mesa, se levanta quando entramos.

– Você deve ser a Milly. Tudo bem se eu lhe fizer algumas perguntas? Entendo que deve ser um enorme choque para você.

– Posso ficar com ela? – pergunta Mike.

– É claro, não vai demorar muito, perguntas de rotina, nada de mais. Por favor, sentem.

Ele abre o bloco de notas na frente dele, tira a tampa da caneta.

– Pode me dizer quando foi a última vez que viu Phoebe?

– Na escola, depois da aula, deve ter sido mais ou menos às quatro horas.

– Como ela lhe pareceu?

– Normal, acho. Estava no celular.

– Você sabe com quem?

– Não, estava lendo um e-mail. Parecia animada com alguma coisa.

Ele faz uma anotação no bloco.

– Ela lhe contou sobre o que estava animada?

– Não.

– E disse que vinha direto para casa?

– É, acho que sim, disse que tinha umas coisas para fazer.

– Mais alguma coisa foi dita entre vocês duas?

– Não, nada, eu tinha um compromisso. Estou ajudando a construir o cenário da nossa peça.

– E foi lá que esteve essa noite? – pergunta ele.

– Sim, éramos umas quinze alunas e uma professora, a Srta. Kemp.

Mais uma anotação no bloquinho.

– A que horas saiu da escola?

– Saí com a professora, um pouco depois das sete, foi quando Mike me ligou.

O policial olha para Mike, ele faz que sim com a cabeça para confirmar o que eu disse; seu rosto parece envelhecer a cada minuto. Percebo que terminou quando o policial fecha o bloco, põe a tampa de volta na caneta. As manias de cada um.

– Sinto muito pela sua perda. Acho que terminamos aqui – diz ele.

Faz uma pausa de alguns segundos, uma reação adequada ao que vê; bem treinado, ele. Ao se levantar, a cadeira arrasta no piso. Mike se encolhe, cada barulho, cada sensação agora aumentada.

– Vão passar a noite aqui? – pergunta o policial.

– Provavelmente, dependendo de como a minha mulher estiver se sentindo. Tomou uma injeção.

– Gostaria que eu providenciasse uma equipe de limpeza? Não vai ser um trabalho perfeito a essa hora, mas pelo menos dá para vocês passarem a noite.

– Se puder, eu agradeço – responde Mike.

Protejo os olhos quando passo pela lona. Mike me manda ficar no quarto até ele avisar.

– Se a Saskia estiver acordada, vamos para um hotel hoje mesmo, se não, amanhã cedo.

Três mensagens da Morgan no meu celular, perguntando se estou bem e por que tem carros da polícia na nossa casa. Mando uma mensagem para ela dizendo que estou bem, mas que a Phoebe está morta, caiu da escada. Caralho, responde ela na mesma hora, ela era bem má, mas eu não desejaria uma coisa dessas para ninguém, acidentes são uma merda.

São, sim, respondo.

Uma merda.

37

Estamos morando num hotel há uma semana; Rosie está num canil. Nossa casa já não passava a sensação de lar, o mármore do corredor precisou ser arrancado. Substituído. O local do acidente teve de receber outra faxina caprichada. Não consigo deixar de imaginar como Mike e Saskia reagiram quando encontraram o corpo da Phoebe. Saskia. Caiu de joelhos, aposto, gritando, Mike ao seu lado. Passos. Urgentes. Ele correu para o corpo da Phoebe, procurou um pulso, por isso as mãos e a camisa manchadas. Desmoronou no chão, pegou o corpo dela nos braços e o aninhou junto ao seu. Saskia, muda, depois que o choque toma conta dela.

Me preocupo com os dois; tem um holofote aceso dia e noite em cima da dor deles. Mike faz o que precisa ser feito, mais lento do que de costume, cada passo lembra a ele o que viu. É o guardião dos comprimidos que Saskia, quando consegue sair da cama, e eu temos de tomar toda manhã. Ela toma o que ele der, a mão já estendida pedindo mais. Dormiu o dia todo, me contou Mike quando voltei do meu primeiro dia de volta à escola, sensações de estrutura e normalidade forçadas sobre mim. Achei que ia gostar de fugir um pouco daquilo tudo, mas só quero estar com eles. Mike sente a mesma coisa, diz que ajuda quando volto no fim do dia.

À noite, pela parede, ouço Saskia chorar, o quarto deles ao lado do meu, no hotel, um barulho triste e contínuo, infantil. A dor faz isto: envelhece a gente com seu horror, mas também nos torna pequenos, de volta a um estado no qual queremos ser mimados e protegidos do mundo. Ontem nos liberaram para voltarmos para casa. Não há muito tempo, eu teria ido direto para o quarto, tirado um desenho que fiz de você, percorrido o contorno do seu rosto com o dedo, mas, não. Passo todo o tempo que posso com Mike, servindo bebidas quentes, lanchinhos, cuidando da Rosie. Sendo útil. Deram férias para Sevita, o tempo que ela precisar. Arrasada, foi como Mike a descreveu quando ligou para ela no dia seguinte ao ocorrido. Phoebe e ela eram tão próximas, comentou.

Eu o ouvi chorando ao celular ontem, conversando com o pai, na África do Sul. Velhinho demais para viajar, não vem para a homenagem que vai ser feita no auditório da escola hoje. Saskia não tem visto ninguém, não tem ligado para ninguém; os pais morreram quando tinha vinte e poucos anos e não tem irmãos. Mike vem resgatando meninas há anos.

Ontem um fluxo constante de pessoas veio à nossa casa. Vozes sussurradas, cartões, flores. Amigos. Inimigos. Aminimigos. Houve uma mudança nítida com relação a mim na escola, como se a morte da Phoebe tivesse derrubado um campo de força de isolamento que ela construiu à minha volta. Clondine me abraçou assim que me viu, chorou encostada no meu pescoço; fui ao banheiro depois, lavar as lágrimas dela da minha pele.

Hoje, quando chegamos ao auditório, somos recebidos por um mar de cor-de-rosa, a cor preferida da Phoebe. Chapéus, saias, um boá de plumas: uma imensa reunião da irmandade cor-de-rosa. Centenas de olhos grudados em nós enquanto caminhamos até a frente. Eu me virei bem no tribunal, mas essa multidão, por algum motivo, me dá uma sensação pior.

A Srta. James fala das realizações da Phoebe e dos planos que reservava para o futuro, bem-sucedida no que quer que tivesse escolhido. Uma onda de soluços e de narizes sendo assoados inunda o auditório. Meninas se apoiam umas nas outras, algumas genuinamente tristes, outras se deliciando com o drama, como costumam fazer as adolescentes. Clondine é a seguinte, dedica um poema para a Phoebe. Os dois últimos versos: não chore à beira do meu túmulo, não estou lá, eu não morri.

Mike vai até o palco, agradece à escola pelo apoio. Passo para a cadeira dele para ficar ao lado da Saskia. Olhos. Vidrados como os de uma boneca. Distantes. Perdidos. Substâncias químicas a levam para longe. Izzy termina a homenagem tocando violão e cantando *Somewhere Over the Rainbow*. Bebidas são servidas na biblioteca depois. A Srta. Kemp se aproxima, nos dá seus pêsames, a pele das suas mãos ainda seca. As pessoas nos rodeiam, mãos tocam as minhas costas, meus ombros e meus braços. Faço o que posso para não me encolher. Que acidente tenebroso, dizem; sim, concordo. Tenebroso.

Um pouco antes de irmos embora, a mãe da Izzy se aproxima, miúda e francesa. Tóxica. Agora sei a quem a filha puxou.

– Como é que a gente fica depois de uma coisa dessas? – diz. – Uma tragédia sem sentido.

Mike faz que sim, ela se vira para me olhar.

– Você gostou do tempo que passou aqui em Wetherbridge?

Gostou. Pretérito perfeito.

– Soube que vai para outro lugar em breve, Sas me contou antes disso tudo.

Sas não diz nada; ou o gato comeu sua língua, ou é efeito dos remédios que ela engole todos os dias.

– De qualquer maneira – recomeça ela –, *quelle bonne nouvelle*. Que ótima notícia.

Ela beija Mike e Saskia, me ignora. Quando sai, Mike se desculpa. Digo que tudo bem, tento me mostrar corajosa, mas à minha volta anjinhos minúsculos erguem trombetinhas – para a Phoebe, não para mim.

Depois da homenagem organizada pela escola, Mike e Saskia foram ao funeral da Phoebe. Uma cerimônia pequena, família e amigos íntimos. Mike me deixou na casa da Valerie, disse que seria melhor que eu não fosse, ele e Saskia precisavam de tempo para se despedirem. Eu disse que entendia, mas fiquei chateada de ele ainda não me enxergar como família; sei que é egoísmo pensar assim, mas não consigo evitar. É mais forte que eu. Agora tem espaço para mim.

Você veio me ver no meio da noite, a primeira visita depois de semanas. Disse que tinha chegado a hora. Hora de quê?, perguntei. Você não respondeu, mas trocou de pele antes de sair, um contorno escamoso debaixo do meu travesseiro, tão real que o procuro agora.

Não consigo dormir, me pego abrindo a porta do quarto da Phoebe. Seu cheiro continua forte, doce e convidativo. Fecho a porta depois que entro. O quarto continua como ela o deixou, mochila e pastas atiradas no chão, um exemplar de *O Senhor das Moscas* na mesa de cabeceira. Em algum momento, Mike e Saskia vão remexer as coisas dela, desmontar a sua vida. Abro a gaveta da escrivaninha, mas o notebook não está lá; olho no fundo do guarda-roupa e dentro da mochila. Vai ver que deixou na escola, mas ela raramente o levava. Não gosto do fato de não estar aqui, não gosto nada da sensação que isso me dá.

38

Meu chá de aniversario foi cancelado, era para ter sido no fim de semana passado, mas estávamos no hotel. Vamos comemorar hoje, então, o sábado antes do fim do semestre, um jantar tranquilo, sem convidados, disse Mike. Só nós três. Quando desço até a cozinha, tem um presente em cima da mesa com o meu nome. Abro. É um relógio com uma mensagem gravada no verso: FELIZ 16 ANOS COM AMOR M & S. A sensação que aquilo me deu. De pertencimento.

Quando Mike entra, presto atenção em como se movimenta, ainda bem menos disposto do que antes do acidente da Phoebe. Tarefas simples como encher a chaleira exigem mais esforço, a exaustão de estar vivo quando alguém que se ama não está. A camisa está abotoada errado, mas não tenho coragem de dizer isso a ele, então tiro a chaleira das suas mãos e digo para ir se sentar. Ele vai, sem reclamar.

Mal tenho visto Saskia, mas, quando a vejo, suas pálpebras estão vermelhas e inchadas; é como conviver bem de perto com uma das mães que você enganou. Como devem ter se sentido sabendo que nunca mais iam ver ou segurar o filho nos braços. Quando o chá está pronto, pergunto a Mike se posso levar uma xícara para ela.

– Você pode tentar – diz ele. – Ela vai fazer um esforço a mais por causa de hoje.

Levo o chá até o quarto, bato na porta, ela não responde. Bato de novo, dessa vez ela diz: entre. O quarto está escuro, um pouco de luz natural entra pela janela do banheiro. O ar está parado. Empoeirado. Está mais magra, não vê mais Benji, não vê mais ninguém.

– Fiz chá para você.

Ela faz que sim, mas não sai de onde está, sentada na beirada da cama.

– Quer que eu deixe aqui para você?

Volta a fazer que sim, coloco a xícara em cima da cômoda e seus olhos se enchem de lágrimas. Quando se está machucado, a gentileza faz doer ainda mais.

– Desculpe, eu não deveria ter incomodado.

Ela seca as lágrimas, sacode a cabeça.

– A casa fica tão silenciosa sem ela. Que estúpida eu sou, tudo o que eu sempre quis foi paz e, agora que a Phoebe se foi, ela é só o que quero.

Não digo nada, ainda não. Tenho lido artigos na internet sobre o que fazer, como ajudar as pessoas que estão de luto. Coisas simples como manter sempre comida na mesa, esvaziar as latas de lixo. Se fazer visível, sem ser invasiva, deixar o outro falar se tiver vontade.

– Sinto saudades dela, até mesmo dos momentos em que me odiava. E não diga que ela não me odiava, todos sabemos que eu não sou a melhor mãe do mundo.

Os dedos percorrem as beiradas do cordão com seu nome. Ouro. Dá um pequeno sorriso, um sorriso triste. Algo parece lhe ocorrer. Puxa a corrente com força, ela se rompe, fica pendurada nas pontas dos dedos antes de cair no chão.

– Eu nunca acertei com a Phoebe, em nada.

Me sento ao lado dela na cama, tomo uma das suas mãos na minha, digo que acertou, sim, que é boa mãe – lembro a ela do cristal que comprou para mim. Ela chora, encosta o corpo no meu ombro. Ficamos sentadas assim por um tempo. Sinto as lágrimas encharcarem o algodão da minha camiseta.

Não gosto daquilo, mas fico ali, na esperança de que esses sejam os momentos dos quais ela e Mike vão se lembrar quando chegar o momento de decidirem para onde eu vou.

– Eu devia tomar um banho – diz.

Faço que sim, lembro a ela de tomar o chá. Quando Mike me vê, pergunta como ela está.

– Vai se levantar e tomar um banho.

– Muito bem, teve mais sorte que eu.

– Quero fazer o que puder para ajudar.

– E está ajudando, você tem nos feito continuar. Se fôssemos só eu e Sas, não sei direito como estaríamos.

Trombetas minúsculas se erguem em saudação, dessa vez para mim.

Duas horas depois, uma batida à minha porta. Saskia, se esforçando ao máximo. Nas mãos, uma bolsinha. Maquiagem.

– Queria maquiar você, posso?

Faço que sim, nos sentamos juntas na cama, ela conversa enquanto pincela o meu rosto. Pó e iluminador. Cada vez que seu punho passa perto do meu nariz, sou atingida por um perfume tão feminino que fico ainda mais corada. O que ela faz nem chega a ser um toque, mas é íntimo. Tão perto, o contato visual ainda é desconfortável para mim.

– Phoebe nunca me deixava fazer a maquiagem dela, dizia que eu não fazia direito, estou fazendo a sua direito?

Faço que sim e digo: claro, está fazendo um ótimo trabalho, embora eu não tenha a menor ideia se é verdade.

– Você é linda, Milly, acho que não sabe disso.

Ela fala sem parar, me conta que a Phoebe foi um erro, que estava gripada e que se esqueceu de tomar anticoncepcional por alguns dias. Um choque. Um bebê difícil, nada fácil de acalmar.

Fico tentada a perguntar sobre o Benji – um segredo, quando bem explorado, pode ser útil, dá à pessoa poder. Vai me dar poder se a Saskia achar que estamos ficando amigas, guardando os segredos uma da outra, mas, pela primeira vez, ela está na minha frente.

– Eu gostaria que passássemos mais tempo juntas, Milly. Você gostaria disso?

– Gostaria muito, mas eu talvez já vá embora.

– Mike e eu temos conversado sobre isso, a casa já está tão vazia.

– Está querendo dizer que eu...

– O quê?

– Nada, é só que gosto muito de morar aqui com vocês dois.

Ela faz que sim, sorri um pouco, diz:

– Mike disse que você comprou um vestido, quer que eu a ajude a se vestir?

– Não, obrigada.

Peço a Saskia que pegue a máquina fotográfica; quero uma foto minha com ela, se não se importar.

Meu vestido. De veludo preto, com mangas compridas e uma saia evasê que arma um pouco e cai na altura do joelho. Uso meias-calças e botas pretas de salto que comprei com a minha mesada na Topshop, parecida com a que vejo as outras meninas usarem. Queria complementar a roupa com a corrente de ouro com meu nome, mas sei que seria a coisa errada a fazer, então coloco o colar que a Morgan me deu e o relógio de Mike e Saskia, e não consigo deixar de me sentir amada.

Ela volta com a máquina fotográfica, Mike ao seu lado. Está descalça, infantil. Mais irmã do que mãe.

– Linda – diz Mike.

Ele abraça a cintura da Saskia e, mesmo ela se afastando, sei que vão trepar esta noite. Um novo começo.

Meu jantar de aniversário é comida chinesa na cozinha. Mike diz que estou chique demais para delivery de comida, a primeira piada que o vejo tentar fazer desde a morte da Phoebe. Desculpe não termos saído para jantar, diz, mas não estamos com muita disposição para isso no momento.

Tem um biscoito da sorte para cada um de nós, mas nem Mike nem Saskia querem abrir os seus. Eu guardo o meu para mais tarde, para abrir sozinha quando terminarmos. Mike conta que recebeu um e-mail do pai do Joe perguntando se Joe pode me ver qualquer hora dessas. Saskia faz que sim com a cabeça, diz: é um bom garoto, eu o conheci.

– Por você tudo bem, Milly?

– Tudo bem.

Eu o imagino me levando ao cinema, as sardas dele ficando cor-de-rosa quando me dá um beijo de boa-noite, mas aí lembro ao que os beijos levam e já não gosto muito mais da ideia.

Me ofereço para limpar a cozinha, digo a Mike e a Saskia para irem relaxar um pouco na sala de TV. Dou uma olhadinha quando passo e estão sentados no mesmo sofá. O corpo da Saskia está virado, encostada no braço do sofá com os pés enfiados por baixo das almofadas do meio. Mike está sentado ao seu lado, a mão sobre a sua canela.

– Devíamos acender a lareira por esses dias, Sas, geralmente acendemos em dezembro.

– Não acredito que já é dezembro – devolve ela.

Os dois ficam olhando para a lareira apagada, ambos pensando na mesma coisa, na mesma pessoa. Eu os deixo assim, subo para o quarto e ligo para a Morgan. Não a vejo com muita frequência desde o acidente da Phoebe, tenho me concentrado em Mike e Saskia, em preencher o vazio deles e em fazer amizades na escola. Estou indo bem, acho. Me oferecer para ajudar com a captação de recursos para a sala de reuniões do terceiro ano foi uma jogada inteligente, elevou o meu status de imediato. Uma fênix. Bagunçada. Mas em ascensão.

Quando ela atende, diz que tem de falar baixo, a irmãzinha está dormindo ao seu lado, me pergunta o que tenho feito. Nada de mais, digo, ido à escola e ajudado em casa. Estou com saudades, Mil, diz ela, você pode me contar uma história? Está bem, mas feche os olhos primeiro. Digo a ela os nomes das estrelas, dos planetas. Conto que tem água em Marte. Falo sobre as catacumbas de Paris, um cemitério de crânios subterrâneo. Deve ser incrível, ela observa, eu gostaria de ir lá, quem sabe não vamos juntas um dia? Sim, quem sabe. Combinamos de nos vermos no fim de semana seguinte e depois que desligo, abro meu biscoito da sorte. A mensagem diz: SE TIVER UMA COISA BOA NA SUA VIDA, NÃO A DEIXE ESCAPAR.

Olho para o relógio no meu pulso e penso: não tenho a menor intenção de deixar isso acontecer, seja lá o que precise fazer.

39

Somos aplaudidas de pé pela apresentação de *O Senhor das Moscas*. Fiz o papel que foi da Phoebe, o de narradora, e sou empurrada para a frente do palco pelas meninas depois do espetáculo. Você foi incrível, volte para o palco para receber os aplausos, vá. Olho para a plateia, vejo Mike e Saskia aplaudindo. Mike está me olhando de maneira estranha, não tira os olhos de mim. Também não sorri.

Quando a peça termina, me ofereço para ajudar a guardar os adereços. Clondine e eu saímos na mesma hora. Ela para e olha para o céu.

– É tão triste.

– O quê?

– O baile de Natal é nessa sexta-feira, era o preferido da Phoebe. Ela adorava os vestidos chiques e usar o casaco de pele da Saskia.

Concordo que é triste, porque é.

Caminhando para casa, olho o site da BBC news pelo celular. Não tem nada sobre você há semanas, mas esta noite tem uma manchete. Vão demolir a nossa casa para construir um jardim comunitário. Nove árvores. Você já não me visita na minha cama, trocou de pele. "Chegou a hora", disse. Entendo agora o que quis dizer, que já não preciso de você. Um misto de alegria e de tristeza. Em grande parte, venho tentando aceitar as coisas que fiz. Prometo que as fiz com a intenção de ser boa, mesmo que tenham sido coisas ruins.

Tenho ensaiado o que dizer caso você volte. Isto é o que eu diria:

Nunca pedi para ter uma mãe que uivava quando me via passar, que ria da minha cara quando eu tentava dizer não. Diria que você estava errada quando ficava por trás de mim na frente do espelho do seu quarto e dizia que ninguém nunca ia me amar, só você, porque acho que o Mike e a Saskia talvez me amem um dia. Eu lhe diria que você tem razão, que sou mesmo diferente de todo mundo por dentro.

Tenho um formato curioso, estranho.

O formato no qual você me moldou. O formato com o qual estou aprendendo a conviver.

Na noite em que você foi presa, eu fiz que sim com a cabeça. Você entendeu o que eu quis dizer: que a estava deixando. Que estava pronta. Mas você não estava, não é? Nunca gostou quando um jogo terminava; sempre queria jogar mais. O jogo que me fez jogar, depondo num tribunal, nunca fizemos nada tão público. O último disparo da arma, um desfile do quanto me treinou bem. Não foi fácil; também não foi nenhum xeque-mate. Foi como virar o rosto para o sol. Cegante. Sem sombra nenhuma para me proteger.

A sua voz, para mim, era como morfina. Contaminada, incapaz de proporcionar alívio e conforto, só medo e tentação. Ainda bem que já não ouço você nem a vejo em lugares onde sei que não pode estar, como em pé no ponto de ônibus perto da escola.

As coisas que você fez, as coisas que me fez fazer, partiram o meu coração.

Você partiu meu coração.

Você partiu meu.

Você partiu.

Você.

E eu.
Por isso guardo segredos, tantos segredos.
Não sou quem digo ser.
Folie à deux – a loucura a dois.
Negar.
Manipular.
Mentir.
Mamãe, eu achei que podia escolher.
No fim das contas, sou igualzinha a você.

Só que melhor.

Ser boa já não me interessa.

Não
        Ser
                Pega,
                        Sim

40

Sei que alguma coisa está errada assim que abro a porta de casa. É o lugar onde Mike está: bem no meio do piso onde ela caiu. Por que está ali quando faz uma semana que não consegue nem olhar para lá, quanto mais ficar parado ali?

– Preciso que venha ao meu escritório. Já – diz.

Não me pede para sentar quando chegamos, fica mais perto de mim do que de costume, olha dentro dos meus olhos. Não acho que gosta do que vê porque se afasta, vai se sentar à escrivaninha, fica resmungando para si mesmo. Uma garrafa de uísque, mais de um terço já bebido, um copo sobre a mesa. Vira a dose no copo, serve outra logo em seguida. Eu me sento em silêncio, na poltrona que se tornou minha no decorrer dos últimos meses. E espero.

Suas palavras, quando saem, me machucam:

– Me avisaram a seu respeito. Disseram que eu era idiota. Irresponsável, até. Que ter você aqui só traria problemas, mas eu não quis ouvir, achei que conseguiria lidar com isso.

As piranhas estão de volta, junto com o peixe koi, um novo julgamento vai começar.

– Achei que soubesse tudo a seu respeito, talvez não tudo, mas a maior parte. Achei que confiasse em mim. Eu confiei em você, a acolhi na minha casa, meu Deus.

– Mas eu confio em você, Mike.

Ele esmurra a mesa com o punho, eu dou um pulo. Não é nada perto do que você costumava fazer, mas, vindo do Mike – Mike, o gentil, Mike, o compreensivo –, é uma reação violenta. Brutal. Está furioso comigo. A cabeça está começando a clarear; a dor é uma neblina, uma bruma. Paira baixa, obscurece a paisagem. Obscurece o que está bem na nossa frente.

– Não minta para mim – diz. – Se confiasse, teria me contado.

– Contado o quê?

Ele faz uma pausa, toma um gole de uísque, forma um arco com os dedos em cima da mesa. Tarântulas gêmeas, prontas para o ataque.

– Nas nossas sessões, as coisas que você dizia. Embaralhadas. Contraditórias. Era tão difícil guiar você. Detestava que eu lhe perguntasse, fazia de tudo para não dizer o nome dele, mas eu sabia que alguma coisa sobre a noite em que o Daniel morreu a perturbava mais do que eu achava que devia. Só que, quando eu lhe perguntava, e continuei a perguntar, a história era sempre a mesma e acreditei em você. Quis acreditar, você tinha passado por tanta coisa, mas agora já não tenho tanta certeza assim. Não tenho mais certeza de nada.

Seus dedos relaxam em cima da mesa, mais para pianista do que para aranha.

O uísque também é uma bruma, que confunde a mente até a gente não saber mais direito no que acreditar. Beba mais um pouco, por favor, Mike.

– O que você disse no tribunal, sobre o que aconteceu aquela noite, foi verdade, Milly? Foi a sua mãe que matou o Daniel? Foi ela?

– Por que você acha que estou mentindo?

– Porque você mente, não é? Você mente. Mentiu para mim, não é? Mentiu para mim sobre a Phoebe quando disse que estavam se dando bem.

– E estávamos.

Ele varre um peso para papel de vidro de cima da mesa, ele se choca contra a parede, não quebra, deixa uma mossa na pintura, cai no chão com um baque surdo.

– Você está me assustando, Mike.

– Bem, você me assusta, sabia?

E lá está. A verdade. Dele. Se sente como todo mundo a meu respeito. Como eu me sinto a meu respeito. Baixo os olhos.

– Me desculpe. Isso foi desnecessário, Milly.

Ele toma outro gole, ajeita o porta-retratos que fica à direita da mesa. Fiquei tão enciumada, me senti tão sozinha da primeira vez que vi as fotos. Uma colagem da Phoebe em todas as idades. Loira e perfeita e linda, não contaminada como eu. Ele sacode a cabeça, sorri para a filha. Não é com carinho que sorri, talvez seja arrependimento. Arrependimento do quê? Ela se foi, mas continua em cada canto, nos espaços e nas lacunas que deviam ser meus agora.

O telefone em cima da mesa toca, Mike olha para ele, mas não atende.

– Deve ser June – comenta. – Liguei para ela enquanto esperava você, mas ela não atendeu. Deve saber que tem alguma coisa errada, normalmente eu não ligaria tão tarde assim.

– E por que ligou?

– Estou escrevendo um livro sobre você, sabia? Não? Pois estou. Era só nisso que eu conseguia pensar. Quanta estupidez e arrogância minhas.

Ele não me conta por que ligou para June, mas sinto o lugar que venho esculpindo e manipulando nesta família desde a morte da Phoebe começar a se dissolver diante dos meus olhos. Areia movediça. Me. Afundando.

– Já pode parar de fingir, Milly. Eu sei.

Humpty Dumpty lá de cima despencou.

– Havia meses que vinha acontecendo, não é mesmo? No Facebook, na página da sua turma. Mensagens de texto. A polícia devolveu o celular da Phoebe ontem. Ela vinha fazendo *bullying* com você havia meses, não vinha?

Eu sei o que ele está pensando: que todos os caminhos levam a mim.

– Por que não me contou? Nossa, nós passamos tanto tempo juntos.

– Não quis causar preocupação nem problemas. Achei que a Phoebe e eu pudéssemos nos tornar amigas, irmãs, até.

Ele abre uma das gavetas da escrivaninha, pega alguma coisa, olha para baixo, ergue o objeto e o coloca na frente dele.

É o notebook da Phoebe; estava com Mike.

– Ela achava que eu não sabia – diz ele.

– Não sabia o quê?

– Sobre o Sam.

– Que Sam?

– Está me dizendo que não sabia, que não tinha ouvido nada na escola?

– Não, nada.

Ele me pergunta se estou mentindo. Não respondo. Não só porque estou mentindo, mas porque estou assustada demais para dizer a verdade. Vislumbres do que poderia ser uma nova vida para mim nesta casa me impedem. Tão perto. Se eu conseguir sobreviver a só mais esta tempestade, se eu conseguir convencer Mike.

– O pai dele e eu somos amigos há tempos. Estudamos juntos faz muitos anos, continuamos em contato quando se mudaram para a Itália e os vimos nas férias passadas. Estávamos achando a maior graça da história sem eles saberem, um namoro a distância. A mãe do Sam tinha visto alguns dos e-mails, mas não todos. Não aqueles em que a Phoebe falava das suspeitas que tinha sobre você.

– Mas eu pensei que ela não soubesse sobre mim.

– É, mas sabia – responde ele.

Ele cerra o punho, abre. Cerra. Pega a garrafa de uísque, serve uma dose, vira, mas não serve outra. Queria que servisse, a tensão e a capacidade de raciocínio estão começando a diminuir com o calor da bebida, dá para perceber.

– Faz algum tempo que ela veio falar comigo, contou que tinha lido umas anotações sobre você no meu escritório enquanto procurava um livro. Tentei dizer a Phoebs que estava enganada, mas ela ficou transtornada, disse que eu vivia colocando meus pacientes em primeiro lugar. Não consegui mais mentir para ela, não quis mentir, então contei, mas combinamos que ela não contaria nada e não contou, pelo menos não para ninguém da escola, só para o Sam.

– Eu sinto muito, Mike.

– Você diz isso bastante desde que a conheci. Você sente muito com relação ao que, exatamente?

Ele não espera eu responder, a conversa que está tendo é mais com ele mesmo do que comigo. Está tentando ajeitar as coisas dentro da cabeça. Organizar, arquivar tudo direitinho. Se assegurar de que não se enganou tão feio assim, de que não cometeu um erro tão monstruoso.

– Ela estava planejando expor você, sabia? Está tudo aí, escrito num e-mail para o Sam, o último que mandou depois da aula, no dia em que morreu. Tinha comprado um celular pré-pago, ia começar a mandar mensagens anônimas, contar para todo mundo quem você era. Mas que merda, como não percebi o quanto ela estava infeliz?

– A culpa não é sua, Mike.

Ele faz que sim, pequenos acenos com a cabeça; mas de alguma forma eu sinto que é, sim, responde. Olha fixo para o notebook da Phoebe, olha outra vez para o porta-retratos com as fotos dela. Começo a chorar, me dói ver o sofrimento dele assim, tão de perto. O estrago que causei, uma terrorista na família, mudando de forma o tempo todo.

Quando ele nota que estou chorando, diz:

– Você costuma ser muito boa em esconder o que sente.

– Como assim?

– Você deve ter sofrido para caramba com o *bullying*, deve ter ficado muito triste. Zangada. Mas você nunca demonstrou. Eu sabia que você e a Phoebe não eram íntimas, mas nunca notei uma animosidade intensa, nenhum grande motivo para preocupação.

Está mentindo para si mesmo. Notou, sim, da mesma forma que nota como a Saskia passa pela vida sem viver de verdade. Bêbada, chapada, deprimida. Repetir. Bêbada, chapada, deprimida. Sua fabulosa terra de Oz é uma farsa. Se fosse sincero consigo mesmo, admitiria que foi conveniente não notar, não reconhecer a tensão que existia entre mim e a Phoebe. Ele me queria aqui, precisava de mim. Acesso à minha mente, uma oportunidade de ouro, que provavelmente nunca voltaria a ter. Mulheres assassinas, como eu já disse, são uma raridade.

– Nós escondemos de você, nós duas.

– Eu devia ter enxergado. Tão concentrado na droga do meu trabalho e...

– Em escrever sobre mim.

Ele faz que sim, responde: sim, mas a que custo?

– É disso que você se arrepende, sente que devia ter passado menos tempo comigo e mais tempo com a Phoebe?

Ele se acomoda na cadeira, empurra o corpo de encontro ao couro. Conheço bem a sensação de não querer falar sobre uma coisa e alguém perguntar a respeito ainda assim. Ninguém quer falar sobre as coisas que nos fazem sentir culpados.

– Phoebe amava você demais, Mike. Eu percebia isso.

Ele sacode a cabeça, é a vez dele de deixar as lágrimas brotarem.

– Amava, sim. Clondine me contou na noite da festa do Matty, quando ela perdeu as chaves de casa, que idolatrava você. Achava que era o melhor pai do mundo.

– E como podia ser? Eu estava ocupado demais, ocupado demais cuidando dos problemas dos outros.

– Era isso que ela amava em você. O fato de você se importar com os outros e de tentar ajudar.

Minhas palavras ungem, esfregam óleo e bálsamo calmantes na perda dele, na culpa. Vejo o jogo começar a virar bem diante dos meus olhos. Eu me levanto, vou até a mesa e sirvo mais uma dose de uísque para ele. Beba, digo, vai melhorar. Ele bebe, está acostumado com a minha ajuda. Venho dando um duro danado para fazer com que ele e a Saskia não consigam se virar sem mim. Não queiram se virar sem mim. Ele me observa enquanto volto para o meu lugar. Pego a almofada de veludo azul que ele colocou na poltrona na nossa primeira sessão. Eu a seguro, a abraço de encontro ao peito. Isso vai provocar uma reação nele, vai se lembrar de que ainda sou uma criança, alguém que precisa de amor e de carinho. De orientação. Isso vai ativar o desejo dele, a necessidade que tem de ser necessário. Existe um complexo de herói escondido por baixo daquelas camisas caras. Orgulho. A queda é feia para quem se engana com coisas como eu.

– Eu disse algumas coisas que não devia ter dito, Milly. Me desculpe. Pensei que tivesse juntado todas as peças, achei que soubesse.

Soubesse o quê? Por que ele ligou para June?

— A Srta. Kemp me disse hoje à noite que estava tão agradecida pela sua ajuda na construção do cenário, disse que você se empenhou tanto na última reunião, que chegou a sair para comprar um lanche para a turma toda. Eu ainda não tinha conseguido pensar com clareza na morte da Phoebe até hoje.

— Você está cansado, Mike, cansado de tentar cuidar de todo mundo.

— Foi por isso que liguei para June, queria conversar com ela sobre uma coisa. Eu tinha isso tão claro na cabeça, mas agora já não sei. Acho que estava procurando alguém para culpar e sinto vergonha em admitir que essa pessoa era você.

Ele corre o dedo pela beirada do copo, faz uma pausa, então ergue os olhos para mim.

— Perguntei à Srta. Kemp a que horas você saiu para comprar os lanches. Ela não sabia dizer, com tanta coisa acontecendo, mas disse que você só ficou fora uns cinco minutos, mais ou menos.

E como ela poderia saber, desorganizada do jeito que é com os horários?

— E ficou? — pergunta ele.

— Fiquei o quê?

Ele faz a próxima pergunta baixinho. Lentamente.

— Só ficou fora cinco minutos mesmo?

Normalmente é a verdade que ele quer ouvir, só que desta vez o caminho não leva só a mim, leva a ele, também. Envolvido e obcecado demais pelo desejo de me entender, escrevendo sobre mim. Agora o livro tem um fim diferente, que ele não quer escrever. O convite que ele me fez não foi para tomar um chá; foi para vir morar com ele, com a família dele. Ele nunca se recuperaria, nem do ponto de vista pessoal nem do profissional, se se sentisse, ou se fosse considerado por terceiros, responsável por ter me julgado mal. Sabe disso tão bem quanto eu. Tanto a perder, tanto que já foi perdido.

Faço que sim.

– Sim, eu saí e voltei em mais ou menos cinco minutos. Fui à banca de jornal, a que fica em frente à escola.

– E só? Você não foi a nenhum outro lugar?

– Não. A nenhum outro lugar, Mike.

Ficamos sentados em silêncio. Eu me esforço para olhar nos olhos dele. Ele desvia o olhar primeiro, inclina o corpo para a frente, enrosca a tampa de volta na garrafa de uísque, um sinal de que terminamos, por ora. As manias de cada um, os detalhes que eu noto.

– Está tarde, Milly, você devia ir se deitar. Preciso de um tempo sozinho.

Eu me volto quando chego à porta, quando já estou saindo do escritório. Uma das mãos dele está em cima do notebook da Phoebe, a outra, em cima da mesa, os dedos apontando, talvez de forma inconsciente, para o telefone.

– Mike, você precisa me dar o meu remédio, e o da Saskia, também. Nós precisamos de você.

Subo vinte e oito. Depois, outro andar.
O corrimão à direita.

Se eu não tivesse visto a mensagem surgir na tela do celular dela,
abandonado ao lado da chaleira no café da manhã, Phoebe sentada à mesa,
tudo teria sido diferente.
Tudo.
"Fala aí, sua vagaba traíra, que história é essa de Dia D
amanhã para a estrupício?" dizia a mensagem.
Remetente: Izzy
Parei de pintar o cenário no auditório para sair e
comprar lanchinhos para todo mundo.
Verdade.
A banca de jornal foi o único lugar aonde fui.
Mentira.
Corri o caminho inteiro: cinco se caminhar rápido, menos se correr.
Subi as escadas: vinte e oito, depois outro andar, o corrimão à direita.
Lá estava ela. Gritou quando me viu.
Buuu.
Entrou no quarto, fechou a porta com um chute.
Fui atrás. Sai, disse ela. Fica longe de mim.
Dei um passo em sua direção. O que você está fazendo?, perguntou.
Mais um passo. Passou por mim empurrando e disse:
Vou ligar para o meu pai.
Não fui atrás, ela teria descido as escadas, eu não queria isso. Saí do quarto
dela. Estava no patamar, meio sentada, meio apoiada no corrimão.
Seu lugar seguro, de onde gostava de atormentar a mãe.
Impressões digitais, dela, visíveis no verniz. O medo como suor, alfinetando
seus poros. Transbordando. Pronta para apertar o botão de "chamar".

Distraída.
Ela, não eu.
Mais um passo em sua direção.
Quando alguém perguntar se você está querendo morrer, preste atenção.
Só levou um segundo.
Ela caiu em silêncio.
O piso de cerâmica espanhola pintado de uma
cor nova, assim como o cabelo dela.
Corri o caminho todo de volta, levando guloseimas para
todo mundo, compradas na banca de jornal.
As perguntas do policial naquela noite, coisas
de rotina, nada de mais, segundo ele.
Nem todo o treinamento do mundo os prepara para o potencial das crianças.
Ah, Senhor das Moscas

Eu prometi ser a melhor pessoa que pudesse ser.
Prometi tentar.

Mike.
Um homem gentil.
Contei tudo para ele.
Bem.
Quase tudo.

Me perdoe.

Agradecimentos

Para as crianças e adolescentes de quem cuidei, foi um privilégio. Vocês foram mais do que corajosos e, sem vocês, a base deste livro não existiria. Para as equipes com as quais trabalhei através dos anos, pelos risos que, com tanta frequência, poderiam ter sido lágrimas. Uma menção especial para a equipe do abrigo de jovens de Edimburgo, meu primeiro emprego depois que me formei. Nunca vou entender como conseguimos sobreviver aos turnos da noite.

Para minha agente, Juliet Mushens, por me acolher e por me tornar real. Por ser a leitora mais rápida que conheço e com a visão mais lindamente crítica. Você é um dínamo, uma empreendedora e uma amiga para toda a vida. Que sorte tenho de conhecer você.

Aquele alô para Sarah Manning – um fenômeno de organização –, sem os seus post-its eu estaria perdida. E para Nathalie Hallam por ter assumido tudo com tanta facilidade. Para o #Team-Mushens como um todo, muito obrigada pelo apoio.

Jessica Leeke, minha editora na Michael Joseph. Animadora de torcida, olhos de águia, âncora. Você foi dura, mas me acolheu nos braços. Me deu coragem. Ellie Hughes, minha assessora de imprensa, por saber exatamente o que fazer comigo e por ser o calmante para a minha hiperatividade. Hattie Adam-Smith, força criativa por trás de tudo o que diz respeito a marketing, por ser divina, supertranquila e por usar chapéus trilby como ninguém. Vocês formam o time dos sonhos. Um muito obrigado para o resto da equipe da Michael Joseph e do QG da Penguin. Tanta gente fazendo tanta coisa, e com tanto carinho e entusiasmo. Como é maravilhoso ser cuidada por vocês. Obrigada a todos.

Para Christine Kopprasch, minha editora na Flatiron US, por acreditar não só neste livro, mas em mim como escritora. E um obrigado para o resto da equipe da Flatiron e para Sasha Raskin, minha agente nos EUA.

Para Alex Clarke, que participou da aquisição deste livro. Karen Whitlock, pela sua abordagem sensível e tranquilizadora no processo de copidesque. Para Richard Skinner por me dizer: "Não se preocupe, Ali, confie nos seus instintos." Eu confiei, e este livro é o resultado.

Para minha família, com amor.

E, finalmente, para a tribo! Salpicada maravilhosamente por todo o mundo e sem a qual eu jamais teria tido a coragem de embarcar nesta jornada. Vocês são muitos e são coisas demais para agradecer a todos de forma individual. Assim, de forma coletiva, obrigada pela cor, pela criatividade, pelas aventuras e pela mágica que acrescentam todos os dias à minha vida. E por me amarem do jeito que sou, apesar de tudo. Vocês são especiais e brilhantes e eu amo vocês. Obrigada, obrigada, obrigada, um milhão de vezes.

Este livro foi composto na tipologia Bembo Book MT Std,
em corpo 13/16,1, e impresso em papel off-white,
no Sistema Cameron da Divisão Gráfica
da Distribuidora Record.